古典詩歌研究彙刊

第六輯

龔鵬程 主編

第 14 冊

姚合及其詩研究

徐 玉 美 著

國家圖書館出版品預行編目資料

姚合及其詩研究／徐玉美 著 — 初版 — 台北縣永和市：花木
蘭文化出版社，2008〔民97〕
序2+ 目 4+234 面；17×24 公分
（古典詩歌研究彙刊 第六輯：第 14 冊）
ISBN 978-986-6449-65-9（精裝）
1.（唐）姚合 2. 傳記 3. 學術思想 4. 唐詩 5. 詩評
851.4417 98013883

ISBN - 978-986-6449-65-9

9 789866 449659

古典詩歌研究彙刊
第六輯 第十四冊 ISBN：978-986-6449-65-9

姚合及其詩研究

作 者 徐玉美
主 編 龔鵬程
總 編 輯 杜潔祥
出 版 花木蘭文化出版社
發 行 所 花木蘭文化出版社
發 行 人 高小娟
聯絡地址 台北縣永和市中正路五九五號七樓之三
電話：02-2923-1455／傳真：02-2923-1452
網 址 http://www.huamulan.tw 信箱 sut81518@ms59.hinet.net
印 刷 普羅文化出版廣告事業
初 版 2009 年 9 月
定 價 第六輯 25 冊（精裝）新台幣 35,000 元

姚合及其詩研究

徐玉美 著

作者簡介

　　徐玉美，臺灣省彰化縣人，國立臺灣師範大學文學碩士，曾任私立復興工商專校專任講師、臺灣警察專校兼任講師，現擔任私立德明財經科技大學通識中心專任講師。

　　自幼受安徽籍導師啟迪，深愛中國文學，國、高中時就已確立自己的人生方向，大學、研究所時期孜孜矻矻研究各家文學作品及經典，打下了厚實的基礎。隨後擔任教職，更利用授課餘暇廣泛探究，目前教授及研究領域包括中國古今寓言文學、歷代敘事詩、孝經、應用文書、宋濂的人生哲學以及佛教生死學等。

提　　要

　　姚合詩名聞於中晚唐間，以其曾作武功縣詩三十首，故名為武功體，迨及南宋，由於後學模仿滯於一家，致寫景寄情流於瑣屑偏僻，間亦使武功體備受批駁，因而不顯於世。姚合賦性疏放朴直，詩風清奇閒淡，甚有其特色，本篇凡十章，謹就其人其詩，分別論述，雖不足以發古人之潛德幽光，或可略見其人、詩之梗概焉。

　　第一章、家世：自新、舊《唐書》以來，姚合系屬一直被誤繫於姚崇之後，故本章旨在釐清其系屬之所出，與郡望里籍之所在，兼而論及其先窮後達之始末。

　　第二章、事蹟：自唐末以來，除新、舊《唐書》姚合附〈姚崇傳〉末，有數句簡述外，至元辛文房《唐才子傳》，方有專傳之作，然猶甚為簡略。故本章僅就其生平事蹟先作綜述，再一一將所可考知之事實與詩作繫年，以見其出處概況。

　　第三章、交遊：姚合性行謙卑仁厚，因而甚能與人相處，友朋眾多，茲分早年山友、文士酬唱、後學請益、方外之交四節以述之。其中賈島與張籍論詩各主清峭與平淡，姚合詩風清奇閒淡，與二人時相酬酢唱和關係密切，故述之較詳。

　　第四章、性情與思想：性情與思想乃詩歌內在之生命，姚合之性情茲以疏散閒野、謙卑自牧、朴直仁厚三方面述之。思想則以儒家為主，兼論道佛；儒家思想分立名立功立言，忠君愛民，憂患意識三者述之。道佛思想則以道家思想、道教思想、佛教思想論之。

　　第五章、詩論及其詩歌之淵源與創作：詩論旨在探討其散見於詩歌中及其選集——《極玄集》，對詩之主張與看法。詩歌淵源則遠溯《詩經》，近及王維、大曆才子、皎然等，而張籍、賈島與之唱和，更對其詩歌淵源有密切關係；至於詩歌創作過程則以苦吟為主。

　　第六章、詩歌特色：姚合詩歌自成一格，號武功體，茲以其模景深細、清奇閒淡、少文飾貴白描三者述之，以明其詩歌特色所在。

　　第七章、詩歌內容：姚合詩歌內容豐富，僅以困窘感懷、離情別恨、閒適情懷、詠物等四端分別述之。

第八章、詩歌形式：詩歌形式不外格律用韻與用字造語。格律用韻分由善用五律、平仄、用韻三者述之，而用字造語則以其善用疊字、喜用小巧字、喜用高遠幽深字述之，以探究其用心所在。

　　第九章、評價與影響：姚合詩之評價先由晚唐前期名聞一時述起，進而論及唐末以降漸受輕忽之情形與原因，然後歸結於文學史上應有其地位。其詩之影響則分別就直接影響四靈，由苦吟、重景、白描、鍊句、清淡諸端舉事實述之，再就其間接影響部分江湖詩人，鏊出人物，以見其影響所及。

　　第十章、結論：根據以上各章所述其人、其詩、評價影響三者，肯定姚合在詩壇上之地位。

目

次

序　言

　　夫人之境遇有幸與不幸，詩人亦然。姚合與賈島誕生於中晚唐間，二人結爲至交，詩名並盛，有「姚賈」之稱，惜乎賈島窮愁至死，姚合則先窮後達，得君子之終，詩人之窮達莫甚於此。然窮達止乎其身，未若詩名傳之無窮，觀夫其後，姚合詩名反不如賈島，其幸與不幸，又有如此者也。而後世之論姚合詩者，蓋以一己之好惡爲憑，或崇之過高，如南宋四靈詩派，或抑之太甚，如元方回《瀛奎律髓》，以致其詩未受重視與獲得應有之地位，故其詩名寂然不響，詩集至今一千一百餘年，仍無人作注，寧不可歎乎！

　　姚合詩以五律爲主，自成一法，有平澹之氣，號爲武功體，以其任武功縣爲主簿時，曾作武功縣詩三十首而得名。姚合創作刻意苦吟；運思則冥搜物象。務求古人體貌所未到，故甚爲工巧。其所選《極玄集》詩百篇，有王維等二十一人，皆爲五律，更自稱此爲「詩家射鵰手」，可見其旨趣之梗概。姚合詩凡五百三十三首，其畢生之志寄託於此，曾自云「自古風光只屬詩」及「詩外應無思」，故詩即其生命所在，且除詩外，更無其他著作流傳至今，因之，欲探究其人及其詩風，唯有以詩爲憑，然詩之無注，頗費苦思，兼以其後未受重視，以致至今仍無專著研究，故本題目甚有其研究價值。

　　本篇之作，承　羅師聯添惠賜題目，擬定章節，與提拱有關之資

料，於茲兩年矣！然兩年來，所得之資料，仍甚有限，蓋以前賢之論姚詩者，或摘章裁句，見之於詩話，或一鱗半爪，散之於典籍，或初考試探，刊之於雜志。因資料之不足，與評論之欠公允，每以此為憾，兼以余之疏拙，思慮不周，撰寫緩慢、每為師憂，至感愧咎；然蒙師不吝鼓勵與指導，多加裁正，獲益匪淺，特致謝忱，並祈賢達君子多所賜教，是幸！

中國民七十五年五月二十日
徐玉美識於國立台灣師範大學

第一章 家 世

第一節 郡望與里籍

姚合，陝州硤石人，新、舊《唐書》明載之，《唐才子傳》承之，千餘年來未有異議。然今人王夢鷗先生於〈唐武功體詩試探〉一文中，則別有發現，認爲姚合是吳興人。茲引原文如下：

> 舊史記載都說他是陝州硤石人，當因姚崇的關係。因爲姚崇本傳都載明姚崇的籍貫在此。但是根據宰相世系表的敍述，姚氏從東漢初卽已遷居浙江吳興，到了隋代姚氏始分出陝州之一支。如果他不是姚崇嫡系子孫，對於吳興關係仍十分密切。所以與他同時代的沈亞之寫一篇《異夢錄》，卽直稱「吳興姚合」。當沈亞之寫《異夢錄》的時候，並沒有必須與姚合攀鄉親的理由，則這「吳興姚合」應出自當時眞正的稱謂，至於他自己亦曾在其〈送喻鳧歸毗陵〉詩中明說：「吾亦家吳者，無因見敝廬」，由這語意可以確定他是吳興人；只不過爲著科名與仕官，他常住在京城，這又與那遊宦在外的一些鄉親情形沒有兩樣。然而《湖州府志》「人物」一門沒有列出姚合，或因過信舊史之文；應該不是爲著他的官歷與名氣不夠的緣故。

王說從三方面肯定姚合爲吳興人，一以姚合非姚崇嫡系；由羅振玉〈李

公夫人吳興姚氏墓誌跋〉可證，合乃姚元景（姚崇長兄）之曾孫。二以沈亞之寫《異夢錄》直稱吳興姚合。三以姚合自稱「吾亦家吳者」。

王說雖言之確鑿，然姚氏於隋時自吳興分出陝郡一支。始遷祖姚宣業，二世祖姚安仁，三世祖姚祥，四世祖姚懿，懿有三子，即姚元景、姚元之、姚元素。姚合乃姚元景之曾孫，姚懿之玄孫，故姚崇之祖籍爲陝州硤石人，姚合何獨有疑焉！況姚崇亦是仕宦於外，《開元御書神道碑》：

> 公諱崇，姚姓有虞之後，遠自吳興，近徙于陝，今洛陽焉。

再者，姚懿爲陝郡四世祖，隸籍陝州無可疑。《姚氏百世源流考》引〈長沙文獻公神道碑〉曰：

> 公諱懿，字善意，年十八，屬隋亂，授公本縣令。太宗東伐王充，授鷹揚郎將，長沙縣男水陸道總管，賊平，除陝州刺史，累加銀青光祿大夫。龍朔初，除使持節巂州都督，二年十二月終于官舍，春秋七十有三。景龍中（中宗），以時宰（姚崇時爲宰相）先人，特旨追贈幽州都督。開元（玄宗）三年，又制贈吏部尚書，諡曰文獻公。三子元景、元崇、元素。陝州陵墓志，唐姚懿墓在州城東衛村社，崇之父也。」（〈神道碑〉唐昭文館學士胡皓撰，將作少匠徐嶠奉敕書）

由此可知，姚懿祖籍居陝州，故雖官巂州都督，且終于官舍，仍歸葬于祖塋所在地陝州。因之，王說「如果他不是姚崇嫡系子孫，對於吳興關係似仍十分親密」，此「關係」係猜測之詞，不足以憑。且姚懿（姚合高祖）爲陝郡姚氏第四世祖，姚元景（姚合曾祖父）爲第五世祖，姚算（姚合祖父）爲第六世祖，姚閎（姚合父）爲第七世祖，則姚合當爲陝郡姚氏之第八代祖，其籍貫隸屬陝州明矣。

其次，王說以「同時代的沈亞之寫一篇《異夢錄》即直稱『吳興姚合』……並沒有必須與姚合攀鄉親的理由，則這『吳興姚合』應出自當時真正的稱謂。」事實則不然，此吳興姚合乃是郡望之稱呼，如：

> 自晉以來，矜尚門第，唐人相習，喜言「郡望」而不注重「里居」，故文人屬詞喜稱先代之地望，非必土著云

然。……〔註1〕

又如羅師《韓愈研究》云：

> 唐人稱人或自稱，習用「郡望」而不注重「里居」。韓愈於
> 文章中常自稱昌黎，李翱韓吏部行狀云「昌黎某人」，而李
> 白作韓愈父仲卿〈去思頌碑〉則云「南陽人」。案「南陽」
> 「昌黎」爲韓氏另一支郡望，與韓愈世系無涉。

因之，姚崇雖是陝州硤石人，而其長孫姚彝（姚合叔祖）之〈神道碑〉，
於開元五年四月由祕書少監崔沔撰，卽稱「吳興姚府君神道之碑」。
故沈亞之稱吳興姚合，乃就其郡望而言，況陝郡姚氏自吳興分出，不
過兩百年耳，祖居郡望仍無間刻而忘。

　　至於王說姚合「他自己亦曾在〈送喻鳧歸毗陵〉詩中明說：『吾
亦家吳者，無因見敝廬』，由這語意可以確定他是吳興人。」事實上
亦未可信，岑仲勉《唐史餘瀋》於唐史中之郡與望曰：「……就最初
言之，郡望籍貫，是一非二。歷代稍遠，支胤衍繁。……遂不能不各
隨其便，散之四方，而望與貫漸分，然人仍多自稱其望者，亦以明厥
氏所從出也。延及六朝，門戶益重，山東四姓，彭城三里，簪纓綿綴，
蔚爲故家，此風逮唐，仍而未革，或久仕江南而望猶河北，或世居東
魯，而人曰隴西，於後世極糅錯之奇，在當時本通行之習。」據上可
知其云「吾亦家吳者」，乃姚合對祖居之懷念，而形之於詩。類此者，
於詩中另有三見：其一〈送朱慶餘及第後歸越〉詩云：「勸君緩上車，
鄉里有吾廬。未得同歸去，空令相見疏。」其二〈送朱慶餘越州歸覲〉
詩云：「訪我波濤郡，還家霧雨城。」其三〈送陸暢侍御歸揚州〉詩
云：「故園偏接近，霅水洞庭邊。」此再再顯示姚合對吳興祖居之思
念，亦卽「文人屬詞喜稱先代地望，非必土著云然」之常例。

　　此外，姚合于〈客遊旅懷〉詩嘗曰：「舊業嵩陽下，三年未得還。」
而成名後〈留別從兄〉亦曰：「一辭山舍廢躬耕，無事悠悠住帝城。
爲客衣裳多不穩，和人詩句固難精。幾年秋賦唯知病，昨日春闈偶有

〔註1〕《國粹學報》四十三期，史篇頁2。

名。卻出關東悲復喜，歸尋弟妹別仁兄。」此所謂嵩陽下，蓋指河南
嵩山南麓而言，關東則函谷關以東，似與陝州硤石較為接近。又陝州
位於黃河邊，考之姚合早年交遊，似亦以河朔一帶為範疇。如其〈寄
崔之仁山人〉云：「百門坡上住，石屋兩三間。日月難教老，妻兒乞
與閒。仙經揀客問，藥債煮金還。何計能相訪，終身得在山。」案：
白門坡乃唐時之共城（而今河南輝縣）西北之蘇門山；別名百門陂。
此外姚合又嘗與劉乂交遊，互有詩作酬贈。《唐才子傳》卷五曰：「又，
河朔間人。……」姚合於其〈寄陝府內兄郭冏端公〉亦自云：「家寄
河朔間，道路出陝城。」由上早年交往人物地緣之接近，與姚合之自
述，更可確知姚合早年里居，雖不必限於陝州硤石，然與吳興相比，
應以陝州關係密切。

　　有關姚合祖籍，已如上述，言乎遠則稱郡望吳興，言乎邇則隸籍
陝州。至若里居則隨祖姚算、父姚閜，與己之宦途屢遷，無有定處。

第二節　先　世

一、淵源——黃帝至先秦

　　姚氏原出於黃帝，七世至鼓叟，鼓叟妻握登見大虹，意感而生舜
於姚墟，故姓姚。〔註2〕舜因有德，得受堯禪，是為虞帝，都蒲坂。先
時，堯以二女娥皇、女英妻之，居于媯汭，其後因以為氏姓。姓媯氏。
〔註3〕娥皇無子，女英生商均，不肖，舜乃薦禹踐天子位，禹則封商均
於虞城，以奉先祀。歷三十二世孫遏父，為周陶正，武王賴其利器，得
以戰捷，故以元女大姬下嫁其子滿，賜姓媯，而封諸陳，以奉舜祀，是
為胡公。〔註4〕經十一世孫屬公躍生敬仲完，〔註5〕初，宣公欲立嬖姬

〔註2〕《世本》‧〈氏姓篇〉及〈帝繫篇〉。
〔註3〕《史記》卷三六，〈陳杞世家〉。
〔註4〕同註3。
〔註5〕《史記》卷三六、〈陳杞世家〉之司馬貞《索隱》。

子款，乃殺太子禦寇，完與禦寇友善，恐禍奔齊，食邑於田，故爲田氏。
再經五世至釐子乞，事齊景公爲大夫，行陰德於民，景公弗禁，由是田
氏得齊眾心。及陳爲楚所滅，乞子得政於齊。後其曾孫太公和遷齊康公
貸於海上，食一城，以奉其先祀，康公薨，無子，太公會魏文侯於濁澤，
請于周天子，求爲諸侯，天子命之，卒有齊國，是爲田齊。其後至六世
孫建，秦始皇兼併天下，滅齊，虜王建，遷之共。〔註6〕此乃先秦時代，
姚姓氏族，始爲虞；中爲嬀；卒爲田之變遷。

二、遠祖——吳興兩漢開族源流

（一）前　漢

1. 前漢吳興始遷祖——田淵

據《姚氏北宋敬愛堂譜》序曰：「陳敬仲奔齊爲田氏，迨漢齊王
之孫田淵避父難徙吳興。」〔註7〕案：田淵父，田延年，字子賓，高
祖時，徙陽陵，以材略給事大將軍府，霍光重之，遷爲長史，出爲河
東太守，後選入爲大司農。此所謂父難乃出延年凶奏言焦、賈二富，
陰積貯岸葦諸下里物，非臣民所當爲，請沒入官。致人亡財而招怨，
出錢求延年罪，乃舉發其前時以詐增昭帝方上車，值錢三千萬，將下
廷尉獄，憤激自殺。〔註8〕故其子田淵避難來吳興，時約當漢宣帝初
年。

2. 三世祖——姚平

姚平，乃漢大司農田延年之曾孫，田淵避父難徙吳興，猶稱嬀
氏，及孫平，復姓姚氏。〔註9〕姚平曾受易於京房。〔註10〕漢元帝
時，官中郎，曉知考功課吏法，其師嘗薦爲刺史。〔註11〕又嘗爲諫

〔註 6〕　《史記》卷四六、〈田敬仲完世家〉。
〔註 7〕　《姚氏百世源流考》引。
〔註 8〕　《漢書》卷九○、〈酷吏列傳〉、田延年。
〔註 9〕　《姚氏百世源流考》引景梁譜序、景崇序。
〔註 10〕　《漢書》卷八六、〈儒林傳〉。
〔註 11〕　《漢書》卷七五、〈京房本傳〉。

議大夫。〔註12〕

3. 五世祖——田豐

　　豐乃諫議大夫姚平之孫，約當王莽時。《漢書》卷九九〈王莽傳〉莽曰：「……黃帝至于濟南伯王，而祖世氏姓有五，黃帝二十五子，分賜厥姓十有二氏，虞帝之先，受姓曰姚，其在陶唐曰嬀，在周曰陳，在齊曰田，在濟南曰王。……姚、嬀、陳、田、王氏凡五姓者，皆黃虞苗裔，予之同族也，書不云乎：『惇序九族』……其令天下此五姓名籍于秩宗，皆以爲宗室。……封田豐爲世睦侯，奉敬王之後。」案：豐之祖平已復姓爲姚，而豐在王莽時，又改姓田，或豐本姚氏，莽改爲田歟！

（二）後　漢

1. 後漢吳興始遷祖——田恢

　　《新唐書》卷七四下〈宰相世系表〉云：「代睦侯〔註13〕子恢避莽亂，過江居吳郡，改姓爲嬀。」案：此云莽亂蓋指王莽篡漢，光武中興事。前《漢書》〈王莽傳〉，莽既云：姚、嬀、陳、田四姓，乃其同族，又封田豐等爲侯，及其敗死，此其同族，恐禍及身，乃避亂江南。《大清一統志》〈浙江湖州府陵墓志〉亦云：「漢姚恢墓寰宇記在武康西南石城山上，恢爲漢青州刺史。」可知姚恢（田恢）確已遷居江南。其後四世不可考。至恢五世孫敷，復改姓姚，居吳興武康。〔註14〕

2. 七世祖——姚信

　　姚信，字德祐，或字元直，〔註15〕父姚敷，約當三國時人。孫權在位，信與顧譚等人並爲太子孫和官屬，後太子廢，信等因而得罪，乃被流徒。〔註16〕及和子孫皓即位，追諡其父爲文皇帝，改葬明陵。

〔註12〕唐林寶、《元和姓纂》、姚姓。
〔註13〕本世睦侯，避唐太宗李世民諱，故「世」改爲「代」。
〔註14〕《新唐書》卷七四下、〈宰相世系〉四下。
〔註15〕《經典釋文敍錄》卷一。
〔註16〕《三國志》、〈吳志〉卷五八、〈陸遜傳〉。

信時爲太常卿，乃奉詔於寶鼎二年十二月，以靈輿法駕，迎其神靈歸葬。〔註17〕信爲人清白忠勤，姿才卓茂，故論著亦夥，有《周易姚信注》十卷，《士緯新書》十卷、《姚氏新書》二卷、《昕天論》一卷、《姚信集》二卷、錄一卷。〔註18〕信子陶爲甯浦太守，孫奮嘗爲太傅。

3. 十四世祖——姚菩提

菩提祖姚郢曾爲宋員外散騎常侍、五城侯。除此，則其上四世不可考知。菩提爲梁高平令，嘗嬰疾多年，乃留心醫藥，由是善診疾症。梁武帝嘗相請益，菩提皆能切中肌理，故每召菩提討論方術，言多會意，由是頗禮遇之。〔註19〕其子僧垣亦擅醫術，嘗除太醫下大夫，隋開皇初，進爵北絳郡公。有《集驗方》十二卷、《行記》三卷行於世。

（三）近祖——陝郡隋唐分支

1. 陝郡始遷祖——姚宣業

《新唐書》卷七四下〈宰相世系表〉云：「陝郡姚氏亦出自武康，梁有征東將軍、吳興郡公－宣業。」案：宣業與北絳郡公僧垣同時，乃兩漢以來第二十四世。〔註20〕宣業子安仁，爲隋汾州刺史，孫祥則爲隨懷州長史，檢校函谷都尉。

2. 高祖——姚懿

懿，字善意，年十八時，適遇隋亂，被授爲長沙縣令，後太宗東伐王充，又授任爲鷹揚郎將，長沙縣男水陸道總管，賊平，除拜陝州刺史，累加銀青光祿大夫。高宗龍朔元年（661）除使持節巂州都督，二年十二月終于官舍，春秋七十有三。及中宗景龍中，其子元崇爲相，皇帝特旨追贈幽州都督，開元三年，又制贈吏部尚書，諡曰文獻公。有子三人－元景、元崇、元素。

〔註17〕《三國志》、〈吳志〉卷五九、〈孫和傳〉。
〔註18〕〈隋唐經籍志〉卷三二～三五。
〔註19〕《周書》〈藝術傳〉。
〔註20〕見《姚氏百世源流考》。

3. 曾祖——姚元景

《舊唐書》〈姚崇傳〉云：「崇長子彝……次子异……少子弈……弈出爲永陽太守，奐出爲臨淄太守，玄孫合。」〔註21〕此玄孫，乃專對姚崇而言。但《新唐書》〈姚崇傳〉則云：「崇三子，彝、异、弈，皆至卿刺史，弈少脩謹……爲睢陽太守，召授太僕卿，後爲尙書右丞。子閎，……閎坐死，弈貶永陽太守，卒。曾孫合勗。」〔註22〕岑仲勉《唐集質疑》已云：「新書之修，斷未必不參舊傳，則『曾孫』二字又當對弈言之。」認爲《新唐書》還是承《舊唐書》之說，列姚合爲崇玄孫輩。但歷來如《郡齋讀書志》，《直齋書錄解題》，元辛文房《唐才子傳》及《四庫全書總目提要》皆視「曾孫」一詞，乃對姚崇所言，故確認合乃崇之曾孫。殊不知宋人鄧名世已對上二說不加採信，故云：陝郡姚氏亦出自武康，梁有征東將軍吳興郡公宣業生安仁，隋汾州刺史生祥。隋懷州長史檢校函谷都尉祥生懿，字善意，嶲州都督，文獻公，生元景、元之、元素。……元素，宗正少卿，生楚州刺史弇、通事舍人凂、鄢陵令算。……元素五孫、三曾孫。……算生閈，閈子秘書監合，世所謂姚武功者。」〔註23〕顯然此說已據《新唐書》〈宰相世系表〉，將合改屬元素一系。清徐松《登科記考》及姚振宗《姚姓百世源流考》已加引用。《登科記考》並據此駁斥新舊《唐書》之謬。但岑仲勉《唐集質疑》亦對鄧名世之辨證有異議。其云：「按辨證之材料，一部是本自新表，易言之，卽以新表證新表，縱許事實如斯，要未合考證方法。」惟近人羅振玉精於金石之學，其於〈李公夫人吳興姚氏墓誌跋〉云：「此誌夫人從子鄉貢進士潛撰，稱夫人爲宗正少卿府君諱元景之曾孫；汝州司馬府君諱算之孫；相州臨河縣令贈太子右庶子府君之季女也；秘書監贈禮部尙書我府君之女弟也。案《唐書》〈宰相世系表〉，陝郡姚氏，元景潭州刺史，生孝孫，壼關令，不及其曾孫。……

〔註21〕《舊唐書》卷九六、〈姚崇傳〉。
〔註22〕《新唐書》卷一二四。
〔註23〕《古今姓氏書辨證》、頁12～13、姚。

今以誌證之，則算爲元景子，閈爲元景孫，合爲元景曾孫，表誤以此三世錯列元素系也。」（註24）得此誌，則自新舊《唐書》以來，姚合系屬紛歧之說，當可明矣！合乃唐宗正少卿姚元景之曾孫。案：上誌之所以可信，一則墓誌所載，乃唐時產物，時代相近，所識當較可靠。再則墓誌作者爲姚合之子，與被誌者乃姑姪之親，當不至於對己近三、四世之先祖，亦昏然不明。且跋此墓誌者，乃一代金石學大師－羅振玉，以其閱歷之富，推勘之精，則更無庸置疑。因此姚合非元之曾孫，亦非元素曾孫，更非元之玄孫，其乃元景之曾孫也。

4. 祖父——姚算

姚合系屬，自《舊唐書》以來，卽錯附于姚崇之下，因而誤導爲姚崇之後。後雖經宋鄧名世之辨證，引《新唐書》〈宰相世系表〉，將合改隸元素一系。雖此辨證改隸，仍未屬實，然《新唐書》〈宰相世系表〉已列合乃姚算之孫，今以羅振玉跋之〈李公夫人吳興姚氏墓誌〉證之，則姚合祖父確爲姚算。唯《新唐書》〈宰相世系表〉云算爲鄜陵令，而羅振玉跋之墓誌，謂算官仕汝州司馬，此二說略有个同。案此或算嘗爲鄜陵令，復爲汝州司馬，亦未可知也。

5. 父親——姚閈

據羅振玉跋〈李公夫人吳興姚氏墓誌〉推算。嘗官相州臨河縣令，後追贈爲太子右庶子者，乃姚合之府君。雖不言此人爲誰，然證以《新唐書》〈宰相世系表〉曰：「閈，臨河令」，而合秘書監亦隸其下，則姚合乃相州臨河縣令，贈太子右庶子姚閈之子，至爲顯然。

第三節 家庭經濟狀況

姚合先世，自武康移居陝郡以來，世代爲官，至其祖父曾任汝州司馬，其父則曾任相州臨河縣令，雖非朝廷命官，維持一家生計，當不成問題。合自小生長在官宦世家，故未感受生活之艱辛。成年後至

〔註24〕《羅雪堂全集》、丁稿。

入京就試前，曾隱居躬耕嵩陽之下，故其〈酬薛奉禮見贈〉自稱是「栖栖滄海一耕人」，又〈客遊旅懷〉詩云：「舊業嵩陽下」，既有產業，當然不致飢寒，故於元和八年（813）赴京就省試時，猶攜童帶僕。〔註25〕直至不第，賃舍長安，誓必東山再起，此時方感寂寞、貧困，其〈得舍弟書〉云：

親戚多離散，三年獨在城。貧居深隱臥，晚學愛閒名。……

又〈獨居〉詩曰：

深閉柴門長不出，功夫自課少閒時。……生計如雲無定所，窮愁似影每相隨。

姚合蟄居帝城三年，專心苦讀，為求擢第，致生計艱困，難怪要嘆生計如浮雲了無定所，窮愁似身影每必相隨。又帝城為功名爵祿所在，與己孤獨困頓之境恰成對比，因此激發其向上之心，閉門謝客，展書苦讀，但期愚暗之身，能有光輝之日，皇天果不負苦心人，元和十一年，合終擢進士第。《唐摭言》卷七云：「元和十一年，歲在丙申，李逢吉下三十三人，皆取寒素。」而〈周匡物及第〉詩又云：「元和天子丙申年，三十三人同得仙。袍似爛銀文似錦，將相白日上青天。」〔註26〕由「寒素」一詞，可見其家境之清貧，然終因及第而換上絢爛光亮之袍服，極一時之榮耀。

其後姚合應田弘正將軍幕之辟，招為魏州從事。軍中生活，本刻勤刻儉，更何況此時竊賊勢力日漸形成，朝廷雖有封賜，無不為作戰所備，故物質生活得過且過。所幸姚合此時一心一意想樹立功名，對此亦不在意，故其〈從軍行〉詩云：「……丈夫生世間，職分貴所當。……鷹鶻念搏擊，豈貴食滿腸。」元和十二年冬，授武功主簿，武功蓋在今陝西省渭水南，唐時郿縣地，本以山水立名，縣僻又當邊地，作吏荒城，官卑俸少，窮愁疾病；加以柴薪昂貴，更使區區小吏不勝負荷。

〔註25〕姚合〈答竇知言〉詩曰：「……讀我赴省期，逢子亦且奔，……同行十日程，僮僕性亦敦。」

〔註26〕《唐摭言》卷七、好放孤寒。

故武功縣居三十首中，處處有其悲苦之聲，茲舉其要者如下：

> 微官如馬足，秖是在泥塵。到處貧隨我，終年老趁人。(其三)
>
> 簿書多不會，薄俸亦難銷。……且自心中樂，從他笑寂寥。(其四)
>
> 曉鐘驚睡覺，事事便相關。小市柴薪貴，貧家砧杵閒。讀書多旋忘，賒酒數空還。(其五)
>
> 窮達天應與，人間事莫論。微官長似客，遠縣豈勝村。竟日多無食，連宵不閉門。(其十)
>
> 自下青山路，三年著綠衣。官卑食肉僭，才短事人非。(其十二)
>
> 作吏荒城裏，窮愁欲不勝。病多唯識藥，年老漸親僧。(其十四)
>
> ……久貧還易老，多病懶能醫。道友應相怪，休官日已遲。(其二十四)
>
> ……醉臥疑身病，貧居覺道寬。新詩久不寫，自算少人看。(其二十五)
>
> 悠悠小縣吏，顇頓入新年。遠思遭詩惱，閒情被酒牽。……(遊春其七)

由此可見，姚合武功為吏詩，物質生活並不稱意。元和十五年（820）罷武功主簿後，由於京城親故相邀，故暫蟄居長安城，但此時因官罷，故貧困更甚。其〈街西居〉三首詩云：

> 日出窮巷喜，溫然勝重衣。重衣豈不煖，所煖人不齊。(其二)
>
> 窮賤餐茹薄，興與養性宜。乃知長生術，豪貴難得之。(其三)

又〈寄賈島〉詩亦云：

> 漫向城中住，兒童不識錢。甕頭寒絕酒，竈額曉無煙。

生活窮困，衣食不足，致兒女不識錢為何物，甚為淒然。然姚合反謂其正宜養性，並以此達長生目的，倒是豪貴所難得，如此自我解嘲，日子非但易過，尚且超然。

　　長慶初年，姚合升調為富平、萬年縣尉。此刻比起前休官在城時，因有固定俸祿收入，生活稍獲改善，但終未脫貧苦，故朱慶餘在〈與

賈島、顧非熊、無可上人宿萬年姚少府宅〉詩云：

> 莫厭通宵坐，貧中會聚難。堂虛雪氣入，燈在漏聲殘。〔註27〕

又姚合〈寄賈島浪仙〉詩亦云：

> 悄悄掩門扉，窮窘自維縶。世途已昧履，生計復乖緝。……
> 往還縱云久，貧寒豈自習。所居率荒野，寧似在京邑。院
> 落夕彌空，蟲聲雁相及。衣巾半僧施，蔬藥常自拾。凜凜
> 寢席單，翳翳竈煙溼。頹籬里人度，敗壁鄰燈入。曉思已
> 暫舒，暮愁還更集。……

由上窮窘維縶，生計乖緝，衣巾僧施，可知其雖為縣尉，生活並非盡
如人意。其後更因貧病難理而辭官，〔註28〕境況則更為窘迫，其〈病
中書事寄友人〉詩云：

> 終日自纏繞，此身無適緣。萬愁生雨夜，百病湊衰年……
> 家貧何所怨，將在老僧邊。

又〈喜胡遇至〉詩曰：

> 窮居稀出入，門戶滿塵埃。病少閒人問，貧唯密友來。……

又〈送李餘及第歸蜀〉詩云：

> 長安米價高，伊我常渴飢。

貧病交加，情何以堪，故詩人渴望些許慰藉。

　　寶曆中，姚合除官監察御史，經濟雖略為好轉，但仍未見寬裕。
蓋此期間諸多文士，時而集宿其家，如無可有〈秋暮與諸文士集宿姚
端公所居〉詩、〈冬夜姚侍御宅送李廓少府〉詩，及〈冬中與諸公會
宿姚端公宅〉〈懷永樂殷侍御〉詩。馬戴亦有〈集宿姚殿中宅期僧無
可不至〉詩、〈雒中寒夜姚侍御宅懷賈島〉，及〈集宿姚侍御宅懷永樂
殷侍御〉，姚合亦有〈喜馬戴見過期無可上人不至〉詩、〈洛下夜會寄
賈島〉等，時而集宿，柱史開筵待客，〔註29〕乃為常事。其間姚合或

〔註27〕《全唐詩》卷五○四。

〔註28〕張籍〈贈姚合少府〉詩云：「病來辭赤縣，案上有丹經。……闕下今
　　　　遺逸，誰贍隱士星。」

〔註29〕〈無可冬中與諸公會宿姚端公宅懷永樂殷侍御〉曰：「柱史靜開筵，
　　　　所思地何偏」。又〈秋暮與諸文士集宿端公所居〉詩曰：「宵清月復

稍有餘資，亦共客散盡。大和三年春，姚合雖仕爲戶部員外郎，然其
〈偶然書懷〉詩曰：

> 十年通籍入金門，自愧名微枉縉紳。……家山迢遞歸無路，
> 杯酒稀疏病到身。……

所謂「杯酒稀疏病到身」，可見生活並未盡如己意。

大和三年秋，姚合出任金州刺史，金州隸屬安康郡，物阜民豐，
堪稱好郡，其〈金州書事寄山中舊友〉云：

> 安康雖好郡，刺史是憨翁。買酒終朝醉，吟詩一室空。自
> 知爲政拙，眾亦覺心公。……漑稻長洲白，燒林遠岫紅。……
> 林下無相笑，男兒五馬雄。

姚合任職於此，雖吟詩一室空，然能終朝置酒買醉，經濟生活自較過
去暢快。

大和五年（831），姚合官拜刑部郎中，雖然仕宦宮中，然姚合卻
自云窮愁、寂寞，其〈秋晚夜坐寄院中諸曹長〉詩曰：

> 窮愁山影峭，獨夜漏聲長。寂寞難成寐，寒燈侵曉光。

此殆合從金州刺史之正四品上，移此刑部郎中之從五品上，又從優遊
自在好郡之長，徙官至此繁職，不甚適應之故。

大和六年後，姚合轉守錢塘，白居易嘗云「天下名郡數蘇杭」，
據此錢塘非但是天下名郡，且爲江南富庶之域、魚米之鄉，姚合牧守
於此，生活當更充裕，然姚合〈杭州官舍偶書〉卻云：

> 錢塘刺史謾題詩，貧褊無恩懦少威。……無術理人人自理，
> 朝朝漸覺簿書稀。

又〈買太湖石〉詩亦曰：

> 我嘗遊太湖，愛石青嵯峨。……奇哉賣石翁，不傍豪貴家，
> 負石聽苦吟，雖貧亦來過。……

上二詩皆自云貧困，此究何因？試觀周賀〈贈姚合郎中〉詩云：

> 望重來爲守土臣，清高還似武功貧。……玉帛已知難撓思，

圓，共集侍臣筵」。

雲泉終是得閒身。〔註30〕

又〈寄姚合郎中〉詩云：

轉刺名山郡，連年別省曹。分題得客少，著價買書高。……

〔註31〕

據上可知，姚合雖貴爲名郡之長，然其立性閒散，治政以無爲而人自化爲高，旣是如此，則每月除俸錢外，別無收入。故嘗自云：「爲政多孱懦，應無酷吏名」（寒食二首之一），旣不知蠅蠅苟苟，則俸錢本自有限，除家用外，玉帛已難困擾詩人，因此縱有餘資，亦盡用作買書、買石、宴集、登臨遊賞等事，周賀稱其清高還似武功貧，而其亦自云貧褊無恩懦少威，蓋如此之故。

大和七年秋後，姚合除官諫議大夫，雖劉得仁〈上姚諫議〉詩嘗云：

高文與盛德，皆謂古無倫。聖代生才子，明庭有諫臣。……

名因詩句大，家似布衣貧。……〔註32〕

然姚合認爲諫議一職，得與天子相親，於疏拙之身，已甚感榮寵，故其〈省值書事〉詩曰：

默默滄江老，官分右掖榮。立朝班近殿，奉直上知名。……

竹深雲自宿，天近日先明。孱懦難封詔，疏愚但擲觥。素

餐終日足，寧免眾人輕。

所謂「素餐終日足」可見姚合對己無功而居此位，雖未大富大貴，而於日常衣食，則應無缺憾，故能自足如此。

文宗開成二年（837）以後，姚合嘗徙官給事中與御史中丞，按此二官，皆屬正五品上，與諫議大夫品秩相同。此時，姚合除歎己之衰老之外，無復往昔縣小吏，日爲衣食愁苦之歎，可知其物質生活，當一如諫議大夫，甚爲自足愜意。開成五年（840），姚合更遷官至從四品上之秘書少監，其〈酬光祿田卿末伏見寄〉詩云：

〔註30〕《全唐詩》卷五〇三。
〔註31〕同註30。
〔註32〕《全唐詩》卷五四五。

……貴寺雖同秩，閒曹只管書。朝朝廊下食，相庇在肴葅。

光祿寺掌膳羞，姚合既得光祿田卿相庇，得以朝朝廊下承受聖上賜食，則衣食更無乏缺矣！

綜上所述，姚合生活較爲困頓之時，乃早期出爲縣小吏，衣食難以自足，與休官時之貧病交迫，致甕頭絕酒，竈額無煙。爾後，則漸入佳境，生活無憂，可謂先苦後甘者也。

第二章 事　蹟

第一節　事蹟綜述

　　姚合，字號不詳，中晚唐間人。善詩，與賈島相唱和，時謂之「姚賈」。約生於代宗大曆十年（775），其先世自合往前數八世祖姚宣業，於梁時已從吳興移居陝州硤石，而後至其高祖姚懿起皆仕宦於唐，官無定所，故其生於何處，難以考究。

　　姚家曾寄居河朔間，合日與劉叉等人交遊，優遊於山林水澤間。及長，娶陝府郭岡侍御之妹爲妻，育有子女（其子乃嘗爲鄉貢進士之姚潛，女則嫁李頻），爾後躬耕嵩陽下，其〈客遊旅懷〉詩云：

　　　　舊業嵩陽下，三年未得還。

又〈成名後留別從兄〉詩云：

　　　　一辭山舍廢躬耕，無事悠悠住帝城。

又〈酬薛奉禮見贈之作〉亦自云：

　　　　栖栖滄海一耕人。

可見其未入長安省試之前，是以耕讀爲生，悠閒自在，並與山中隱者，崔之仁等人遊，恣意行坐，有如閒雲野鶴。年三十而後，始專力爲詩，冀求功名。

　　元和八年（813）果得鄉里薦舉，是年冬，始入京赴試，途經黎

陽，結識楊茂卿，至陝城又與竇知言結爲摯友。九年（814）省試不第，甚爲自責，作有〈下第及寄楊茂卿〉詩訴說羞愧之情，及勢在必得之心。其〈寄楊茂卿〉詩云：

> 去年別君時，同宿黎陽城。……君爲使滑州，我來西入京。……到京就省試，落籍先有名。慚辱鄉薦書，忽欲自受刑。還家豈無路，羞爲路人輕。決心住城中，百敗望一成。腐草眾所棄，猶能化爲螢。豈我愚暗身，終久不發明。

姚合決意留住帝京，誓擢進士，以雪落籍之辱，乃賃舍長安親仁里，展書自課，奈何盤纏有限，加以長安乃繁華之地，日用較貴，逗留年餘，一籌莫展，以致生計如雲，窮愁潦倒。〈親仁里居〉、〈獨居〉等篇流露出寂寥窘迫之情景。元和十年（815）第二次再舉進士，仍不第，失意悲苦更甚，連好友邀請賞春，亦畏睹景反生愁情而一併拒絕，其〈答友人招遊〉詩曰：

> 不來知盡怪，失意懶春遊。聞鳥寧驚夢，看花怕引愁。……

其〈寄舊山隱者〉更道出奔走名場之艱辛，其詩云：

> 別君須臾間，曆日兩度新。……奔走衢路間，四肢不屬身。名在進士場，筆毫爭等倫。我性本朴直，詞理安得文。縱然自稱心，又不合眾人。以此名字低，不如風中塵。

由於名場一再失利，姚合唯有寄語老友，抒發感懷，謂己之詩，縱然自覺稱心，然未逢知音賞識，以此而默默無名，反不如風中塵，猶可飛揚一時，其情甚爲幽怨。

元和十一年（816），姚合進士擢第，[註1] 是年中書舍人李逢吉，權知禮部貢舉，榜成未放，逢吉拜門下侍郎、同中書門下平章事，上詔禮部尚書王播署榜。[註2] 同年進士三十三人，可考者惟鄭澥、廖有芳、周匡物、令狐定、皇甫曙、劉端夫、李方、楊之罘、柳告、韓縚等十人，皆取寒素，周匡物〈及第〉詩云：

〔註1〕姚合〈贈任士曹〉詩曰：「憲皇十一祀，共得春闈書。道直淹曹掾，命通侍玉除。……」
〔註2〕《新唐書》卷一七四〈李逢吉傳〉。

元和天子丙申年，三十三人同得仙。袍似爛銀文似錦，相
將白日上青天。〔註3〕

當時同年三十三人，由清貧卑微之身，忽然及第，身著絢爛光亮之袍
服，如同白日上青天之尊榮。姚合久困名場，一旦得第，恍忽之間，
實未敢置信，其〈及第夜中書事〉道出當時意氣風發之情，其詩曰：

夜睡常驚起，春光屬野夫。新銜添一字，舊友遜前途。喜
過還疑夢，狂來不似儒。愛花持燭看，憶酒犯街沽。天上
名應定，人間盛更無。報恩丞相閣，何嘗殺微軀。

由此可知姚合對及第之喜悅與驚訝。又其〈寄陝府內兄郭冏端公〉詩
回憶及第時之心境曰：

……相府執文柄，念其心專精。薄藝不退辱，特列爲門生。
事出自非意，喜常少於驚。春牓四散飛，數日徧八紘。眼
始見花發，耳得聞鳥鳴。免同去年春，兀兀聾與盲。

由此亦可知其及第後之心情，「見花開」「聞鳥鳴」世界突然變得如此
美好。更而不數日間，春牓早已傳遍天下，無人不知，無人不曉。此
時姚合已年屆四十，猶如此欣狂，何況其他之人。故以一己之體驗，
道出諷刺士子熱中名場之〈感時〉詩，其詩曰：

憶昔未出身，索寞無精神。逢人話天命，自賤如埃塵。君
今纔出身，颯爽鞍馬春。逢人話天命，自重如千鈞。信涉
名利道，舉動皆喪眞。君今自世情，何況天下人。

涉足名利，舉動喪眞，與及第前自賤如埃塵、及第後自重如千鈞，對
士子迷戀舉場之心態表露無遺，千古以來舉場之陋習蓋如此，然姚合
亦甚爲感激座主李逢吉之提拔，其〈杏園宴上謝座主〉詩曰：

得陪姚李植芳叢，別感生成太昊功。今日無言春雨後，似
含冷涕謝東風。

其深以名標進士爲榮，又喜得與同年聚會，然對座主提拔之大恩，不
知何言以酬謝，唯如桃李含春雨謝東風之德，而感激涕零。杏園宴
後，姚合歸思甚切，於辭別從兄之後，遄往關東而去，道經陝府，乃

〔註3〕《登科記考》卷一八引。

造訪睽違逾十年之內兄郭冏。姚合青雲得路,妻兄亦甚感佩,兩人相處月餘,情投意合,甚爲歡洽。其〈寄陝府內兄郭冏端公〉詩曰:

> ……相府執文柄,……特列爲門生。……家寄河朔間,道
> 路出陝城。睽違逾十年,一會豁素誠。同游山水窮,狂飲
> 飛大觥。起坐不相離,有若親弟兄。中外無親疏,所算在
> 其情。久客貴優饒,一醉舊疾平。家遠歸思切,風雨甚亦
> 行。到茲戀仁賢,淹滯一月程。新詩忽見示,氣逸言縱橫。
> 纏綿意千里,騷雅文發明。永畫吟不休,咽喉乾無聲。羈
> 貧重金玉,今日金玉輕。

羈留陝城,同遊山水,飲酒論詩,行坐不離,忽已淹留一月,兩人情誼雖篤,怎奈三年離家未歸,鄉思益切,而及第之榮耀,急欲與親友共享,故雖風雨交加之日,亦須起程返鄉。

是年夏秋之際,姚合載譽返鄉,心情自極歡愉,因而詩情亦甚閒雅自得,其〈閒居遣懷〉十首道盡個中趣味!茲舉其要如下:

> 身外無徭役,開門百事閒。倚松聽唳鶴,策杖望秋山。萍
> 任蓮池綠,苔從匝地斑。料無車馬客,何必掃柴關。(其一)

> 白日逍遙過,看山復遶池。展書尋古事,翻卷改新詩。賒
> 酒風前酌,留僧竹裏棋。同人笑相問,羨我足閒時。(其三)

> 萬事徒紛擾,難關枕上身。朗吟銷白日,沈醉度青春。演
> 步憐山近,閒眠厭客頻。市朝曾不到,長免滿衣塵。(其七)

> 野性多疏惰,幽棲更稱情。獨行看影笑,閒坐弄琴聲。懶
> 拜腰肢硬,慵趨禮樂生。業文隨日遣,不是爲求名。(其八)

琴棋詩酒爲伴,閒適且逍遙,故笑顏常開,又以青雲得路,對未來美景充滿期盼與憧憬,紛擾之萬事,皆不相干,生活可謂無憂無慮。

姚合既經擢第而返鄉探親,生活固悠閒,然當時天下多事,朝中用才又急,故是年冬,姚合卽應魏州將軍田弘正之招請,辟爲魏州從事。其〈從軍行〉詩曰:

> 濫得進士名,才用苦不長。性癖藝亦獨,十年作詩章。六
> 義雖粗成,名字猶未揚。將軍府招引,遣脫儒衣裳。

此時姚合初任職，胸懷大志，欲報朝廷拔擢之大恩，故其〈寄狄拾遺時爲魏州從事〉詩曰：

> 少在兵馬間，長還繫戎職。雖飛不得遠，豈要生羽翼。三年城中遊，與君最相識。應知我中腸，不苟念衣食。主人樹勳名，欲滅天下賊。愚雖乏智謀，願陳一夫力。人生須氣健，飢凍縛不得。睡當一席寬，覺乃千里窄。古人不懼死，所懼死無益。……

「愚雖乏智謀，願陳一夫力」「古人不懼死，所懼死無益」表白姚合報國立功之心願。又其〈從軍行〉詩云：

> ……將軍俯招引，遺脫儒衣裳。常恐虛受恩，不慣把刀鎗。
> 又無遠籌略，坐使虜滅亡。……鷹鶻念搏擊，豈貴食滿腸。

姚合自比鷹鶻，志在搏擊殺叛賊，然而魏州將軍却以姚合爲溫文儒士，恐未能勝任戰場執戟嘶殺之職，因而囑附其留任府中，典閱兵籍。致使滿腔熱血，却未能一展身手以報恩建功，其內心之受挫可想而知，故其〈從軍行〉詩又曰：

> 昨來發兵師，各各赴戰場。願我同老弱，不得隨戎行。丈夫生世間，職分貴所當。從軍不出門，豈異病在牀。……

所謂「從軍不出門，豈異病在牀」道出姚合事與願違之痛苦，猶如英雄無用武之地。既不能赴戰場領兵殺敵，每日於將軍府中招點兵籍，亦覺索然無味，惟感眼昏指疼，其〈從軍樂〉二首曰：

> 每日尋兵籍，經年別酒徒。眼疼長不校，肺病且還無。僮僕驚衣窄，親情覺語粗。幾時得歸去，依舊作山夫。
> 朝朝十指痛，唯署點兵符。貧賤依前在，顛狂一半無。身慚山友棄，膽賴酒杯扶。誰道從軍樂，年來鑷白鬚。

姚合向以男兒當以功勳爲貴，嘗云：「丈夫貴功勳，不貴爵祿饒」（〈送任琬評事赴沂海〉），又其早年嘗愛劉叉之劍，又卽贈而勉之，[註4] 因此自認堪赴戰場殺賊。然今日從軍，志既不得伸，乃毅然有歸與之思。

〔註4〕劉叉有〈姚秀才愛予小劍因贈〉詩曰：「一條古時水，向我手中流。臨行瀉贈君，勿薄細碎讎。」

　　元和十二年（817）後，姚合罷魏州從事，返回長安待授新職。是時蔡州叛賊正熾，七月丙辰，上詔以裴度爲淮西宣尉處置使，十月癸酉，克復蔡州。姚合欣聞王師破賊，爲亂多時之蔡州已定，生靈得以甦息，內心甚感愉悅，有〈送蕭正字往蔡州賀裴相淮西平〉詩。是年冬，姚合除拜武功縣主簿。武功以山水立名，北帶渭水，南有太白、終南二山，乃古形勝之地。姚合爲吏於此，身歷其境，耳濡目染，觀察頗能深入，故模景寫物皆能深然有緻。

　　武功雖富山水，然因地處窮僻，悠悠小吏，亦難免困頓。姚合一則喜仕宦荒城，世事疏離，可深居養身；一則憂薄俸難以支付開銷，致竟日無食，百憂因而叢生。又雖能安貧樂道，以卑官不惡，適足使行止逍遙；卻又苦於區區小吏，終日逐人忙碌。且見昔時故友，個個青雲直上，與己困居蕭條山縣相較，孤寂寥落之感油然而生。其傳世之〈武功縣居〉三十首，即表達了此種矛盾心緒。茲錄幾首，以見其情。

> 縣去帝城遠，爲官與隱齊。馬隨山鹿放，雞雜野禽棲。遠舍惟藤架，侵階是藥畦。更師嵇叔夜，不擬作書題。（〈武功縣中作〉之一）

> 微官如馬足，祇是在泥塵。到處貧隨我，終年老趁人。簿書銷眼力，杯酒耗心神。早作歸休計，深居養此身。（〈武功縣中作〉之三）

> 作吏荒城裏，窮愁欲不勝。病多唯識藥，年老漸親僧。夢覺空堂月，詩成滿硯冰。故人多得路，寂寞不相稱。（〈武功縣中作〉之十四）

> 門外青山路，因循自不歸。養生宜縣僻，說品喜官微。淨愛山僧飯，閒披野客衣。誰憐幽谷鳥，不解入城飛。（〈武功縣中作〉之二十三）

作吏荒城，雖窮愁不勝，然悠悠小吏之生涯亦足以頹然自放，與疏散閒野之性情正相投合，發而爲詩，益顯其閒雅恬淡之特色。

　　元和十五年（820），姚合正爲一官無限日所苦，忽獲准罷官，猶

如久閉樊籠，一旦解脫，心神爲之暢快，其〈罷武功縣將入城〉刻劃
此時之心境曰：

> 乍拋衫笏覺身輕，依舊還稱學道名。欲泥山僧分屋住，羞
> 從野老借牛耕。妻兒盡怕爲逋客，親故相邀遣到城。無奈
> 同官珍重意，幾迴臨路卻休行。
>
> 青衫脫下便狂歌，種薤栽莎斸古坡。野客相逢添酒病，春
> 山暫上著詩魔。亦知官罷貧還甚，且喜閒來睡得多。欲與
> 九衢親故別，明朝柱杖始經過。

此時無官一身輕，雖可閒眠高臥，更可狂歌，然貧窮益甚，妻兒尤畏
其因此而避世隱居；幸而九衢親友相邀，故決定到長安拜見親朋好
友。其後姚合卜居長安，以寫方識藥、吟詩自娛。

　　穆宗長慶元年，姚合除拜富平縣尉，然爲時甚短，旋卽轉遷萬年
縣府。萬年縣距長安頗近，因此，故友得時時訪宿，如賈島、無可、
朱慶餘、厲玄、顧非熊等皆嘗爲坐上貴客。然區區八品小官，俸錢微
薄，致窮窘維縶，生計乖緝，甚至衣巾亦半數得自僧人施與，其〈寄
賈島浪仙〉詩曰：

> 悄悄掩門扉，窮窘自維縶。世途已昧履，生計復乖緝。……
> 所居率荒野，寧似在京邑。院落夕彌空，蟲聲雁相反。衣
> 巾半僧施，蔬藥常自拾。凜凜寢席單，翳翳竈煙溼。頹籬
> 里人度，敗壁鄰燈入。曉思已暫舒，暮愁還更集。……海
> 嶠誓同歸，橡栗充朝給。

此傾訴出當日雖尉於京畿所轄之縣邑，然甚爲困窘，衣食不能自足，
連自己也難以相信。正當其窮苦而慨然有歸與之志時，又患重病，因
此辭去赤縣尉職，故張籍〈贈姚合〉詩曰：「病來辭赤縣，案上有丹
經。」〔註5〕長慶三年（823），姚合返長安，病仍未癒，然參與文士
之聚會與送行，吟詩酬酢愈勤，其〈閒居〉詩自云：「帶病吟雖苦，
休官夢已清。」長慶四年（824）夏末，舊病漸平，心境亦較愉悅。
吟詩、閒眠、看山賞景，甚爲優遊自在，故〈閒居晚夏〉詩曰：「閒

〔註5〕《張司業集》卷三。

居無事擾，舊病亦多痊。選字詩中老，看山屋外眠。片霞侵落日，繁葉咽鳴蟬。對此心還樂，誰知乏酒錢。」正是描摹此中眞趣之所在。

敬宗寶曆元年（825），姚合終得侍官彤闈，除拜監察御史。二年（826）更以殿中侍御史分巡東都，此時姚合雖烏府爲吏，却常存歸去滄江之心。然此絕非怠忽國事，實乃性靈閒野所致。觀其〈遊河橋曉望〉詩，可知姚合實亦憂心忡忡於國事，其詩曰：

閒上津橋立，天涯一望間。秋風波上岸，旭日氣連山。偶聖今方變，朝宗豈復還。崑崙在藩界，作將亦何顏。

姚合及第後曾欲從戎建功報國，雖未能如願，然君國之念，常縈繫於心。此時因閒暇而上津橋，本爲遊賞，然遠望天涯，見疆域之窘縮，連崑崙山亦陷入藩界，未免慨歎國勢陵夷，悲憤之際，發出「作將亦何顏」之沈痛呼喚。

文宗大和三年（829）姚合居長安出仕戶部員外郎，掌戶口、土田、賦役、貢獻、蠲免、優復、姻婚、繼嗣之事。〔註6〕此時仕途雖較平順，然四十左右方擢第，又經歷十餘年縣小吏及分巡生涯，今得入三省從事，慨歎之餘，未免自比漢文帝時之郎官－馮唐，自我解嘲一番，其〈偶然書懷〉詩云：

十年通籍入金門，自愧名微枉縉紳。鍊得丹砂疑不食，從茲白髮日相親。家山迢遞歸無路，杯酒稀疏病倒身。漢有馮唐唐有我，老爲郎吏更何人。

又〈春日早朝寄劉起居〉亦云：

九衢寒霧斂，雙闕曙光分。綵仗迎春日，香煙接瑞雲。珮聲清漏間，天語侍臣聞。莫笑馮唐老，還老謁聖君。

雖老爲郎史，然心境似較往昔歡暢。大和三年（829）秋後，姚合出爲金州刺史，金州地通湖湘、巴峽，山光水色，風景更爲宜人，故飲酒賦詩，甚爲自得，然於教化治民上，却不遺餘力。其親臨百姓，不分晝夜，憂慮人民，猶如至親，亦令州民安居樂業，故甚爲此五馬之

〔註6〕《新唐書》卷四六、〈百官志〉。

官而自豪，其〈金州書事寄山中舊友〉詩云：

> 安康雖好郡，刺史是憨翁。買酒終朝醉，吟詩一室空。自
> 知爲政拙，眾亦覺心公。親事星河在，憂人骨肉同。簿書
> 嵐色裏，鼓角水聲中。井邑神州接，帆檣海路通。野亭晴
> 帶霧，竹寺夏多風。溉稻長洲白，燒林遠岫紅。舊山期已
> 失，芳草思何窮。林下無相笑，男兒五馬雄。

身歷此好郡，姚合除滿心愜意外，好友賈島、無可之來訪、伴遊，更
是一大樂事，故隨心境之順暢，詩作因而漸多，有〈郡中西園〉,〈金
州西園〉九首等詩。

　　大和四年（830）秋末，姚合罷郡回朝，除拜刑部郎中，官階爲
從五品上，姚合突由安康好郡之長（從三品官）遷居此官，品秩下跌，
無異貶斥，內心受挫，當不在話下，其〈秋晚夜坐寄院中諸曹長〉云：

> 腰間垂印囊，白髮未歸鄉。還往應相責，朝昏亦自傷。窮
> 愁山影峭，獨夜漏聲長。寂寞難成寐，寒燈侵曉光。

非獨朝昏自傷，長夜漫漫，窮愁孤寂，致夜不能入眠，由此可知其心
境之難過。然刑部郎中掌律法，按覆大理及天下奏讞，〔註7〕職雖瑣
碎紛雜，然攸關刑責，故不得不面對事實，善盡職責，其〈書懷寄友
人〉詩云：

> 精心奉北宗，微宦在南宮。舉世勞爲適，開門事不窮。年
> 來復幾日，蟬去又鳴鴻。衰疾誰人問，閒情與酒通。四鄰
> 寒稍靜，九陌夜方空。知老何山是，愚歸愚谷中。

在繁務百忙中，積勞成疾，心爲形役之感再度湧現，故思歸愚谷，閒
眠隱臥過一生。

　　大和六年（832）春，姚合再度領郡，改刺杭州。杭州雖江南大
郡，然因合故鄉在河朔間，又自仕宦以來，亦始終居於京兆附近，故
對江南甚爲陌生。所幸行前，白居易嘗以過去牧守杭壇之經驗，爲其
細說杭州事，並勉之固應撫恤閭里，亦須躋攀樓台吟風賞月，以詩歌

〔註7〕同註6。

化育百姓。〔註8〕此去沿路皆有詩作，如〈春日江次〉、〈揚州春詞〉等皆是。因江南乃風雅之地，文風特盛，尤以杭州爲是，而刺史爲一郡之長，關係尤重，故蘇軾〈訴衷情〉詞有云：「錢塘風景古來奇，太守例能詩」，〔註9〕良有以也。姚合卽以詩人身分領郡錢塘，到任後，詩名速爲眾所仰望，一時號爲詩宗。周賀、方干、鄭巢等人嘗先後就教，周賀〈贈姚合郎中〉詩曰：

　　……兩衙向後長無事，門館多逢請益人。〔註10〕

方干〈上杭州姚郎中〉亦曰：

　　……身貴久離行藥伴，才高獨作後人師。〔註11〕

姚合旣爲一州之長，又被稱爲詩宗，請益之人，聞風而至，尊奉爲師在所難免，可見當時之風尚，其〈酬薛奉禮見贈之作〉亦可見當時之盛況，其詩曰：

　　栖栖滄海一耕人，詔遣江邊作使君。山頂雨餘青到地，濤
　　頭風起白連雲。詩成客見書牆和，藥熟僧來就鼎分。……

所謂「詩成客見書牆和」足見其詩爲江南文士所嚮慕，爭相酬和。在深受擁戴下，姚合日與文士宴集酬酢，並同方外高僧暢遊名山勝景，此時姚合道出內心眞實感受，其〈題杭州南亭〉曰：

　　舊隱卽雲林，思歸日日深。如今來此地，無復有前心。古
　　石生靈草，長松棲異禽。暮潮簷下過，濺浪溼衣襟。

「如今來此地，無復有前心」含蓄地表白詩人夢寐以求者，非僅南亭一處，乃概括整個杭州名勝，難怪嘗任杭州刺史之白居易，於其日後〈憶江南〉詞中嘗云：「江南憶，最憶是杭州」。

　　遊山玩水雖可賞心悅目，然亦不能荒怠政事，姚合理政以無爲而治，其〈杭州官舍偶書〉曰：

〔註8〕 白居易〈送姚杭州赴任因思舊遊〉二首曰：「與君細說杭州事，爲我留心莫等閒。閭里固宜勤撫恤，樓臺亦要數躋攀。
〔註9〕 《全宋詞》第一冊、〈蘇軾詞〉。
〔註10〕 《全唐書》卷五三〇、〈周賀〉。
〔註11〕 《全唐詩》卷六五〇、〈方干〉。

> 錢塘刺史謾題詩，貧褊無恩懦少威。春盡酒杯花影在，潮
> 迴畫檻水聲微。閒吟山際邀僧上，暮入林中看鶴歸。無術
> 理人人自理，朝朝漸覺簿書稀。

姚合雖自謙貧褊無恩而懦弱少威，然其無術理人人自理之作風，與天
時、地利、人和三者配合，自能垂拱而民自化，故方干〈上杭州姚郎
中〉詩盛讚道：

> 能除疾瘼似良醫，一郡鄉風當日移。〔註12〕

政治上之稱意，使其無所憂慮，加以郡府距名剎仙山頗近，故常於暇時
遍訪名山勝蹟，結交不少僧道人物，如清敬闍梨、陟遐上人、文著上人。
隨著人事之順遂，姚合此時頗為愜夥，詩作益夥，〈寒食〉、〈杭州官舍
卽事〉、〈杭州郡齋南亭〉、〈杭州觀潮〉、〈買太湖石〉、〈臘日獵〉、〈裴大
夫見過〉、〈送裴大夫赴亳州〉、〈送盛秀才赴舉〉、〈送李秀才赴舉〉、〈送
薛二十三郎中赴婺州〉、〈送清敬闍梨歸浙西〉、〈送文著上人遊越〉、〈送
陟遐上人遊天台〉等皆是。姚合平日仰慕佛道，常欲歸隱山林，今身為
名郡之長，人人豔羨，反而嚮往更高名位，其〈遊天台上方〉詩曰：

> 曉上上方高處立，路人羨我此時身。白雲向我頭上過，我
> 更羨他雲路人。

由此可知其心常處出世與入世之間，其武功縣詩亦自云「不知何計
是，免與本心違」，難怪王夢鷗稱其與白居易「同是半調子的陶淵明」
〔註13〕

　　大和七年（833）秋中姚合罷郡遊越，隨後揮別杭州返京，內心
甚為惆悵逡巡，其〈別杭州〉詩曰：

> 醉與江濤別，江濤惜我遊。他年婚嫁了，終老此江頭。

姚合對此地眷戀不捨，無奈身為人父，責任未了，豈能棄之不顧？
因此，必待他年兒女各自成家，方可隨心所欲，終老於此。其後姚
合乘舟，取道亳州、洛陽返京，途經永城縣，有〈題永城驛〉詩曰：

> 秋賦春還計盡違，自知身是拙求知。惟思曠海無休日，卻

〔註12〕 同註11。
〔註13〕 〈唐武功體詩試探〉。

喜孤舟似去時。連浦一程兼汴宋，夾堤千柳雜唐隋。從來
此恨皆前達，敢負吾君作楚詞。

回程至亳州永城驛，姚合總覺牧守杭壇之日過短，致事與願違，日日
思念不休，怎奈返京本是皇上詔旨，又何敢妄發牢騷，辜負國君之榮
寵；此又再次顯現姚合對國君之忠心。

自杭返京後，姚合隨卽受召入朝，拜諫議大夫，正五品上，較
之杭州刺史之從三品，品秩雖低，然其職掌諫諭得失，侍從贊相，
〔註14〕得日與皇上相近，與予詩人莫大榮寵，其〈省直書事〉云：

默默滄江老，官分右掖榮。立朝班近殿，奏直上知名。曉
霧和香氣，晴樓下樂聲。蜀牋金屑膩，月兔筆毫精。禁樹
霏煙覆，官牆瑞草生。露盤秋更出，玉漏晝還清。碧蘚無
塵染，寒蟬似鳥鳴。竹深雲自宿，天近日先明。孱懦難封
詔，疏愚但擲觥。素餐終日足，寧免眾人輕。

姚合自謂爲默默無聞之滄江老人，竟也得任諫議大夫，立朝上奏，雖
至爲榮耀，然又恐本性疏愚孱懦，對邦國貢獻洵微，反覺有尸位素餐
之嫌。但又對朝廷生活感到愜意，如香氣、樂聲、蜀牋金屑、玉兔筆
毫，唯在朝中才能享有，更爲奏直上知名而自喜。雖是如此，當其面
對昔日共結歸山道侶之責誚，亦感慚愧不已，其〈偶題〉詩曰：

年年九陌看春還，舊隱空勞夢寐間。遲日逍遙芸草長，聖
朝清淨諫臣閒。偶逢遊客同傾酒，自有前驪恥見山。道侶
書來相責誚，朝朝欲報作何顏。

姚合向有歸山之志，此時卻自滿於高位，往日隱居之情懷，徒空念於
夢寐中，又朝廷清明，諫臣亦隨之閒暇而逍遙，然因朝命在身，反而
自責而愧見山，山中道友偶亦來信相責，致無顏以對。此時隨著權位
之升遷，詩文酬酢亦復不少，其中尤以酬和之作爲多，如：〈和裴令
公新成綠野堂卽事〉、〈和李舍人秋日臥疾言懷〉、〈和李十二舍人冬至
日〉、〈和李十二舍人裴四二舍人兩閣老酬白少傅見寄〉、〈和令孤六員

〔註14〕《新唐書》卷四七、〈百官志〉二。

外直夜卽事寄上相公〉、〈酬萬年張郎中見寄〉、〈同諸公會太府韓卿宅〉、〈冬夜書事寄兩省閣老〉、〈西掖寓直春曉聞殘漏〉、〈送楊尚書赴東川〉等皆是

　　開成二年（837）後，姚合轉任給事中，官階爲正五品上，掌侍左右，察弘文館繕寫讎校之課，及分判省事。〔註15〕適時奉先、馮翊兩縣民訴牛羊使奪其田，上詔美原主簿朱僑覆按，僑猥以田歸使，合劾發其私，以地還民。〔註16〕由此可見姚合主事之公正。

　　開成四年（839）八月，姚合受命爲陝虢觀察使，出鎮關中，是時李商隱任宏農尉，以活囚之故，忤觀察使孫簡，將被罷去，會合來代簡，兩人一見大喜，猶如風雅之契，姚合卽諭使還官，時人雅服其義。雖然姚合一上任卽以果斷之手腕留住人才，其猶謙稱己爲迂疏之種藥翁，心獨眷念魚鳥，雖詔理兵戎，而才用微薄，其〈酬光祿田卿六韻見〉寄曰：

　　　　以病辭朝謁，迂疏種藥翁。心彌念魚鳥，詔遣理兵戎。遠
　　　　戶旌旗影，吹人鼓角風。雪晴嵩岳頂，樹老陝城宮。蒞職
　　　　才微薄，歸山路未通。名卿詩句峭，誚我在關東。

儘管姚合之自謙如此，然關中乃襟帶之地，左右護衛帝王之州（長安、洛陽），亦帶給姚合莫大榮寵。惟仕宦愈高，責任愈重，眼望隴山，極目所見，奈何已到窮邊之地，故其〈陝城卽事〉曰：

　　　　左右分京關，黃河與宅連。何功來此地，竊位已經年。天
　　　　下才彌小，關中鎮最先。隴山望可見，惆悵是窮邊。

姚合感慨隴山本不該是邊界，然隴山以西廣大疆域，今竟爲吐蕃所佔據，國勢如此陵夷，故其憂心忡忡，賦詩諷刺，雖甚委婉含蓄，然憂國情懷躍然紙上。

　　開成五年（840）夏，姚合應召拜授秘書少監，監掌經籍圖書之事、故其〈酬光祿田卿未伏見寄〉曰：

〔註15〕同註14。
〔註16〕《新唐書》卷一二四、〈姚崇傳〉、附姚合。

下伏秋期近，還知扇漸疏。驚颸墜鄰果，暴雨落江魚。貴
寺雖同秩，閒曹只管書。朝朝廊下食，相庇在肴蔬。

姚合雖謂仕於閒曹，只管圖書，究因年歲已大，未及一年，即以秘書
少監致仕。往後一、二年，姚合猶定居長安，其後則文獻不足，未知
卜居何處。惟卒後，方干有〈哭秘書姚少監〉詩云：「寒空此夜落文
星，星落文留萬古名」，推崇備至，而朝廷更追封爲秘書監，贈禮部
尙書〔註17〕諡曰懿。〔註18〕

第二節　事蹟繫年

唐代宗大曆十年乙卯（775）

合約生於本年。

按：姚合〈武功縣中作〉之二十三首曰：「一官無限日，愁悶欲
　　何如。……白髮誰能鑷，年來四十餘。」考姚合任武功主
　　簿約於元和十二年（817）冬，至十五年（820）春，且前
　　詩云「一官無限日」其寫成此詩，蓋已是元和十三、十四
　　年矣，姚合既云「白髮誰能鑷，年來四十餘」，據此推算，
　　疑姚合當生於代宗大曆十、十一年間。又考之李嘉言賈島
　　年譜於代宗大曆十四年賈島生時，繫姚合五歲，再者，《唐
　　代詩人塞房思想》一書，對姚合生年以西元（775）繫之。
　　綜上所言，姑識合之生年於此。

李白已卒十三年（762）姚合有詩曰：「李白墳三尺，嵯峨萬古名。
因君（潘秀才）還故里，爲我弔先生。」（〈送潘傳秀才歸宣州〉）
又有：「誰爲李白後，爲訪錦官城。」（〈送杜立歸蜀〉）
杜甫已卒五年（770）姚合有詩曰：「杜陵家已盡，蜀國客重行。」
（〈送杜立歸蜀〉）

〔註17〕語見羅振玉〈跋李公夫人吳興姚氏墓誌〉。
〔註18〕語見《唐會要》卷七九。

張籍十歲（766）

白居易、劉禹錫四歲（772）

大曆十四年己未（779）

年五歲。賈島生，五月代宗薨，太子适卽位，是爲德宗。

德宗貞元二十一年乙酉（805）

年三十一歲。正月癸巳，德宗崩。春，順宗卽位。順宗以風疾不能言，王叔文結黨用事。八月皇太子淳卽位，是爲憲宗。

憲宗元和七年壬辰（812）

年三十八歲。此年以前，躬耕嵩陽下。

按：姚合〈客遊旅懷〉詩曰：「客行無定止，終日路歧間。……舊業嵩陽下，三年未得還。」其明年已赴長安應試，故云此年以前躬耕嵩陽下。

元和八年癸巳（813）

年三十九歲。赴長安應試，途經黎陽結識楊茂卿。至陝城，遇竇知言，結伴同行。

按：姚合〈武功縣中作〉之六嘗曰：「三考千餘日，低腰不擬休。」，可知姚合嘗歷經三次省試方擢第。後云姚合旣於元和十一年登第，則三考應指元和九、十、十一等三年之春闈省試。旣於元和九年首次應試，據《新唐書》〈選舉志〉曰：「每歲仲冬，州、縣、館、監舉其成者送之尚書省。……」，〔註19〕可知元和八年冬，姚合業已赴京。又元和十一年，其進士及第後，有〈寄陝府內兄郭冏端公〉詩曰：「蹇鈍無大計，酷嗜進士名。爲文性不高，三年住西京。相府執文柄，念其心專精。薄藝不退辱，特列爲門生。」由元和十一年往前逆數三年，乃元和八年。綜上所述，推知姚合赴京應試，當於本年。

〔註19〕《新唐書》卷四四。

有〈答竇知言〉詩。

按：其詩云：「冬日易慘惡，……獨我赴省期，冒此馳轂轅。陝城城西邊，逢子亦且奔。所趨事一心，相見如弟昆。……同行十日程，僮僕性亦敦。到京人事多，日無閒精魂。念子珍重我，吐辭發蒙昏。……嘗聞朋友惠，贈言始爲恩。……每當清夜吟，使我如哀猿。」可知此詩乃赴京後不久所作。

元和九年甲午（814）

年四十歲。省試不第，居長安親仁里。有〈和李紳助教不赴看花〉詩。

按：白居易於元和九年入朝授太子左贊善大夫，初授此官，有〈早朝寄李二十助教〉詩。據岑仲勉《唐人行第錄》云：「……李二十助教，紳也。……」故知此年李紳官國子助教。又其詩云：「……年華未是登朝晚，春色何因向酒疏。且看牡丹吟麗句，不知此外復何如。……」因是春時，詩亦無失意之句，或姚合初識李紳，又逢省試在即，故不赴看花。

又有〈下第〉詩。

案：其詩云：「枉爲鄉里舉，射鵠藝渾疏。歸路羞人問，春城賃舍居。閉門辭雜客，開篋讀生書。以此投知己，還因勝自餘。」據詩意可知，乃首度下第，心裏忸怩不安，甚覺愧對鄉里之薦舉。

又有〈寄楊茂卿校書〉詩。

按：楊茂卿，字士蘬，元和六年進士。〔註20〕嘗爲秘書省校書郎，後從田氏府幕，趙軍不服，反殺田弘正，茂卿亦於此時殉難。〔註21〕

其詩云：「去年別君時，同宿黎陽城。黃河凍欲合，船入冰

〔註20〕《登科記考訂補》：「唐大中五年文林郎國子助教楊宇墓誌。」
〔註21〕《全唐文》卷七二三、〈李甘、薦楊宇書〉。

罅行。君爲使滑州，我來西入京。……到京就省試，落籍先
有名。慚辱鄉薦書，忽欲自受刑。決心住城中，百敗望一
成。……」故知是篇乃入京省試不第後作。

元和十年乙未（815）

年四十一歲。是年再次應試，又下第，仍居親仁里。

春，有〈送任畹及第歸蜀中觀親〉詩。

按：任畹，蜀人，元和十年進士擢第，嘗任評事赴沂海。

沈亞之〈送同年任畹歸蜀序〉云：「十年新及第進士將去都，
乃大宴朝賢卿士，與來會樂，而都中樂工倡優女子皆坐，優
人前，贊舞者，奮袖出席。於是堂上下匏吹絃簧大奏，卽暮
旣罷。生揖語亞之曰：『吾家世居蜀，嘗以進士得第，吾少
能嗣其業，幸子之文得稱甚光，願爲我序還家之榮。』亞之
辭謝不敏，曰：『願無讓。』曰：『始生與兄之來擧進士，得
紬及綴字爲便口之句，歷贄其文于公卿之門，由是一歲而
名，八年成都貢士，生名在貢首。九年生與其兄試貢京兆，
京兆籍貢名，生名爲亞首，生之兄亦在列下。十年禮部第士，
生名在甲乙。』如是而後歸，亞之以爲相如還蜀之榮，而生
未後也。」〔註22〕上所云十年新及第進士將去都，乃大宴朝
賢卿士，姚合卽參與其中，而作是詩。

又有〈贈張籍大祝〉詩。

按：羅師聯添《張籍年譜》云：「元和十年乙未……籍爲太常寺
太祝十年不遷，白樂天有詩贈之云：『陳垣幾見遷遺補，憲
府頻聞轉殿監。獨有詠詩張太祝，十年不改舊官銜。』案樂
天此詩題作「張十八」見白氏長慶集十五，爲『重到城七絕
句』之一。據陳振孫曰白譜，樂天以元和九年冬自渭村入朝
爲左贊善大夫。此什似應爲九年冬樂天入朝所作。但細考之

〔註22〕《沈下賢集》卷九。

則不然。蓋『重到城七絕句』第一首題稱『見元九』，元九（微之）以元和十年春正月自唐州奉召抵京師（見元集一二〈酬樂天東南行百韻詩注〉）。樂天此什次於『見元九』詩之後，當亦爲本年春之作。」由上可見，是年張籍還官太祝，又前言姚合於元和八年始至長安，其結識張籍當不出此數年。上詩若非作於是年，亦當作於稍前，姑次于此。

又有〈寄舊山隱者〉詩。

按：其詩云：「別君須臾間，曆日兩度新。……名在進士場，筆毫爭等倫。我性本朴直，詞理安得文。縱然自稱心，又不合眾人。以此名字低，不如風中塵。……」姚合自元和八年冬進京，歷經九、十兩年，故曰曆日兩度新。據此，則上詩當作於此年。

又有〈獨居〉詩。

按：姚合於去年下第後，卜居親仁里，功夫自課，冀能東山再起，其〈獨居〉詩曰：「深閉柴門長不出，功夫自課少閒時。……生計如雲無定所，窮愁似影每相隨。……」據詩意，知此詩該是應試不第，獨居長安，且非初試不第之年所作，否則不至生計如雲，窮愁似影，又明年其已擢第，故姑識其詩於此。

又有〈答友人招遊〉詩。

案：其詩云：「不來知盡怪，失意懶春遊。聞鳥寧驚夢，看花怕引愁。……」由上詩意推，蓋爲再次下第，怵痛更深，生怕觸景傷情，故不與遊。

元和十一年丙申（816）

年四十二歲。進士擢第。

按：姚合〈贈任士曹〉詩云：「憲皇十一祀，共得春闈書。道直淹曹掾，命通侍玉除。……」又《唐才子傳》曰：「姚合，陝州人。……元和十一年，李逢吉知貢舉，有夙好，因拔

泥塗，鄭澥榜及第。」上詩言與典籍皆云合於元和十一年
進士及第，當屬實情。

有〈親仁里居〉詩。

按：其詩云：「三年賃舍親仁里，寂寞何曾似在城。……軒車無
路通門巷，親友因詩道姓名。」前云合元和八年冬至長安，
則歷九、十、至十一年方爲三年，且此詩云寂寞何曾似在城，
推知此詩乃春試前所作。

又有〈及第後夜中書事〉、〈感時〉等詩。

按：其〈感時〉詩云：「憶昔未出身，索寞無精神。逢人話天命，
自賤如埃塵。君今纔出身，颯爽鞍馬春。逢人話天命，自重
如千鈞。……」出身卽進士擢第，故上二詩皆登第後所作。

又有〈杏園宴上謝座主〉詩。

按：《唐摭言》曰：「唐進士杏花園初會，謂之探花宴。」《三體
詩增注》亦云：「唐及第進士賜宴杏園。」又張禮《遊城南
記》云：「杏園與慈恩寺南相直。唐新進士多遊宴於此，與
芙蓉園皆爲秦宜春下苑之地。」

又坐主，乃貢舉之士稱有司爲座主，〔註23〕而自稱門生。《舊
唐書》〈李逢吉傳〉云：「元和…十一年二月，權知禮部貢舉。
騎都尉，賜緋。四月，加朝議大夫、門下侍郎、同平章事，
賜金紫。其貢院事，仍委禮部尙書王播署牓。」《唐摭言》
卷七亦云：「元和十一年，歲在丙申，李涼公下三十三人皆
取寒素。」又卷十四亦嘗云：「元和十一年，中書舍人權知
貢舉李逢吉下及第三十三人，試策後拜相，令禮部尙書王播
署牓，其日午後放牓。」《因話錄》卷二云：「李太師逢吉知
貢舉，牓成未放而入相，禮部王尙書播代放牓。及第人就中
書見座主，時謂『好脚跡門生』，前世未有。」由上可知，

〔註23〕《日知錄》、〈科舉、座主門生〉。

姚合此〈杏園宴上謝座主〉詩，詩中座主，乃指李逢吉也。

又有〈成名後留別從兄〉詩。

按：姚合入京後，三年未歸，一經擢第，遂自長安東歸，行前乃
　　往辭別從兄，故其詩云：「……幾年秋賦唯知病，昨日春闈
　　偶有名。卻出關東悲復喜，歸尋弟妹別仁兄。」故知是詩作
　　於此時。

東歸途中，道經陝城，與睽違逾十年之內兄同遊月餘。

其後有〈寄陝府內兄郭冏端公〉詩。

按：〈寄陝府內兄郭冏端公〉詩云：「……相府執文柄，念其心專
　　精。薄藝不退辱，特列爲門生。事出自非意，喜常少於驚。
　　春牓四散飛，數目徧八紘。眼始見花發，耳得聞鳥鳴。免同
　　去年春，兀兀聾與盲。……」既云免同去年春，兀兀聾與盲，
　　可見是詩之作乃擢第東歸，道經陝府拜見內兄之後所寫，故
　　次于此。

是年秋，有〈閒居遣懷〉十首。

按：其詩之六云：「……遇酒酣酣飲，逢花爛熳看。青雲非失路，
　　白髮未相干。以此多攜解，將心但自寬。」之九亦云：「……
　　慣無身外事，不信世間愁。……」又之十云：「……被酒長
　　酣思，無愁可上顏。……」據上云「青雲非失路」，加以整
　　體詩意閒適悠哉，並無不得意、失志之傾向，可辨知此〈閒
　　居遣懷〉，乃擢第東歸與返回長安待命間，對未來前程抱無
　　限之希望時所作。

冬，受田弘正辟召，任魏州從事。

有〈從軍行〉詩。

按：其〈從軍行〉詩云：「濫得進士名，才用苦不長。性癖藝亦
　　獨，十年作詩章。六義雖粗成，名字猶未揚。將軍俯招引，
　　遣脫儒衣裳。常恐虛受恩，不慣把刀鎗。又無遠籌略，坐使
　　虜滅亡。……」據此知，姚合進士擢第後，被辟爲將軍幕，

故是詩次于此。

又有〈寄狄（一作耿）拾遺時爲魏州從事〉詩。

按：狄（一作耿）拾遺，不詳其爲何人。然其詩云：「少在兵馬
間，長還繫戎職。雞飛不得遠，豈要生羽翼。三年城中遊，
與君最相識。應知我中腸，不苟念衣食。主人樹勳名，欲滅
天下賊。愚雖乏智謀，願陳一夫力。……」可知此詩當作於
本年或稍後。

元和十二年丁酉（817）

年四十三歲。先在魏州，後返長安。

春，作〈窮邊詞〉二首。其一云：「將軍作鎮古汧洲，水膩山春
節氣柔。清夜滿城絲管散，行人不信是邊頭。」

按：古汧洲乃唐時魏博等地。《舊唐書》卷一四一〈田弘正傳〉：
「……興曰：『吾欲守天子法，以六州版籍請吏。』……翌
日，具事上聞，憲宗嘉之，加興銀青光祿大夫，檢校工部尙
書、魏州大都督府長史，兼御史大夫上柱國沂國公，充魏博
等州節度觀察處置支度營田等使，仍賜名弘正。……」故此
將軍蓋特指田弘正耳。

又有〈從軍樂〉兩首。

按：其一云：「每日尋兵籍，經年別酒徒。……」據上可知，自
去年從軍，「經年」當已是元和十二年。

是年秋多之際前，姚合罷從事職，返抵長安。是時，蔡州克復，
朝廷派員往賀。

故有〈送蕭正字往蔡州賀裴相淮西平〉詩。

按：蕭正字，不詳其爲何人，正字乃秘書省職稱，正九品下，掌
讎校典籍，刊正文章。〔註24〕裴相，卽裴度。《舊唐書》卷一
五〈憲宗本紀〉下云：「十二年……七月……丙辰，制以中書

〔註24〕《新唐書》卷四七、〈百官志〉。

侍郎平章事裴度守門下侍郎同平章事，使持節蔡州諸軍事、
蔡州刺史、充彰義軍節度、申光蔡觀察處置等使，仍充淮西
宣慰處置使。……十月，……己卯，隨唐節度使李愬率師入
蔡州，執吳元濟以獻，淮西平。……」故上詩當作於此時。

　　冬，調武功主簿。（或稍後）

元和十三年戊戌（818）

　　年四十四歲。任武功縣主簿。

　　始作〈武功縣中作〉三十首。又有〈遊春〉詩十二首。

　　按：《武功縣志》卷三云：「姚合，……元和中進士及第，調武功，
　　　善詩，世號姚武功。合有〈武功縣居〉詩三十首。宋張及、
　　　王頤爲令，皆繼刻石置于署中。……」「〈縣居詩〉其一……
　　　其三十……又有〈遊春〉詩十二首皆作尉時詩也。」上言作
　　　尉乃主簿之誤，因朱慶餘有〈夏日題武功姚主簿〉詩，賈島
　　　亦有〈寄武功姚主簿〉詩。凡上〈武功縣中作〉三十首及〈遊
　　　春〉十二首若非作于此年，卽亦當作于稍後一、二年，並姑
　　　識於此。

　　又有〈書縣丞舊廳〉及〈縣中秋宿〉。

　　按：《武功縣志》卷三亦收錄此二詩。〈書縣丞舊廳〉云：「宮殿半
　　　山上，人家向下居。……」《元和郡縣志》卷二：「武功縣。……
　　　慶善宮在縣南十八里，皇家舊宅也，南臨渭水，武德元年置
　　　宮。……」上詩云宮殿半山上，蓋卽慶善宮也。〈縣中秋〉詩
　　　云：「鼓絕門方掩，蕭條作吏心。」與〈武功縣中作〉之十四：
　　　「作吏荒城裏，窮愁欲不勝。……」該是同時所作。上二詩
　　　雖不明其確確年數，然總不出此二、三年間，故次于此。

　　或於此年前後，嘗赴鳳翔。故有〈題鳳翔西郭新亭〉詩。

　　按：李嘉言《賈島年譜》云：「元和十三年（818）……（賈島）
　　　赴鳳翔，疑在本年前後。案朱慶餘有〈鳳翔西池與賈島納凉〉
　　　詩，知島嘗至鳳翔。上年前後〈在荆州寄武功姚主簿〉曰：

『居枕江沱北，情懸渭曲西。……隴色澄秋月。邊聲入戰鼙。
會須過縣去，況是屢招攜。』似謂將赴隴邊，道經武功，卽
可與姚合相晤。所謂隴邊，疑卽指鳳翔而言。」又朱慶餘有
〈夏日題武功姚主簿齋〉詩〔註 25〕更證明朱慶餘等人嘗往
武功拜見姚合，而後或與姚合同赴鳳翔，因有此作。其詩亦
云：「西郭塵埃外，新亭制度奇。……佛寺幽難敵，仙家景
可追。良工慚巧盡，上客恨逢遲。……」此言「上客」或疑
其有所指，殆卽指朱慶餘、賈島等人。

元和十四年己亥（819）

年四十五歲。仍官武功主簿。

繼作〈武功縣〉三十首、〈遊春〉十二首等詩。

是年春，魏州破賊，姚合嘗爲魏州從事，聞此捷音，甚爲興奮，故有
〈聞魏州破賊〉詩。

按：《舊唐書》卷三八〈地理志〉：「魏博節度使治魏州，管魏、
貝、博、相、澶、衛等六州。」而魏博自安、史之亂以來，
卽由田承嗣父子、叔侄自擁土地、人民、甲兵，至其姪田弘
正始委身歸朝。正當元和十一、二年，蔡州亂時，淄、青十
二州主管大臣李師道，亦心懷異志，暗集叛亂分子，詐稱援
師討賊，實亦欲同蔡州群起暴亂，及蔡州敗，正式竊據一方。
是時，憲宗加弘正檢校工部尚書，……充魏博等州節度
使，……（元和）十三年王師加兵於鄆。……弘正自帥全師
自楊劉渡河築壘。……（李）師道遣大將劉悟率重兵以抗田
弘正。……前後合戰，魏軍大捷。十四年三月劉悟……入鄆
斬師道首，詣弘正請降，淄青十二州平。〔註 26〕又其詩云：
「生靈蘇息到元和，上將功成自執戈。煙霧掃開尊北岳，蛟

〔註 25〕《全唐詩》卷五一四。
〔註 26〕《舊唐書》卷一四一、〈田弘正傳〉。

龍斬斷淨南河。旗迴海眼軍容壯，兵合天心殺氣多。從此四方無一事，朝朝雨露是恩波。」此云蛟龍當指李師道，又「從此四方無一事」可知此詩之作當剿平叛賊後，非元和十三年魏軍雖大捷而賊未破之時也。

又有〈劍器詞〉三首。

按：其一云：「聖朝能用將，破敵速如神。掉劍龍纏臂，開旗火滿身。積屍川沒岸，流血野無塵。……」其三云：「破虜行千里，三軍意氣麤。展旗遮日黑，驅馬飲河枯。鄰境求兵略，皇恩索陣圖。元和太平樂，自古恐應無。」依詩意推，此詩或卽作于此時或稍後。

元和十五年庚子（820）

年四十六歲。罷武功主簿。憲宗崩。

完成〈武功縣中作〉三十首詩。

按：〈武功縣中作〉其二十七云：「主印三年坐，山居百事休。……」據此則自元和十二年冬，姚合官武功主簿迄今正為三年，故知罷官當在此前後。

另有〈罷武功將入城〉詩二首。

武功罷後，姚合入居長安城。

有〈街西居〉三首。

按：〈街西居〉其一云：「受得山野性，住城多事違。……」又其三云：「丈夫非馬蹄，安得知路歧。窮賤餐茹薄，興與養性宜。乃知長生術，豪貴難得之。」武功縣地僻又南臨太白、終南二山，〔註27〕故曰山野。又其〈武功縣中作〉之二云：「……因病多收藥，緣餐學釣魚。養身成好事，此外更空虛。」之三云：「……早作歸休計，深居養此身。」其二十二亦云：「門外青山路，因循自不歸。養生宜縣僻，說品喜官微。……」

〔註27〕《武功縣志》卷一。

又之二十五亦云：「……閒人得事晚，常骨覓仙難。醉臥疑身病，貧居覺道寬。」由上文意，可推究〈街西居〉似與其〈武功縣中作〉一脈相承，故此住城多事違，或卽蟄居武功縣三年返京所作。……且此時已罷官，衣食不得溫飽，又與〈罷武功將入城〉之二云：「……亦知官罷貧還甚，且喜閒來睡得多。……」相應，姑姑識於此。

又有〈寄賈島〉詩。

按：其詩云：「漫向城中住，兒童不識錢。甕頭寒絕酒，竈額曉無煙。狂發吟如哭，愁來坐似禪。新詩有幾首，旋被世人傳。」窮賤已如前述。又〈武功縣中作〉之二十五云：「戚戚常無思，循資格上官。……新詩久不寫，自算少人看。」〈寄賈島〉詩中云「新詩有幾首，旋被世人傳」此新詩或卽〈武功縣中作〉之二十五「新詩久不寫，自算少人看。」之「新詩」蓋謂武功縣中之作耳。故此「漫向城中住」乃指罷武功後，入居長安〈街西居〉所寄。

又有〈新居秋夕寄李廓〉詩。

按：李廓，宰相李程之子，元和十三年進士擢第，後調司經局正字，〔註28〕出爲鄠縣尉、侍御史，大和三年後爲太常丞。〔註29〕其詩語云：「羈滯多共趣，屢屢同室眠。稍暇更訪詣，寧唯候招延。愧君備蔬藥，識我性所便。罷吏童僕去，灑掃或自專。古巷人易息，疏迥自江邊。……」此云：「罷吏童僕去」「寧唯候招延」該指罷武功主簿，未再仕新官言，故有「候招延」之句，又前〈街西居〉其二云：「日出窮巷喜，溫然勝重衣。……」此「窮巷」或卽上詩之「古巷」，故詩次于此。

〔註28〕《唐才子傳》卷六、〈李廓〉。
〔註29〕《舊唐書》卷一六九、〈王涯傳〉。

穆宗長慶元年辛丑（821）

年四十七歲。官富平縣尉，旋調萬年縣尉。

有〈寄陸渾縣尉李景先〉詩。

按：其詩云：「微俸還同請」可知當時姚合亦任縣尉職。又云：「地偏無驛路，藥賤管仙山。」或卽指富平縣，因富平周圍環山，又較萬年偏僻，唐朝多位帝王陵寢，如中宗、代宗等，皆安置于此縣境內，〔註30〕蓋卽所謂仙山，故詩次于此。

是年夏天，姚合調任萬年縣尉。

有〈寄賈島〉詩。

按：其詩語云：「疏拙祗如此，此身誰與同。……賴君時訪宿，不避北齋風。」觀賈島詩則有〈宿姚少府北齋〉，少府乃縣尉之稱。又李嘉言《賈島年譜》云：「穆宗長慶元年，……秋，（賈島）與朱慶餘、顧非熊、厲玄、僧無可會宿萬年縣尉姚合宅。……」據此可知上詩乃姚合方至萬年任縣尉不久，縣齋寂寞，邀故人來遊詩。

秋，賈島、朱慶餘、顧非熊、無可上人聯袂來訪。

有〈萬年縣雨夜會宿寄皇甫甸〉詩。

按：會宿蓋卽前李嘉言《賈島年譜》所云：長慶元年，賈島等人宿萬年縣尉姚合宅之事。其譜又云：「朱慶餘有與賈島、顧非熊、無可上人宿萬年姚少府宅詩，姚合有〈萬年縣中雨夜會宿寄皇甫甸〉詩。……〈宿姚少府北齋〉曰：『鳥絕吏歸後，蛩鳴客臥時。鎖城涼雨細，開印曙鐘遲。』〈酬姚少府〉曰：『梅樹與山木，俱應搖落初。柴門掩寒雨，蟲響出秋蔬。……』」又皇甫甸，賈島有雨夜同厲玄懷皇甫甸詩，甸疑荀之誤。由上所云，本詩該次於此。

長慶二年壬寅（822）

〔註30〕《中國歷代帝王陵寢考略》、第十五章〈唐代陵寢〉（謝敏聰著）。

年四十八歲。仍任萬年縣尉。

夏，寄詩贈賈島，未獲回音。秋冬之際，再寄詩贈賈島浪仙，敍己之窮窘、孤獨與愁悶。

按：其詩曰：「悄悄掩門扉，窮窘自維縶。世途已昧履，生計復乖緝。……風淒林葉萎，苔糝行逕澀。海嶠誓同歸，橡栗充朝給。」賈島此時正臥病長安，獲姚合再寄詩來，並覽詠夏日之贈詩，既刻酬之。賈島〈重酬姚少府〉詩云：「隙月斜枕旁，諷詠夏貽什。如今何時節，蟲虺亦已蟄。答遲禮涉傲。抱疾思加澀。僕本胡爲者，銜肩貢客集。茫然九州內，譬如一錐立。……百篇見刪罷，一命嗟未及。滄浪愚將還，知音激所習。」上二詩押同一韻（緝韻），且字句相同（二十句），知爲酬答之作。

又案：李嘉言《賈島年譜》以姚、賈酬答之詩，歸於長慶元年，而言「百篇蓋既元和十四年所獻於元稹者，一命未及則謂本年春，贈詩元稹求助，而未見賞也」，此說未爲確的。蓋長慶元年秋，賈島同朱慶餘、顧非熊、僧無可，應姚合之邀，會宿萬年縣北齋，詳見前文（長慶元年），可知元年不可能有如賈島中所云「諷詠夏貽什，……答遲禮涉傲。……」之事，故此「夏貽什」以長慶二年爲當。所謂「百篇見刪罷」蓋既元和十四年及去年春，獻詩文於元稹，欲求其推薦，未獲賞也。所謂「一命嗟未及」蓋既本年春，與平曾等十人，舉進士，被貶爲舉場十惡之辱。〔註31〕

又有〈病中書事寄友人〉詩

按：長慶三年，李餘、韓湘擢第，〔註32〕姚合俱有贈詩，知其當時已返長安。然自去年任職以來，蓋任期未滿而休官，似未合理。據前〈寄賈島浪仙〉詩之窮窘、貧病，又張籍

〔註31〕《唐詩紀事》卷六五。
〔註32〕《登科記考》卷一九。

〈贈姚合少府〉詩云：「病來辭赤縣」按：京城所在爲赤縣，或稱京縣〔註33〕《新唐書》卷三七載萬年屬赤縣，又《舊唐書》卷四四〈職官志〉曰：「長安、萬年、河南、洛陽、太原、晉陽，謂之京縣。」萬年縣屬之，張籍稱其「病來辭赤縣」乃辭萬年縣尉。而上詩亦云：「終日自纒繞，此身無適緣。萬愁生雨夜，百病湊衰年。多睡憎明屋，慵行待暖天。瘡頭疏有蝨，風耳亂無蟬。換白方多錯，迴金法不全。家貧何所怨，將在老僧邊。」據上可知，此時之貧病交加，難以自勝，或疑此乃其辭官之由，上詩姑次于此。

長慶三年癸卯（823）

年四十九歲。寓居長安養病。

有〈答韓湘〉詩。

按：韓湘，字北渚，愈之姪孫，長慶三年禮部侍郎王起下進士。〔註34〕姚合其詩云：「疏散無世用，爲文乏天格。……子獨訪我來，致詩過相飾。君子無浮言，此詩應亦直。……子在名場中，屢戰還屢北。我無數子明，端坐空歎息。昨聞過春關，名係吏部籍。三十登高科，前塗浩難測。……」由此可知，姚合返長安，或在此年省試前。韓湘正欲就試，故先致詩姚合，請爲修改潤飾，試後放榜，韓湘及第，故以此詩相答賀。

又有〈送李餘及第歸蜀〉詩。

按：李餘，蜀人，工樂府，登長慶三年進士第。〔註35〕李嘉言《賈島年譜》亦云：「長慶三年癸卯，……（賈島）與張籍、姚合、朱慶餘、沈亞之等俱在長安。春，李餘及第歸蜀。……島與姚合、張籍、朱慶餘均有〈送李餘及第歸蜀〉詩。……」

〔註33〕《歷代職官表》（歷代職官簡釋）。
〔註34〕《唐才子傳》卷六、〈韓湘〉。
〔註35〕《唐詩紀事》卷四六、〈李餘〉。

又姚合其詩亦云：「蜀山高岌嶤，蜀客無平才。日飲錦江水，
文章盈其懷。……春來登高科，升天得梯階。手持冬集書，
還家獻庭闈。人生此爲榮，得如君者稀。……長安米價高，
伊我常渴飢。臨岐歌送子，無聲但陳詞。……苦熱道路赤，
行人念前馳。一杯不可輕，遠別方自茲。」由上可知，上詩
當作于此年春夏之間，姚合休官長安時。

又有〈寄九華費冠卿〉詩。

按：《全唐詩話》卷五云：「費冠卿字子軍，池州人。登元和二年
第，母卒，旣葬而歸，嘆曰：『干祿養親耳，得祿而喪親，
何以祿爲？』遂隱池州九華山，長慶中，殿院李行脩舉其孝
節，拜右拾遺。制曰：『前進士費冠卿，嘗預計偕以文中第，
祿不及於榮養，恨每積于永懷。遂乃屏身邱園，絕迹仕進，
守其志性，十有五年。峻節無雙，清飈自遠，夫旌孝行，舉
逸人，所以厚風俗而敦名教也。宜承高獎，以儆薄夫，擢參
近侍之榮，載佇移忠之效』，冠卿竟不應命。」此蓋姚合其
詩所云：「逍遙繪繳外，高鳥與潛魚。闕下無朝籍，林間有
詔書。……」之證。據上元和二年登第，經十又五年隱遁生
涯，李行脩方舉其孝節，故皇帝命詔約合長慶三年。《全唐
文》卷六九四亦云：「冠卿，字子軍，青陽人，元和二年進
士。母喪廬墓，隱居九華少微峰。長慶三年，御史李仁修舉
孝節，召拜右拾遺，辭不受。」案：李仁修乃李行脩之誤。
此直云長慶三年，故姚合其詩次于此。

冬，韓湘受江西府辟，姚合有〈送韓湘赴江西從事〉詩。

按：前云韓湘長慶三年進士及第。沈亞之〈送韓北渚赴江西〉序
云：「……昔者余嘗得請吏昌黎公，凡遊門下，十有餘年，
北渚、公之諸孫也。左右杖屨，奉應對言，忠情勞其餘，則
工爲魏晉之詩，盡造其度。今年春，進士得第。冬，則賓仕
于江西府，且有行日，其友遺詩以爲別。……」案，韓北渚

即韓湘。上云及第之年冬辟爲江西府，蓋即長慶三年冬。又「且有行日，其友追詩以爲別」蓋指姚合、賈島、朱慶餘、馬戴、無可等人皆有送別之作。〔註36〕

又本年韓愈作〈李干墓〉誌，〔註37〕知李干當卒於此年。姚合有〈寄李干〉詩，該作於此年之前。

按：李干，元和十年進士及第，嘗官至太學博士。

長慶四年甲辰（824）

年五十歲。仍留長安。穆宗崩。

有〈閒居〉詩。

按：其詩云：「不自識疏鄙，終年住在城。過門無馬跡，滿宅是蟬聲。帶病吟雖苦，休官夢已清。……」知該詩作於辭官一年後，或即此年夏所作。

又有〈閒居晚夏〉詩。

按：其詩云：「閒居無事擾，舊病亦多痊。……」知此時蓋因前年舊疾皆告痊癒，而心神甚爲暢快。故此詩姑次於此。

又有〈寄主客張郎中〉詩。

按：張郎中謂張籍。羅師《張籍年譜》云：「長慶四年甲辰，……籍休官二月，受詔拜主客郎中。……（籍）〈祭退之〉詩：『籍時官休罷，二月同遊翔。……籍受新官詔，拜恩當入城。』《新唐書》一七六本傳：『遷水部員外郎，轉主客郎中。』籍本年夏罷水部員外郎，遊翔二月受新官，新官蓋指主客郎中也。」又姚合其詩云：「年長方慕道，金丹事參差。故園歸未得，秋風思難持。蹇拙公府棄，朴靜高人知。以我齊杖屨，昏旭詎相離。吟詩紅葉寺，對酒黃菊籬。所賞未及畢，後遊良有期。……」姚合自上年因病辭官至今，一直未受任

〔註36〕《全唐詩》中此諸人皆有〈送韓湘赴江西從事〉詩。
〔註37〕羅師聯添《韓愈研究》中之韓愈年表，頁452。

用，故有「蹇拙公府棄」之歎。且上云籍時官休罷，二人相
與對酒吟咏，暢遊山水，於時亦頗相合。其後張籍受詔為主
客郎中，因此有寄詩以述懷。

又有〈和前吏部韓侍郎夜泛南溪〉詩。

按：前吏部韓侍郎乃指韓愈。羅師《韓愈研究》云：「長慶四年
　　（827），韓愈為吏部侍郎，五月請告，養病於城南韓
　　莊。……八月請告滿百日，免吏部侍郎。」上詩和於八月
　　之後，因稱前吏部韓侍郎。」

　　《張司業集》卷七〈祭退之〉詩亦云：「去夏公請告，養疾
　　城南莊。籍時官休罷，兩月同遊翔。黃子陂岸曲，地曠氣
　　色清。……共愛池上佳，聯句舒遲情，偶有賈秀才，來茲
　　亦同并。移船入南溪，東西縱篙根。」案：《皇甫持正集》
　　卷六〈韓文公墓誌〉云：「長慶四年……十二月丙子薨。……
　　明年三月癸酉葬河南河陽。」又〈神道碑〉云：「寶曆元年
　　三月癸酉葬河陽。」故籍上詩蓋寶曆元年三月葬退之時所
　　撰。其詩謂去夏移船入南溪，則當為長慶四年。又謂賈秀
　　才來茲同并，蓋即賈島，〔註38〕島亦有〈黃子陂上韓吏部〉
　　詩及〈和韓吏部泛南溪〉詩。〔註39〕又李嘉言《賈島年譜》
　　亦謂其來泛南溪在此年秋。姚合乃賈島密友，或因島得知
　　此事而繼和。

又有〈寄汴州令狐楚相公〉詩。

按：令狐楚，字殼士，令狐德棻後裔，善為辭章。《舊唐書》卷一
　　七二、《新唐書》卷一六六有傳。《舊唐書》卷一七上〈穆宗
　　紀〉長慶四年（824）：「……九月，庚戌，以河南尹令狐楚檢
　　校禮部尚書汴州刺史、宣武軍節度使……」姚合其詩亦云：「汴
　　水從今不復渾，秋風簫鼓動城根。梁園台館關東少，相府旌

〔註38〕《苕溪漁隱叢話》卷一八。
〔註39〕《長江集》卷三及卷九。

旗天下尊。……幾時詔下歸丹闕，還領千官入閣門。」據上
「從今」二字知該詩乃令狐楚剛至汴州未久所寄，故詩繫於
此。

敬宗寶曆元年乙巳（825）

年五十一歲。居長安，任監察御史職。

按：《唐才子傳》卷六姚合條云：「……寶應中，除監察御史。……」
王夢鷗〈唐武功體詩試探〉云：「『寶應中』似當作『寶曆中』。
寶應是唐代宗卽位時之年號，約當西紀（762）。姚合旣於唐
憲宗元和十一年（816）登進士第，又經歷主簿縣尉等職，
當在唐敬宗寶曆中升遷爲監察殿中御史。……」，故當作寶
曆年間，除拜監察御史。

又其〈偶然書懷〉詩嘗云：「十年通籍入金門」蓋自元和十
一年（816）擢進士第，通其名籍於朝廷以來迄於本年（825），
前後正好十年，可見姚合侍宦彤闈蓋自此年也。

有〈寄鄠縣李廓少府〉詩。

按：李嘉言《賈島年譜》寶曆元年乙巳云：「案李廓元和十三年
及第後，調司經局正字，大和三年爲太常丞，計其尉鄠縣
當在本年前後。」姚合其詩亦云：「歲滿休爲吏，吟詩著白
衣。愛山閒臥久，在世此心稀。聽鶴向風立，捕魚乘月歸。
比君才不及，謬得侍彤闈。」彤闈乃塗以赤色之宮門，以
喻宮中；而僧無可有〈冬夜姚侍御宅送李廓少府〉詩。據
此可知，此蓋姚合首次仕宦宮中，寄詩好友謙虛一番。是
後李廓秩滿，果赴京訪合。因此知姚合侍彤闈之職，乃指
監察御史，〔註40〕且適與《唐詩紀事》謂合寶曆中爲監察
御史相侔，又後云明年夏後姚合已至洛陽，則其寄詩當是

〔註40〕《歷代職官表》歷代職官簡釋侍御史條：唐制侍御史所居之台院爲
御史三院之首，侍御史官階爲從六品，亦較殿中侍御史、監察御史
爲高……侍御史與其他二院御史皆通稱侍御。

此年所作，故詩繫於此。

寶曆二年丙午（826）

年五十二歲。先居長安，後居洛陽。

春夏之間，有〈送朱慶餘及第歸越〉詩，及〈送朱慶餘越州歸覲〉詩。

按：朱慶餘，字可久，以字行，閩中人，寶曆二年裴球榜進士及第。〔註41〕李嘉言《賈島年譜》寶曆二年丙午（826）：「朱慶餘及第歸越，島與張籍姚合俱有詩送之。……本集（《長江集》）有〈送朱可久歸越中〉詩，與姚合〈送朱慶餘及第後歸越〉詩同韻，並當作於本年。張籍亦有送詩，與姚作同題，當亦本年所作。」此外姚合其詩云：「勸君緩上車，鄉里有吾廬。未得同歸去，空令相見疏。山晴棲鶴起，天曉落潮初。此慶將誰比，獻親多集書。」又〈送朱慶餘越州歸覲〉詩曰：「鄉書落姓名，太守拜親榮。訪我波濤郡，還家霧雨城。海山窗外近，鏡水世間清。何計隨君去，鄰牆過此生。」所謂「此慶將誰比，獻親多集書」，所謂「鄉書落姓名，太守拜親榮」蓋皆指擢第後之榮寵。據上所云慶餘既於寶曆二年及第，則此二詩理該次於此。

夏後秋初，姚合以殿中侍御史分巡東都。

按：馬戴嘗有〈雒中寒夜姚侍御宅懷賈島〉詩，姚合亦有〈洛下夜會寄賈島〉詩，此二詩同韻，知同時所作，又馬戴有〈集宿姚殿中宅期無可不至詩〉，而《新唐書》卷四八〈百官志〉謂監察御史和殿中侍御史都是臺官，前者正八品下，後者從七品下，職務各有不同。據此姚合由監察御史遷升殿中侍御史亦合理，故可知其嘗以殿中侍御史分巡東都。然今年春，姚合猶有〈送朱慶餘及第歸越〉詩，知其於本年夏前，不可

〔註41〕《唐才子傳》卷六、〈朱慶餘〉。

能任職洛下，後云姚合大和二年已返上京，而無可〈晚秋酬姚侍御見寄〉有「分察千官內，孤懷遠嶽邊。蕭條人外寺，睽阻又經年。」句，可知姚合分巡東都當此夏後秋初。

有〈寄賈島〉詩。

按：姚合其詩云：「寂寞荒原下，南山祇隔籬。……草色無窮處，蟲聲少盡時。朝昏鼓不到，閒臥益相宜。」據《長江集》中有〈昇道精舍南台對月寄姚合〉詩，而李嘉言《賈島年譜》：「寶曆二年丙午（826）……（島）居長安昇道坊，……並與張籍、姚合唱和。……姚合〈寄賈島〉曰『寂寞荒原下』亦言島居荒野，蓋又〈昇道精舍南臺對月寄姚合〉詩之酬答篇也。」又《續玄怪錄》曰：「張庾舉進士，居長安昇道坊南街，盡是墟墓。……」應了「荒原」之句。又《宣室志》曰：「陳郡謝翱者，嘗舉進士，其先寓居長安昇道里，……一日晚霽，出其居，南行百步，眺終南峰。……」又應了「南山祇隔籬」句，故此「荒原」蓋即指昇道坊。姚合上詩或即分巡東都未久所寄。

又有〈聞蟬寄賈島〉詩。

按：其詩云：「秋來吟更苦，半咽半隨風。禪客心應亂，愁人耳願聾。雨晴煙樹裏，日晚古城中。遠思應難盡，誰當與我同。」賈島〈昇道精舍南台對月〉詩亦云：「月向南台見，秋霖洗滌餘。出逢危葉落，靜看眾峰疏。冷露常時有，禪窗此夜虛。相思聊悵望，潤氣徧衣初。」二詩皆談及「禪」、「思」、「秋霖」、「雨」，時、景似又相侔。與前首〈寄賈島〉詩關係，當是〈寄賈島〉詩在先，然後又有〈聞蟬寄賈島〉詩，賈島乃酬以〈昇道精舍南台對月寄姚合〉詩。

是後，又有〈遊河橋曉望〉及〈過天津橋晴望〉二詩。

按：天津橋，隋煬帝時建，用大船連以鐵鎖，長一百三十步，南

北夾起，重樓四所，各高百餘丈，貞觀中甃石爲岸。〔註42〕
《明一統志》亦云：「天津橋在河南府城外西南，架洛水，
隋煬帝建。」〔註43〕故知其處河南洛陽西南洛水上。上二詩
首句皆云閒立津橋，而後續以因景所生之情，至愧歎國勢凌
遲，未能威震四夷。既云「閒立津橋」，則此時姚合當居洛
陽，證諸前姚合春夏之際仍留居長安，又後年已返長安，則
上二詩若非作於本年，亦當作於稍後一、二年，並姑識於此。
馬戴來訪。有〈喜馬戴多夜見過期無可上人不至〉及〈洛下夜
會寄賈島〉詩。
按：馬戴字虞臣，華州人，會昌四年左僕射王起下進士。初應辟
佐大同軍幕府，……後遷國子博士卒。〔註44〕李嘉言《賈
島年譜》云：「寶曆二年丙午（826）……馬戴來訪，當在本
年前後。案馬戴有〈宿賈島原居〉詩，一作尋賈島原東居，
知島居原東時，戴曾來訪。馬戴又有〈洛中寒夜姚侍御宅懷
賈島〉詩，姚侍御謂姚合，合寶曆中爲監察御史，疑戴先在
洛陽姚宅寄懷賈島，後乃赴京訪之也。合有〈喜馬戴多夜見
過洛下夜會寄賈島〉詩，可資互證。」李說可信，且馬戴〈雒
中寒夜姚侍御宅懷賈島〉詩與姚合〈洛下夜會寄賈島〉詩同
用侵韻（深、心、侵、尋）（吟、深、心、沈），知是同時所
作。又〈洛下夜會寄賈島〉詩云：「烏府偶爲吏，滄江常在
心」烏府用《漢書》〈朱博傳〉典故：「御史府中列柏樹，常
有野烏數千栖宿其上。」據此更可確知上二詩當作於本年冬
或稍後。

文宗大和元年丁未（827）

年五十三歲。仍居洛陽，爲殿中侍御史。

〔註42〕《河南通志》卷八。
〔註43〕《明一統志》卷二九。
〔註44〕《唐才子傳》卷七、〈馬戴〉。

七月，有〈敬宗皇帝挽詞〉三首。

按：《舊唐書》卷一七上〈敬宗紀〉：「寶曆二年十二月甲午朔（八
日）辛丑，……劉克明等同謀害帝，卽時殂於室內，時年十
八。群臣上諡曰睿武昭愍孝皇帝，廟號敬宗，大和元年七月
十三日葬于莊陵。」《資治通鑑》〈唐紀〉卷五九亦云：「大
和元年，……秋七月，癸酉，葬睿武昭愍孝皇帝于莊陵，廟
號敬宗。」又據挽詞其二云：「晚色啓重扉，旌旗路漸移。
臣子終身感，山園七月期。」又其三亦云：「紫陌起仙飆，
川原共寂寥。靈輀萬國護，儀殿百神朝。漏滴秋風路，笳吟
灞水橋。……」時節與〈敬宗紀〉及通鑑所載皆符，知爲是
年七月在洛陽所作。

八月，劉禹錫代張籍爲主客郎中分司東都。〔註45〕張籍〈贈
劉郎中〉詩云：「憶昔君登南省日，老夫猶是褐衣身。誰知
二十餘年後，來作客曹相替人。」〔註46〕張詩所云當卽此事。
是時，姚合仍爲分巡殿中侍御史，姚、張本係密友，或因張
之引薦，姚、劉首次會面，其後張籍轉拜國子司業，姚合有
〈送洛陽張員外〉詩。

按：姚合其詩云：「餞客未歸城，東來驪騎迎。千山嵩岳峭，
百縣洛陽清。朔雁和雲度，川風吹雨晴。……」時、地亦
合。

姚劉結識後，姚合有〈寄主客劉郎中〉詩。

按：主客郎中，卽劉禹錫。其詩云：「漢朝共許賈生賢，遷謫還
應是宿緣。仰德多時方會面，拜兄何暇更論年。嵩山晴色來
城裏，洛水寒光出岸邊。……」前已云劉禹錫乃代張籍爲主
客郎中，此詩則道出其結識地點乃在洛陽，此外所述之情、
景、境遇皆相類，故次於此。

〔註45〕《唐劉夢得先生禹錫年譜》（張達人編訂）。
〔註46〕《張司業集》卷六。

是年初冬，劉禹錫有〈拜表懷上京故人〉。〔註47〕姚合則有〈和劉禹錫主客冬初拜表懷上都故人〉詩。

按：羅師聯添《張籍年譜》：「大和二年戊申（828）是年籍在長安爲國子司業。……劉郎中（禹錫）以本年三月自東都追入長安爲主客郎中充集賢學士。」據此可知其〈洛下初冬拜表懷上京故人〉，作于大和元年冬，此時姚合仍居洛陽，故有上和詩。

大和二年戊申（828）

年五十四歲。返長安，仍爲殿中侍御史。

秋，王建除陝州司馬，姚合有〈贈王建司馬〉詩，稍後又有〈寄陝州王司馬〉詩。

按：羅師聯添《張籍年譜》云：「《書錄解題》一九、《漁隱叢話》二二并云：『大和中爲陝州司馬』，考白集五六有送陝州王司馬赴任詩，次於同卷大和戊申歲百寮出城觀稼謹書盛事詩之後，知王建出任陝州司馬在本年秋。」據是知上二詩作於此時或稍後。

冬，十一月二十二日，宮中昭德寺失火，延及宮人所居，燒死宮人數百，姚合與崔蠡火滅方到，罰俸一月。

按：《舊唐書》卷十七上〈文宗紀〉曰：「（大和）二年，……十一月，……甲辰，禁中巳時昭德寺火，直宣政殿之東，至午未間，北風起，火勢益甚，至暮稍息。」《資治通鑑》卷二四三〈唐紀〉五十九曰：「（大和）二年，十一月，甲辰，禁中昭德寺火，延及宮人所居，燒死者數百人。」而《舊唐書》卷一六五〈溫造傳〉曰：「大和二年十一月，宮中昭德寺火。寺在宣政殿東垣，火勢將及，宰臣、兩省、京兆尹、中尉、樞密，皆環立於日華門外，令神策兵士救之，晡後稍息。是日，

〔註47〕《劉夢得文集》卷二四。

唯臺官不到，造奏曰：『昨宮中遺火，緣臺有繫囚，恐緣爲姦，追集人吏隄防，所以至朝堂在後，臣請自罰三十直。其兩巡使崔蠡、姚合火滅方到，請別議責罰。』敕曰：『事出非常，臺有囚繫，官曹警備，亦爲周慮，卽合待罪朝堂，候取進止。量罰自許，事涉乖儀。溫造、姚合、崔蠡各罰一月俸料。』」《新唐書》卷九一〈溫造傳〉亦曰：「大和二年，內昭德寺火，延禁中『野狐落』，野狐落者，宮人所居也，死者數百人。是日，宰相、兩省官、京兆尹、中尉、樞密皆集日華門，督神策兵救火所及，獨御史府不至。造自劾曰：『臺繫賊，恐人緣以構姦，申警備，乃得入。臣請入三十直，崔蠡、姚合二十直。自贖。』宰相劾造不待罪於朝，而自許輕比，不可聽，有詔皆奪一月俸。」據上可知姚合仍任職御史臺，爲殿中侍御史。《新唐書》卷四八〈百官志〉三曰：「殿中侍御史九人，從七品下。掌殿庭供奉之儀，……一人同知東推，監太倉出納；一人同知西推，監左藏出納；二人爲廊下食使，二人分知左右巡，三人內供奉。」姚合爲殿中侍御史，乃屬分知左右巡之一。〈百官志〉又曰：「開元七年……（監察御史）分左右巡，糾察違失。左巡知京城內，右巡知京城外，盡雍洛二州之境，……其後以殿中掌左右巡。」據此則姚合寶曆二年秋至本年春居洛陽，或卽以右巡分察洛州也。

太和三年己酉（829）

年五十五歲。居長安，爲戶部員外郎。

蓋自寶曆二年秋，任殿中侍御史以來，至大和二年十二月止，凡三十個月，理應轉任。

按：《唐會要》卷八七：「元和七年勅：如是五品以上官及臺省官經三十個月外，任與改轉，餘官二十個月奏改轉。……」合任殿中侍御史卽屬臺省官。

又其〈偶然書懷〉詩曰：「十年通籍入金門，自愧名微枉縉

紳。鍊得丹砂疑不食，從茲白髮日相親。……漢有馮唐唐有我，老爲郎吏更何人。」此「十年通籍入金門」，乃憶其自元和十一年（816）通名籍於朝廷以來，至寶曆元年（825），凡十年方得仕宦彤闈之事。而此後又經數年，尤於去年十一月二十二日昭德寺火遲到一事，受罰俸一月，故有「自愧名微枉縉紳」之語。而此詩又云：「漢有馮唐唐有我，老爲郎吏更何人。」此郎吏蓋指其初任戶部員外郎時年已五十五，而自我解嘲。又考之姚合任金州刺史時，友朋如方干（送姚合員外赴金州）、馬戴（寄金州姚使君員外）、無可（陪姚合遊金州南池，一作金州夏晚陪姚員外遊南池）（酬姚員外見過林下）、喩鳧（送賈島往金州謁姚員外）此或送或寄或酬之詩皆稱「姚員外」，可知其任戶部員外郎必在任金州刺史之前，且在殿中侍御史任後，故其任戶部員外郎當在此年。再則其〈春日早朝寄劉起居〉詩曰：「九衢寒霧斂，雙闕曙光分。綵仗迎春日，香煙接瑞雲。珮聲清漏間，天語侍臣聞。莫笑馮唐老，還來謁聖君。」此詩亦自比馮唐，又逢春時，蓋即是年春爲郎未久所作。

有〈奉寄東都令狐留守相公〉詩。

按：東都令狐留守相公，乃令狐楚。《舊唐書》卷一七二〈令狐楚傳〉云：「大和二年九月徵爲戶部尙書，三年三月檢校兵部尙書東都留守，東畿汝都防禦使。其年十一月進位檢校右僕射鄆州刺史、天平軍節度、鄆曹濮觀察等使。」《舊唐書》卷一七四〈文宗本紀〉：「大和三年……三月辛巳朔，以戶部尙書令狐楚爲東都留守。」又姚合詩云：「除官東守洛陽宮，恩比藩方任更雄。拜表出時傳七刻，排班衙日有三公。旌旗嚴重臨關外，庭宇清深接禁中。……」據上知其于大和三年三月始東守洛陽，十一月又另調他職，揆諸詩意，亦可知此寄詩作於令狐相公守洛陽不久，故詩次於此。

又有〈寄東都分司白賓客〉詩。

按：白居易嘗二度以太子賓客分司東都。首次爲大和三年，第二次則於大和七年。《舊唐書》卷一百六十六〈白居易傳〉曰：「大和二年正月，轉刑部侍郎、封晉陽縣男，食邑三百戶。三年，稱病東歸，求爲分司官，尋除太子賓客。……五年除河南尹。七年，復授太子賓客分司。」而《新唐書》卷一百一十九〈白居易傳〉亦曰：「大和初，二李黨事興，險利乘之，……，居易惡緣黨人斥，乃移病還東都，除太子賓客分司。踰年，卽拜河南尹，復以賓客分司。」上二書俱云居易第二次以賓客分司，乃於河南尹罷去後，證以居易〈詠興〉五首序曰：「（大和）七年四月，予罷河南府，歸履道第，廬舍自給，衣儲自充，無欲無營，或歌或舞，頹然自適，蓋河洛間一幸人也。……」，〔註48〕知居易第二次分司前，未嘗仕官闕下。然姚合寄詩曰：「闕下高眠過十旬，南宮印綬乞離身。詩中得意應千首，海內嫌官只一人。賓客分司眞是隱，山泉遠宅豈辭貧。竹齋晚起多無事，爲到龍門寺裏頻。」明言居易此次分司乃自闕下尚書省請辭，〔註49〕固姚合此〈寄東都分司白賓客〉，當屬居易首次分司後所寄。

是年秋，姚合蓋卽赴金州任刺史。

按：李嘉言《賈島年譜》曰：「大和四年庚戌，……新書張籍傳謂籍終國子司業，而籍大和二年已爲此官。白居易上年分司東都，籍有〈送白賓客分司東都〉詩，是上年籍猶在也。其卒時疑在上年與本年之間。……」又羅師《張籍年譜》大和三年條亦云：「籍之卒年無明文可考。據司業集觀之，籍自本年〈送白樂天東歸〉、〈和令狐尚書平泉莊〉諸詩後，既無詩作，

〔註48〕《白氏長慶集》卷二九。
〔註49〕《書言故事》〈科第類〉：赴南省謂赴南宮，開元中謂尚書省爲南省，門下省爲北省。

其卒若不在本年，亦當在本年稍後。」上二說俱云張籍之卒
當於大和三、四年間。而李嘉言《賈島年譜》于大和四年庚
戌又曰：「……胡遇卒，島與張籍俱有〈哭胡遇〉詩，籍旣卒
於上年或本年，則〈哭胡遇〉詩當作於本年前。……」按：
胡遇與張籍、賈島、朱慶餘、姚合等人交遊，其卒，張、賈、
朱三人俱有〈哭胡遇〉詩，姚合獨無，此原因何在？且自長
慶以來，長安若有祖餞歸友，而上數人亦居長安，則必各有
送詩，儼然似一詩人集團，證諸〈送李餘及第歸蜀〉、〈送饒
州張濛使君〉，張籍、賈島、朱慶餘、姚合具有送詩。而後朱
慶餘及第歸越，張、賈、姚三人亦各作詩酬之，據上可知，
錦上添花事尙且如此，何況姚合稱胡遇爲密友，〔註50〕於生
死之別，又何以心無所感？較可能之因，或姚合此時出使在
外，否則張籍繼胡遇而亡，賈島亦有〈哭張籍〉詩。以胡遇、
張籍、姚合之交情，其萬不可能於二友之亡，毫無哭悼之作。
據上所言，則姚合於大和三、四年間不在京師更可確定。
姚合旣不仕於長安，則當遊宦在外，考校姚合生平，敬宗寶
曆年間以後，出仕在外者二，一爲金州刺史，另一爲杭州刺
史。據岑仲勉《唐史餘瀋》方干與姚合條云：「合守杭州，
當大和末，其官金州似更在前，今干有〈送姚合員外赴金州〉
詩云：『受詔從華省，開旗發帝州』蓋送合之金州任也。又
有〈上杭州姚郎中〉詩，亦合也，赴金州任官止員外，在杭
州任已爲郎中，尤合刺金先於刺杭之證。」而周賀〈寄杭州
姚合郎中〉詩稱其：「轉刺名山郡，連年別省曹。」〔註51〕
旣云轉刺，則前當更嘗任刺史職。綜上所述，姚合此時出仕
於外，乃赴金州任刺史。此外，姚合友人馬戴、方干等之寄、

〔註50〕姚合〈喜胡遇至〉詩曰：「窮居稀出入，門戶滿塵埃。病少閒人問，
貧唯密友來。」
〔註51〕《全唐詩》卷五三○、〈周賀〉。

送詩皆稱金州姚合員外，適與姚合前任戶部員外郎相合。且方干送詩云：「受詔從華省，開旗發帝州。野煙新驛曙，殘照古山秋。……」〔註52〕既云秋，故其出任金州刺史，繫於本年秋後。

前既云張籍死於大和三、四年間，則其〈送從弟濛赴饒州〉詩當於此年以前，姚合亦有〈送饒州張使君〉詩，則亦當繫於本年以前方是。

大和四年庚戌（830）

年五十六歲。在金州任刺史。無可、賈島曾前往造訪。

按：無可有〈金州別姚合詩〉其詩云：「日日西亭上，春留到夏殘。言之離別易，勉以道途難。出山一千里，溪行三百灘。松間樓裏月，秋入五陵看。」可知無可曾往金州，夏末方別去。喻鳧亦有〈送賈島往金州謁姚員外〉詩，知島亦曾來訪。

春末，有〈郡中西園〉詩。

按：後云姚合有題〈金州西園〉九首，此既題「郡中西園」殆即金州西園之謂。而姚合其詩云：「西園春欲盡，芳草徑難分。靜語唯幽鳥，閒眠獨使君。……」似亦於春末，任刺史所作，故姑識於此。

夏，有〈金州書事寄山中舊友〉詩。

按：其詩云：「安康雖好郡，刺史是憨翁。買酒終朝醉，吟詩一室空。……野亭晴帶霧，竹寺夏多風。……林下無相笑，男兒五馬雄。」既云「竹寺夏多風」則當夏時所作。

又有題〈金州西園〉九首。

按：九首其四蔓徑曰：「……方當繁暑日。」其五垣竹曰「窮秋雨蕭條」其七莓苔曰：「只恐秋雨中」綜上所述，則題〈金州西園〉或即夏秋之間所作。

〔註52〕《全唐詩》卷五四九、〈方干〉。

是年秋後，姚合返京，有〈過無可上人院〉詩。

按：無可〈酬姚員外見過林下〉曰：「掃苔迎五馬，蒔藥過申鐘。鶴共林僧見，雲隨野客逢。入樓山隔水，滴旆露垂松。日暮題詩去，空知雅調重。」〔註53〕其時節既云滴旆露垂松，乃秋時景象。僧無可既於春至夏末留宿姚合金州任所，〔註54〕合款待甚厚，則此時姚合罷郡返京，亦造訪好友，無可因有「掃苔迎五馬」句。又姚合〈過無可上人院〉曰：「寥寥聽不盡，孤磬與疏鐘。煩惱師長別，清涼我暫逢。蟻行經古蘚，鶴毳落深松。自想歸時路，塵埃復幾重。」其所押韻「鐘、逢、松、重」與無可上詩完全一致，況且姚合云「歸時路」無可云「迎五馬」可知是姚合罷歸與無可酬贈之作。

大和五年辛亥（831）

年五十七歲。在長安仕刑部郎中。

按：後云白居易嘗〈送姚杭州赴任〉有「老校當時八九年」句，白居易於穆宗長慶二年七月至長慶四年五月領郡杭州，〔註55〕據上推算，則姚合出守錢塘，當於大和六年後。而姚合任杭州刺史，其友人、後學請益者，如賈島、劉得仁、方干、周賀、鄭巢俱稱其為郎中，可見姚合於守杭壇前嘗任郎中一職，而合友馬戴〈有酬刑部姚郎中〉一詩，〔註56〕據此可知此郎中乃刑部郎中。

春，有〈送源中丞赴新羅〉詩。

按：源中丞，乃源寂。《舊唐書》卷一九九上〈新羅列傳〉曰：「大和五年，金彥昇卒，以嗣子金景徽為開府儀同三司，命太子左諭德兼御史中丞源寂，持節弔祭冊立。」《資治通鑑》卷

〔註53〕《全唐詩》卷八一三、〈無可〉。
〔註54〕無可〈金州別姚合〉詩云：「日日西亭上，春留到夏殘。」
〔註55〕《白香山年譜》。（陳振孫）
〔註56〕《全唐詩》卷五五六。

二四四日：「春，⋯⋯二月⋯⋯新羅王彥昇卒，子景徽立」
據上可知姚合此詩乃春二月以後所作。

秋末，有〈秋晚夜坐寄院中諸曹長〉詩。

按：《稱謂錄》郎中條引《通典》曰：「漢魏以來，尚書屬或有侍
　　郎，或曰書郎，或曰某曹郎，皆今郎中之任。」而曹長乃尚
　　書丞郎別名，刑部又屬尚書省。據此可知姚合上詩稱寄院中
　　諸曹長，或即其仕爲刑部郎中時所寄。

又有〈書懷寄友人〉詩。

按：其詩曰：「精心奉北宗，微宦在南宮。舉世勞爲適，開門事
　　不窮。⋯⋯」所謂南宮，乃古尚書省，南宮本爲南方列宿，
　　漢用以比擬尚書省；東漢鄭宏爲尚書令，取有關前後尚書之
　　政事，著南宮故事。而《書言故事》〈科第類〉亦曰：「赴南
　　省謂赴南宮，（唐）開元中謂尚書省爲南省，門下省爲北省」，
　　據此可知上云「微宦在南宮」乃仕于尚書省時所作。然而姚
　　合嘗仕戶部員外郎，與刑部郎中，二官皆屬尚書省所轄，此
　　微宦究何所指？考之姚合赴金州前嘗仕爲員外，又其〈偶然
　　書懷〉詩自謂十年通籍後方得郎吏一職，可證其于大和三年
　　嘗仕爲戶部員外郎，官品雖從六品上，却是由殿中侍御史、
　　從七品下遷升，因而此時詩作，較無失意之感。而姚合此番
　　仕宦南宮，詩中顯得失意不得志，因而思歸日深。究其原因，
　　或此次乃仕爲刑部郎中，從五品上，品第雖較前戶部員外郎
　　高，然合乃從安康好郡之刺史，正四品往下降，無異貶斥；
　　且金州之優遊自在，又非此繁職所可比擬，故落寞如此。因
　　此仕宦南宮，當即除拜刑部郎中，故上詩姑識於此。

大和六年壬子（832）

年五十八歲。先居長安，後居杭州。

初春或稍早，有〈送劉禹錫郎中赴蘇州〉詩。

按：劉禹錫〈蘇州謝上表〉云：「伏奉制書，授臣使持節蘇州諸

軍事，守蘇州刺史。……」表末署云：「大和六年二月六日。」
〔註 57〕《舊唐書》卷一六○〈劉禹錫傳〉曰：「大和中，裴
度在中書，欲令知制誥，執政不悅，累轉禮部郎中，集賢殿
學士，度罷知政事，禹錫求分司東都，終以恃才褊心，不得
久處朝列。六月，授蘇州刺史。」據劉氏〈蘇州謝上表〉，
則六月當為大和六年之誤。而姚合其詩曰：「三十年來天下
名，銜恩東守閶闔城。……霽日滿江寒浪靜，春風遶郭白蘋
生。……」其時節亦逢春寒之時，故詩次於此。

其後，合拜授杭州刺史。

按：白居易有〈送姚杭州赴任因思舊遊〉二首其二曰：「渺渺
錢塘路幾千，想君到時事依然。靜逢竺寺猿偷橘，閒看蘇
家女採蓮。故妓數人憑問訊，新詩兩首倩留傳。舍人雖健
無多興，老校當時八九年。」自注云：「杭民至今呼余為
白舍人」〔註58〕《舊唐書》卷一六六〈白居易傳〉曰：「長
慶元年三月，受詔與中書舍人王起覆試禮部侍郎錢徽下及
第人鄭郎等一十四人，十月轉中書舍人。……時天子荒縱
不法，執政非其人，……乃求外仕，七月，除杭州刺史。」
由上推知居易以長慶二年（822）七月自中書舍人出任杭
州刺史。又據《白香山年譜》，居易以長慶四年（824）五
月刺杭州任滿。其〈送姚杭州赴任〉詩所謂「老校當時八
九年」蓋自長慶四年離杭，往後數八九年，約當于大和六
年，故繫姚合拜守杭壇於此。而劉得仁〈送姚合郎中任杭
州〉詩云：「渡江春始半，列巘草初生」〔註59〕顧非熊〈送
杭州姚員外〉亦云：「浙江江上郡，楊柳到時春」〔註 60〕

〔註57〕《劉夢得文集》卷一五及《唐劉夢得先生禹錫年譜》（張達人編訂）
〔註58〕《白氏長慶集》卷二九。
〔註59〕《全唐詩》卷五四四、〈劉得仁〉。
〔註60〕《全唐詩》卷五○九、〈顧非熊〉。

可見姚合乃春時赴任也。

此去沿路皆有詩作，如〈揚州春詞〉三首等。

按：揚州乃往杭州必經之路。姚合既自云家寄河朔間，則此行之
　　前，或恐未嘗到過江南，詩集中既有〈揚州春詞〉，疑其乃
　　此行路過所作。又此詩其一曰：「廣陵寒食天」其二曰：「滿
　　郭是春光」其三曰：「春風蕩城郭」適符姚合春時赴任之說，
　　故詩次於此。

到杭州後，方干曾來訪。

按：方干有〈上杭州姚郎中〉詩曰：「能除疾瘵似良醫，一郡鄉
　　風當日移。身貴久離行藥伴，才高獨作後人師。春遊下馬皆
　　成讌，吏散看山卽有詩。借問公方與文道，而今中夏更傳誰。」
　　因有「一郡鄉風當日移」與「春遊下馬皆成讌」句，疑方干
　　來訪當在本年春夏間。

有〈杭州官舍偶書〉、〈杭州郡齋南亭〉、〈杭州官舍卽事〉、〈題杭
州南亭〉、〈杭州觀潮〉等詩。

按：上詩作皆有「杭州」二字，其於杭州任內所作無疑，惟姚合
　　明年秋卽返京，其若不作於今年，則亦必作於明年秋日之前。

周賀攜書請謁。

按：《唐才子傳》卷六清塞條云：「清塞字南鄉，……俗姓周，名
　　賀。工爲近體詩，格調清雅。……姚合守錢塘，因攜書投刺
　　以丐品第，合延待甚異，見其〈哭僧〉詩云：『凍鬚亡夜剃，
　　遺偈病中書。』大愛之，因加以冠巾，使復姓字。」周賀亦
　　有〈贈姚合郎中〉、〈寄姚合郎中〉、〈留辭杭州姚合郎中〉詩。

又有〈酬薛奉禮見贈之作〉與〈送薛二十三郎中赴婺州〉。

按：〈酬薛奉禮見贈〉云：「栖栖滄海一耕人，詔遣江邊做使君。
　　山頂雨餘青到地，濤頭風起白連雲。」既云「江邊」，或卽
　　錢塘江，杭州正位於錢塘江口；又曰「濤頭」，則更肯定此
　　作於杭州任內，故詩次於此。〈送薛二十三郎中赴婺州〉，此

薛二十三郎未知何許人，其詩云：「我住浙江西，君去浙江東。日日心來往，不畏浙江風。」《舊唐書》卷三八〈地理志〉曰：「浙江西道節度使治潤州，管潤、蘇、常、杭、湖等州。……浙江東道節度使治越州，管越衢、婺、溫、台、明等州。」杭州屬浙西節度使轄區，婺州則屬浙東節度使轄區，可知姚合此詩作於杭州刺使任內，故姑識於此。

又有〈送清敬闍梨歸浙西及送文著上人遊越〉詩。

按：前詩云：「大地無生理，吳中豈是歸。自翻貝葉偈，人施福田衣。夏盡灘聲出，潮來日色微。郡齋師去後，寂寞夜吟稀。」前浙西節度使既亦管轄蘇州，《舊唐書》卷四〇〈地理志〉三曰：「蘇州上，隋吳郡，隋末陷賊。（武德）七年……復置蘇州都督，督蘇、湖、杭、暨四州，治於故吳城，分置嘉興縣。八年，廢嘉興入吳縣。……天寶元年，改為吳郡。……」上詩既云：「浙西」「吳中」或卽歸浙西節度使所轄之蘇州。蘇州與杭州同屬一轄區，姚合既云「郡齋師去後」此郡齋當指杭州任所。而〈送文著上人遊越〉曰：「水石隨緣豈計程，東吳相遇別西京。……」其中「東吳相遇」顯然道出姚合居留浙西時與文著上人重逢，而又送其遊越，當屬於浙西守杭壇所作，上二詩既皆領郡錢塘所作，若非作於此年，亦當於明年，詩姑識於此。

鄭巢亦來謁見。

按：《唐才子傳》卷八鄭巢條云：「巢，錢塘人。……時姚合號詩宗，為杭州刺史，巢獻所業，日遊門館，累陪登覽燕集，大得獎重，如門生禮。」鄭巢亦有〈秋日陪姚郎中登郡中南亭〉及〈和姚郎中題凝公院〉詩。明年，姚合罷郡，巢亦有〈送姚郎中罷郡遊越〉詩。

又有〈送盛秀才赴舉〉與〈送李秀才赴舉〉詩。

按：送盛秀才詩云：「重重吳越浙江潮，刺史何門始得消。五字州

人唯有此，四鄰風景合相饒。橘村籬落香潛度，竹寺虛空翠自飄。君去九衢須說我，病成疏懶懶趨朝。」既云：「吳越浙江潮」又云「刺史何門始得消」可知其乃牧守杭壇所作。而〈送李秀才〉詩曰：「羅剎樓頭醉，送君西入京。秦吳無限地，山水半分程。」其詩既云「西入京」可知其由東往西去，又云「秦吳」長安乃古秦地，而吳地屬浙西，據此可知此詩亦姚合於杭州任內所送。又《新唐書》卷四四〈選舉志〉曰：「每年仲冬，州、縣、館、監舉其成者送之尚書省，而舉選不緣館、學者，謂之鄉貢。」據此上若仲冬貢往長安，則此送詩當亦冬時所作，又後云明年秋中，姚合已罷郡，則上二詩應作於此年。

又有〈裴大夫見過〉、〈送裴大夫赴亳州〉及〈臘日獵〉詩。

按：〈裴大夫見過〉詩曰：「湖南譙國近英髦，心事相期節義高。解下佩刀無所惜，新聞天子付三刀。」三刀乃州字之隱語。州，古作刕。《晉書》〈王濬傳〉曰：「『濬』夜夢懸三刀於臥屋梁上，須臾又益一刀，濬驚覺，意甚惡之，主簿李毅再拜，賀約：『三刀為州字，又益一者，明府其臨益州乎？』果遷濬為益州刺史」。據此姚詩云「新聞天子付三刀」乃皇上召拜裴大夫為刺史。而〈送裴大夫赴亳州〉曰：「杭人遮道路，垂泣浙江前。譙國迎舟艦，行歌汴水邊。周旋君量遠，交代我才偏。寒日嚴旌戟，晴風出管弦。一杯誠淡薄，四坐願留連。異政承殊澤，應為天下先。」顯然此詩乃承上裴大夫見過而作，新聞天子付三刀之三刀乃指亳州而言，故有「譙國迎舟艦，行歌汴水邊」句，因亳州乃古譙國所在，上二詩既是相承而作，時日相隔必不至太久，既然姚合云：「杭人遮道路，垂泣浙江前」明白已道出送裴大夫之地點，又云「寒日嚴旌戟」姚合明年冬寒前已返京，故上二詩，疑其作於本年，並姑識於此。

而〈臘日獵〉詩曰:「健夫結束執旌旗,曉度長江自合圍。……蠟節畋遊非爲己,莫驚刺史夜深歸。」既云「長江」或於杭州爲近,又云蠟節,疑其多日臘八杭州刺史任內所做,詩因次於此。

大和七年癸丑（833）

年五十九歲。先居杭州,秋後返長安。

有〈寒食〉詩二首。

按:去年春,姚合於揚州行旅度過寒食,今年復有〈寒食〉詩二首,其一曰:「今朝一百五,出戶雨初晴。……江深青草岸,花滿白雲城。爲政多屠懦,應無酷吏名。」其二又曰:「出城煙火少,況復是今朝。……伎樂州人戲,使君心寂寥。」姚合自云「使君」可知乃領郡所作。前詩又嘗云:「花滿白雲城」考之賈島〈送姚杭州〉詩曰:「白雲峰下城,日夕白雲生。」〔註61〕可知杭州卽爲白雲峰下城,而白雲峰乃位今浙江省天台縣之北。據上杭州既爲白雲峰下城,日夕白雲生,則姚合上詩之「花滿白雲城」此白雲城殆卽杭州,故〈寒食〉詩乃在杭所作。因既非去年道經揚州之〈寒食〉節,又因今年秋中姚合已返京,知其居杭州又逢〈寒食〉殆今年耳,故詩次於此。

另有〈遊天台上方〉、〈送陟遐上人遊天台〉、〈買大湖石〉等詩。

按:前既云浙江有天台縣（乃唐之廣興縣）,中有天台山。姚合〈送陟遐上人遊天台〉曰:「重疊赤城路,終年遊客稀。朝來送師去,自覺有家非。」赤城,據《讀史方輿紀要》浙江台州府、天台縣、天台山曰:「在縣北六里者曰赤城山,土色皆赤色,狀似雲霞,儼如雉堞。……」既云「重疊赤城路」又云「朝來送師去」,再考之姚合另有〈遊天台上方〉詩,可知二詩皆

〔註61〕《長江集》卷六。

於杭州任內所作。而太湖，乃江南名勝，歷屬湖州，湖州地接杭州，同爲浙西地。姚合既寄家河朔，時於祖居之吳興念念不忘，據《舊唐書》卷四〇〈地理志〉三曰：「湖州上，……天寶元年，改爲吳興郡。（肅宗）乾元元年，復爲湖州。」湖州既爲祖居所在，早於寶曆二年朱慶餘及第歸覲，姚合送詩即曰：「勸君緩上車，鄉里有吾廬。未得同歸去，空令相見疏。」又云：「訪我波濤郡，還鄉霧雨城。」可見思念之切，今牧守杭州，既得地緣之便，焉有不返祖居一探之理，如此自然當一訪太湖之名勝，故其〈買太湖石〉乃領郡錢塘所作。以上三詩知其皆於杭州任內所作，惟於去年或今年不易細分，并姑識於此。

秋初，罷杭州刺史職，嘗遊越，而後返京，有〈對月、八月十五日夜看月〉、〈賦月華臨靜夜〉、〈別杭州〉等詩。

按：鄭巢有〈送姚郎中罷郡遊越〉詩，〔註62〕知姚合去職後，嘗遊越。而賈島〈喜姚郎中自杭州迴〉詩曰：「路多楓樹林，累日泊清陰。來去泛流水，翛然適此心。一披江上作，三起月中吟。東省期司諫，雲門悔不尋。」〔註63〕賈島此詩既云「路多楓樹林」或疑乃秋日。其又曰：「一披江上作，三起月中吟」考之《姚少監集》果有「〈對月〉、〈八月十五日夜看月〉、〈賦月華臨靜夜〉」三首月中吟作。其中〈賦月華臨靜夜〉曰：「色正秋將半」八月十五夜看月云：「亭亭千萬里，三五復秋中。……惆悵逡巡別，誰能看碧空。」，而勞格《讀書雜志》卷七「杭州刺史考」考得大和八年杭州刺史已爲裴宏泰。又後云大和八年春雍陶進士及第，姚合已居長安，有〈送雍陶及第歸覲〉詩。綜上所述，姚合八月十五夜看月所云「惆悵逡巡別」，蓋即〈別杭州〉，且又不得晚過大

〔註62〕 《全唐詩》卷五四〇、〈鄭巢〉。
〔註63〕 《長江集》卷五。

和八年，則此秋中，應是大和七年無誤，故詩繫於此。此外姚合將去，有〈別杭州〉詩曰：「醉與江濤別，江濤惜我遊，他年婚嫁了，終老此江頭。」可知其猶對杭州依戀不捨。

返京途中，舟行至永城驛，有〈題永城驛〉詩。

按：永城隋代屬譙州，《元和志》卷七及《太平寰記》卷一二皆作：「貞觀十七年，罷譙州，以縣屬亳州」亳州地廣揚州與洛陽間，乃隋唐運河必經之地，永城驛或卽其中一站。姚合其詩曰：「秋賦春還計盡違，自知身是拙求知。惟思曠海無休日，卻喜孤舟似去時。連浦一程兼汴宋，夾堤千柳雜唐隋。從來此恨皆前達，敢負吾君作楚詞。」上詩既云「惟思曠海無休日，卻喜孤舟似去時」知其乃回程所作。又曰「從來此恨皆前達，敢負吾君作楚詞」疑此或因其祖先世本自江南吳興移居陝州，合雖寄河朔，仍對江南有深厚情感，然卻南北遙隔，苦無機會返祖居一望；此次蒙聖恩，牧守錢塘，非僅官位躍升，心願或可實現，故甚喜前往；其後居杭，果稱心如意，怎奈上任年餘，皇帝又匆匆下旨召回，姚合雖言不敢辜負聖君而作楚詞以發牢騷，然卻為任期短暫，卽奉命歸去而惆悵，揆諸詩意，此詩誌此方恰。

返京後，召拜為諫議大夫。

按：賈島〈喜姚郎中自杭州回〉嘗曰：「東省期司諫，雲門悔不尋」此司諫蓋卽諫議大夫。岑仲勉《唐史餘瀋》更曰：「《全唐詩》九函四：賈島喜姚郎中自杭州迴，此斷為姚合無疑。末二句『東省期司諫，雲門悔不尋』則是由杭州刺史入為諫議大夫。又八函十冊，劉得仁上姚諫議：『聖代生才子，明庭有諫臣。……卻憶波濤郡，來時島嶼春』波濤郡當指杭州，與上條可相證。」據上可知，合之官諫議大夫，乃於罷杭州刺史任後。

有〈省值書事〉詩。

按：其詩云：「默默滄江老，官分右掖榮。立朝班近殿，奏直上
知名。……露盤秋更出，玉漏晝還清。碧蘚無塵染，寒蟬似
鳥鳴。竹深雲自宿，天近日先明。孱懦難封詔，疏愚但擲觥。
素餐終日足，寧免眾人輕。」右掖乃中書省之別稱，以其居
宮殿之右故也，又名西掖。姚合此詩既云「奏直」又官於中
書省，考其生平仕宦經歷，則當屬除拜中書省右諫議大夫職
也。此詩又點出「秋」「寒蟬」，且「官分右掖榮」似有新拜
右諫議，甚有榮寵之意。據上所述，此詩或恐自杭州返京任
右諫議大夫未久所作，故詩次於此。

大和八年甲寅（834）

年六十歲。居長安為諫議大夫。

春，有〈西掖寓直春曉聞殘漏〉詩。

按：西掖亦為中書省之別稱。應劭《漢官儀》上曰：「左右曹受
尚書事，前世文士以中書在右，因謂中書為右曹，又稱西掖。」
姚合其詩曰：「直廬仙掖近，春氣曙猶寒。……鳳閣明初啟，
雞人唱漸闌。……我識朝天路，從容自整冠。」既云「鳳閣」
《新唐書》卷四六〈百官志〉、中書省下注曰：「光宅元年改
中書省曰鳳閣。」姚合任職中書省，蓋為右諫議一職。上詩
又云「春氣曙猶寒」，疑其乃此年春所作，故詩次於此。

又雍陶本年春擢進士第，有〈送雍陶及第歸覲〉詩。

按：《唐才子傳》卷七雍陶條曰：「陶字國均，成都人，工於詞
賦。……」大和八年陳寬榜進士及第，一時名輩，咸偉其作。」
據此可知，姚合上詩作於本年。

又有〈酬萬年張郎中見寄〉詩。

按：其詩曰：「貢籍常同府，周行今一時。諫曹誠已忝，京邑豈相
宜。黑髮年來盡，滄江歸去遲。何時得攜手，林下靜吟詩。」，
此云「貢籍常同府」蓋姚合嘗於長慶初年任萬年縣尉，故有
此語。其詩又云「諫曹誠已忝」則明言此時姚合仕為諫議大

夫，此詩若不作於本年，亦當於本年前後，故姑識於此。

冬，有〈冬夜書事寄兩省閣老〉詩。

按：姚合其詩曰：「天寒漸覺雁聲疏，新月微微玉漏初。海嶠只宜
　　今日去，故鄉已過十年餘。髮稀豈易勝玄冕，眼暗應難寫諫
　　書。門下群公盡高思，誰能攜酒訪貧居。」此詩姚合自云「髮
　　稀豈易勝玄冕，眼暗應難寫諫書」可見乃任諫議時作。其又
　　云「故鄉已過十年餘」。考姚合自元和十一、二年出仕以來，
　　距今大和八年，已足足有十六七個年頭，故云「故鄉已過十
　　年餘」。此外「天寒」知其乃冬日所作，揆諸去歲〈省值書事〉
　　詩猶云「官分右掖榮」「素餐終日足，寧免眾人輕」，然此詩
　　却云「髮稀豈易勝玄冕，眼暗應難寫諫書」「閣下群公盡高思，
　　誰能攜酒訪貧居」或卽省值書事乃初授此官，認為諫議一職，
　　可日與聖上相親，故猶能自足如此。然事隔一年，年歲漸大，
　　對聖上之奏言，亦未見受採納，尤其與二省閣老之富貴相比，
　　又難免自歎己之貧困，此詩疑當作於本年或稍後。

又有〈送元緒上人遊商山〉詩。

按：無可上人嘗有〈冬晚姚諫議宅會送元緒上人歸南山〉，其詩
　　曰：「禪客詩家見，凝寒忽造還。分題迴諫筆，留偈在商
　　關。……」〔註64〕無可此詩既云「商關」與姚合送元緒上
　　人「遊商山」似相侔合。無可詩題為「冬晚姚諫議宅」則姚
　　合此作當於本年前後，姑次於此。

大和九年乙卯（835）

年六十一歲。居長安，為諫議大夫。

有〈偶題〉詩。

按：其詩曰：「年年九陌看春還，舊隱空勞夢寐間。遲日逍遙芸
　　草長，聖朝清淨諫臣閒。……」既云「聖朝清淨諫臣閒」則

〔註64〕《全唐詩》卷八一四、〈無可〉。

此詩作於任諫議大夫時。而其詩又云：「年年九陌看春還」九陌乃指長安（九衢達道），據前大和七年秋後，姚合始自杭州返居長安，則此「年年九陌看春還」常指大和九年或稍後，故詩次於此。

去年、今年或明年，姚合著手選編《極玄集》選王維、祖詠、李端、耿湋、盧綸、司空曙、錢起、郎士元、暢當、韓翃、皇甫曾、李嘉祐、皇甫冉、朱放、嚴維、劉長卿、靈一、法振、皎然、清江、戴叔倫等人詩共百首（今本缺一首），其自序云：「此皆詩家射鵰手也。合於眾集中更選其極玄者，庶免後來之非。凡念一人，共百首。」

按：姚合既云「聖朝清淨諫臣閒」又今本《極玄集》題下有「唐諫議大夫姚合選」數字，據此知《極玄集》，乃姚合任諫議大夫時所選。韋莊《又玄集》序曰：「昔姚合撰《極玄集》一卷，傳於當代，已盡精微。」因此知選詩並非易事，尤其姚合認為所選皆詩家射鵰手，更須費時較久精挑細選，姑次於此。

又有〈和裴令公新成綠野堂即事〉詩。

按：裴令公即裴度。《舊唐書》卷一七○〈裴度傳〉曰：「（大和）八年三月，以本官判東都尚書省事。充東都留守。九年十月，進位中書令。……東都立第於集賢里，……又於午橋創別墅，花木萬株，中起涼台暑館，名曰綠野堂。……度視事之隙，與詩人白居易、劉禹錫酬宴終日，高歌放言，以詩酒琴書自樂。……」據此則姚合〈和裴令公新成綠野堂即事〉詩，當作於大和九年十月以後，故詩次於此。

又有〈同諸公會太府韓卿宅〉詩。

按：韓卿指韓約。《新唐書》卷一百七十九〈韓約傳〉曰：「韓約，朗州武陵人，本名重華。志勇決，略涉書，有吏幹，歷兩池榷鹽使。……再遷太府卿。大和九年，代崔鄲為左金吾衛大

將軍。……」又《舊唐書》卷十七下〈文宗紀〉與《資治通
鑑》〈唐紀〉卷六十一皆曰：「大和九年十一月己未，以太府
卿韓約爲左金吾衛大將軍。」據上可知，韓約於大和九年十
一月己未日前官太府卿，姚合此同諸公會太府韓卿宅，當作
本年十一月己未日之前，姑識於此。

文宗開成元年丙辰（836）

年六十二歲。居長安，仍官諫議大夫。

有〈和李十二舍人、裴四二舍人兩閣老酬白少傅見寄〉。

按：《舊唐書》卷十七下〈文宗紀〉曰：「（大和）九年，……冬
十月乙未，以新授同州刺史白居易爲太子少傅分司。」《舊
唐書》卷一百六十六〈白居易傳〉曰：「開成元年，除同州
刺史，辭疾不拜，尋授太子少傅，進封馮翊縣開國侯。」又
《新唐書》卷一百一十九〈白居易傳〉亦曰：「開成初，起
爲同州刺史，不拜，改太子少傅，進馮翊縣侯。」據此，李
十二舍人、裴四二舍人雖不知其何許人，然白居易之仕爲太
子少傅乃大和末至開成初間，酬詩、和詩又當更後，故姚合
此詩至早該和於開成元年或稍後，因而姑識於此。

又有〈送楊尚書赴東川及酬楊汝士尚書喜人移居〉詩。

按：楊尚書卽楊汝士。《舊唐書》卷十七下〈文宗紀〉曰：「開成
元年…十二月癸丑，以兵部侍郎楊汝士檢校禮部尚書，充劍
南東川節度使。」《舊唐書》卷一百七十六〈楊汝士傳〉曰：
「汝士字慕巢，元和四年進士擢第。……開成元年，轉兵部
侍郎，其年十二月，檢校禮部尚書、梓州刺史、劍南東川節
度史。」據此可知姚合〈送楊尚書赴東州及酬楊汝士尚書喜
人移居〉作於本年十二月之後，故詩次於此。

開成二年丁巳（837）

年六十三歲。居長安，或官給事中。

按：前云姚合於大和七年秋後返京，召拜爲諫議大夫，後又云姚
合於開成四年八月庚戌朔，以給事中爲陝虢觀察使，則大和
七年秋後至開成四年八月間，姚合嘗歷諫議大夫與給事中二
職，若以任期最久四十月計，〔註65〕姚合之任諫議大夫，
亦當於開成二年初，另徙他職。且考之《新唐書》卷四七〈百
官志〉曰：「門下省，……給事中四人，正五品上，掌侍左
右，分判省事，察弘文館，繕寫讎校之課。」給事中既爲四
人，據《舊唐書》卷一七下〈文宗紀〉所述及，大和九年七
月後，至開成二年六月間嘗官拜給事中者，有郭承嘏、盧載、
盧鈞、狄兼謨及李翊等人。其中郭承嘏、盧載於開成元年繼
任給事中；盧鈞則於開成元年五月後，出爲華州防禦使；狄
兼謨亦於同年十二月丙申朔，以給事中爲御史中丞；李翊則
於開成二年六月，以給事中爲湖南觀察使。計前郭、二盧、
狄已四人，若李翊之官給事中，乃補盧鈞之缺，任期剛滿一
年已他調，則姚合其仕爲給事中，最早只宜於開成元年十二
月，補狄兼謨他遷之缺，且是否卽補狄缺，亦未可知。綜上
所述，雖未確知姚合於開成二年初已仕爲給事中，然其於開
成元年十二月前，官拜給事中一職，似不可能，姑繫其仕爲
給事中，乃開成二年初以後。且此給事中職，若以三十月屆
滿計，則正合於四年八月改調陝虢觀察使。

有〈鄭尙書赴興元〉詩。

按：鄭尙書指鄭澣。本名涵，與文宗藩邸時同名，改名澣，乃憲
宗朝宰相鄭餘慶之子，擢貞元十年進士。《舊唐書》卷一七
下〈文宗紀〉曰：「（開成）二年……十一月丁亥，以刑部尙

〔註65〕《唐會要》卷八七：「元和七年勅：如是五品以上官及臺省官經三十
個月外，任與改轉，餘官二十箇月奏改轉。若是未經考使、有故官
及停替官，本限之內，更加十箇月，卽任申奏」諫議大夫爲正五品
上，最久四十月卽應轉任。

書鄭澣爲山南西道節度使。」興元府乃山南西道節度使官府所在，據此則姚合〈送鄭尙書赴興元〉當於本年十一月後。

開成三年戊午（838）

年六十四歲。居長安，官給事中。

有〈寄華州崔中丞〉詩。

按：崔中丞指崔龜從，字玄吉，元和十二年進士擢第。《舊唐書》一七六〈崔龜從傳〉曰：「（大和）九年轉司勳郎中、知制誥，十二月正拜中書舍人。開成初，出爲華州刺史，三年三月入爲戶部侍郎、判本司事。」姚合其詩曰：「蓮華峰下郡，仙洞亦難勝。……清淨黎人泰，唯憂急詔徵。」據上「唯憂急詔徵」且於開成三年三月入京另拜他職，則此寄書當於本年三月前所寄，姑次於此。

又有〈送裴中丞赴華州〉詩。

按：裴中丞指裴裒，《舊唐書》卷一七下〈文宗紀〉曰：「（開成）三年四月壬辰，以給事中裴裒爲華州防禦使。」據此，則姚合與裴裒同仕給事中，基於同事之由，姚合因有送詩。

又有〈送澄江上人赴興元鄭尙書招〉。

按：《舊唐書》卷一七下〈文宗紀〉曰：「（開成）二年十一月丁亥，以刑部尙書鄭澣爲山南西道節度使。」又曰：「（開成）四年正月丁未，興元節度使鄭澣卒。」計鄭澣任興元節度使，乃自開成二年十一月至開成四年正月間，則其招延澄江上人，當以開成三年爲是，故姚合送詩繫於此。

又有〈莊恪太子挽詞〉二首。

按：《舊唐書》卷一七下〈文宗紀〉曰：「（開成）三年冬十月……庚子，皇太子薨於少陽院，諡曰莊恪。」又《資治通鑑》卷二四六〈唐紀〉六十一曰：「開成三年……冬，十月，太子永猶不悛，庚子，暴薨，諡曰莊恪。」此外，王起〈莊恪太子哀册文〉曰：「維大唐開成三年，歲次戊午，十月乙酉朔

十六日庚子，皇太子薨於少陽院。……十一月乙卯朔二十四日戊寅命冊，使太子太師兼右僕射門下侍郎、國子祭酒、平章事鄭覃副使，中書侍郎平章事楊嗣復持節冊諡曰莊恪。十二月乙酉朔十二日，景由葬於驪山之北原莊恪陵，禮也。」〔註66〕姚合挽詞亦曰：「雲晦郊原色，風連霰雪聲」「寒日青宮閉，玄堂渭水濱」所云時節恰與上合，詩因次於此。

又有〈送狄尙書鎭太原〉詩。

按：狄尙書指狄兼謨，乃狄仁傑族曾孫。《舊唐書》卷八九〈狄兼謨傳〉曰；「開成初，……遷御史中丞。……兼謨尋轉兵部侍郎。明年，檢校工部尙書，太原尹，充河東節度使。……」而《舊唐書》卷一七下〈文宗紀〉則明言：「（開成）三年，十二月辛丑，……以兵部侍郎狄兼謨爲河東節度使。」據上則姚合〈送狄尙書鎭太原〉，乃於開成三年十二月，詩因而次於此。

開成四年己未（839）

年六十五歲。居長安，仍官給事中，八月後遷爲陝虢觀察使。

按：《舊唐書》卷一七下〈文宗紀〉曰：「（開成）四年，八月庚戌朔，以給事中姚合爲陝虢觀察使。」據此知其八月後，出鎭陝城。

有〈和裴結端公早朝〉詩。

按：其詩云：「魚鑰千門啓，雞人唱曉傳。冕旒臨玉殿，丞相入爐烟。列位同居左，分行忝在前。……」上詩於「列位同居左，分行忝在前」下有小字自註曰：「給事中與侍御史班同行在東，給事中立臺官前，故有此句。」唐時，端公乃侍御史之別稱，因其位居御史台之首，故名。《通典》〈職官〉六曰：「侍御史之職，臺內之事悉主之，號爲臺端，他人稱之

〔註66〕《全唐文》卷六四三。

日端公。」據此則上裴結為侍御史，姚合任給事中，前既云開成二年至本年八月前，其任給事中職，則此詩若不作於本年，亦當成于稍前一、二年，姑次於此。

八月後，遷居陝城。除拜陝虢觀察使。

劉禹錫時分司東都曾寄詩以表相思。

按：其〈寄陝州姚中丞〉曰：「八月天氣肅，二陵風雨收。旌旗關下來，雲日關東秋。禹跡想前事，漢臺餘故丘。徘徊襟帶地，左右帝王州。留滯悲昔老，恩光榮徹侯。相思望棠樹，一寄商聲謳。」上詩既云八月可知乃劉禹錫方獲知姚合除拜陝虢觀察使所寄。

有〈酬光祿田卿六韻見寄〉詩。

按：其詩曰：「以病辭朝謁，迂疏種藥翁。心彌念魚鳥，詔遣理兵戎。遠戶旌旗影，吹人鼓角風。雪晴嵩岳頂，樹老陝城宮。蒞職才微薄，歸山路未通。名卿詩句峭，誚我在關東。」後云明年夏秋之際，姚合已返京任秘書少監職，則此「詔遣理兵戎」「雪晴嵩岳頂，樹老陝城宮」「蒞職才微薄」「誚我在關東」顯然已道出此詩乃秋冬間，於陝城任陝虢觀察使所作。

開成五年庚申（840）

年六十六歲。先居陝城，任陝虢觀察使。夏後，移居長安，任秘書少監。

有〈陝城卽事〉詩。

按：其詩曰：「左右分京闕，黃河與宅連。何功來此地，竊位已經年。天下才彌小，關中鎮最先。隴山望可見，惆悵是窮邊。」上詩既云「陝城卽事」考之姚合仕官陝城者，蓋只陝虢觀察使一職，又曰「竊位已經年」可知距去年八月出鎮關中以來，經年當為開成五年，詩因而次於此。

又有〈答李頻秀才〉詩。

按：李頻有〈陝府上姚中丞〉詩曰：「關東領藩鎮，關下授旌旄。

覓句秋吟苦，酬恩夜坐勞。天開吹角出，木落上樓高。閒話
錢塘郡，半生聽海潮。」〔註67〕姚合〈答李頻秀才〉詩則曰：
「一年離九陌，壁上挂朝袍。物外詩情遠，人間酒味高。思
歸知病長，失寢覺神勞。衰老無多思，因君把筆毫。」上二
首所用韻「旄、勞、高、潮」與「袍、高、勞、毫」幾相同，
可知乃贈答之作。李頻詩既云「陝府上姚中丞」，姚合詩又曰
「一年離九陌」據此可知〈答李頻秀才〉詩當作於開成五年，
故詩次於此。

夏後，由陝城召回，任秘書少監。有〈酬光祿田卿末伏見寄〉詩。
按：《唐詩紀事》卷四九曰：「合，……登元和進士第……開成末，
終秘書監。」《四庫全唐總目提要》卷一五一曰：「……合，……
開成末，終於秘書少監。」據《唐會要》卷七九所錄，姚合
亡後追贈秘書監，諡懿。則上二說，當以《四庫全書提要》
云開成末，終秘書少監為是。此「終」，據後猶有詩作考知，
乃仕終之謂也。且後世稱姚合詩十卷為《姚少監集》，亦可
為證，況且卒後，方干有〈哭秘書姚少監〉詩。

上既云「開成末仕終秘書少監」開成五年初，姚合猶在陝城，
其究於何時返京且召授秘書少監職？其〈酬光祿田卿末伏見
寄〉詩曰：「下伏秋期近，還知扇漸疏。驚飆墜鄰果，暴雨
落江魚。貴寺雖同秩，閒曹只管書。朝朝廊下食，相庇在肴
葅。」所謂「下伏」即夏末，乃三伏中之末伏。《新唐書》
卷四七曰：「秘書省：監一人，……少監二人，從四品上。……
監掌經籍圖書之事，領著作局，少監為之貳。」同書卷四八
曰：「光祿寺：卿一人，……少卿二人，從四品上。……掌
酒醴膳羞之政，總太官、珍羞、良醞、掌醢四署。」前既以
《唐會要》等證知，姚合官止於秘書少監，故詩云「貴寺雖

〔註67〕《全唐詩》卷五八九、〈李頻〉。

同秩」，而其詩篇名〈酬光祿田卿末伏見寄〉，則此「田卿」
蓋爲「田少卿」，又秘書少監掌經籍圖書之事，亦與「閒曹
只管書」相合。此詩既云「下伏秋期近」可證姚合最晚於本
年夏秋之間，已自陝城返京，除拜秘書少監。

又有〈文宗皇帝挽詞〉三首。

按：《舊唐書》卷一七下〈文宗紀〉曰：「（開成）五年春正月戊
　　寅，上不康，不受朝賀。己卯，詔立親弟穎王瀍爲皇太弟，
　　權勾當軍國事。……辛巳，上崩於大明宮之太和殿，壽享三
　　十三。群臣謚曰元聖昭獻皇帝，廟號文宗，其年八月十七日，
　　葬于章陵。」《資治通鑑》卷二四六〈唐紀〉六十二亦曰：「（開
　　成）五年春正月，……辛巳，上崩于太和殿。……秋，八月，
　　壬戌，葬元聖昭獻孝皇帝于章陵，廟號文宗。」姚合其詩亦
　　曰「垂拱開成化」「繼兄還付弟，授聖悉推公」「金莖難復見，
　　寒露落空中」事蹟與時節俱合上說，故其詩次於此。

又有〈寄賈島時任普州司倉〉詩。

按：李嘉言《賈島年譜》曰：「蘇志曰『解褐，責授遂州長江縣
　　主簿。三年在任，卷不釋手。秩滿，遷普州司倉參軍。』以
　　三周年滿秩計，遷普當在本年秋。又案晉巴興縣，魏恭帝改
　　爲長江縣（見《元和郡縣志》）本集〈巴興作〉詩曰『三年
　　未省聞鴻叫，九月何曾見草枯』當作於本年九月。三年蓋謂
　　三周年，自開成二年九月至本年九月，適爲三周年也。」據
　　上知賈島責授遂州長江縣主簿當於本年九月秩滿，尋遷普州
　　司倉參軍。姚合〈寄賈島時任普州司倉〉詩曰：「長沙事可
　　悲，普掾罪誰知。千載人空盡，一家冤不移。吟寒應齒落，
　　才峭自名垂。地遠山重疊，難傳相憶詞。」上詞既云「長沙
　　事」又云「吟寒」或當作於本年秋冬之間，賈島方遷普州司
　　倉參軍未久，故姚合於其長沙責授事，猶記憶鮮明，詩因次
　　於此。

其後，姚合仕終秘書少監。

武宗會昌元年辛酉（841）

年六十七歲。仍居長安。

有〈送喻鳧校書歸毘陵〉。

按：姚合其詩曰：「主人庭葉黑，詩稿更誰書。闕下科名出，鄉
中賦籍除。……」《唐才子傳》曰：「喻鳧，毘陵人，開成五
年李從實榜進士。……」〔註68〕據此則姚合謂其闕下科名
出，乃開成五年事也。然考之顧非熊〈送喻鳧春歸江南〉詩
曰：「去年登第客，今日及春歸」，〔註69〕既云「去年登第」，
可知今日之送歸，該是會昌元年，姚合送詩，蓋亦同時所作，
故詩次於此。且由此送詩證明本年姚合仍居長安，殆無庸置
疑。

會昌三年癸亥（842）

年六十九歲。

賈島卒，有〈哭賈島〉二首。

按：蘇絳〈賈公墓誌銘〉曰：「會昌癸亥歲七月二十八日，終於
郡官舍，春秋六十有五，嗚呼，殆未浹旬，轉授普州司戶參
軍，榮命雖來，於我何有？」〔註70〕上云「會昌癸亥歲，終
於郡官舍」會昌癸亥歲乃會昌三年，則島當卒於本年。又姚
合〈哭賈島〉詩曰：「豈料文章遠，那知瑞草秋」又曰：「新
墓松三尺，空階月二更」既云「新墓」則方葬未久，且其
時節「瑞草秋」與墓誌稱七月二十八日終於官舍之秋時相
合，因此上詩乃作於本年，故次於此。

此後，姚合事蹟不明，故不載。

卒後，方干有〈哭秘書姚少監〉詩曰：「寒空此夜落文星，星落文

〔註68〕《唐才子傳》卷七、〈喻鳧〉。

〔註69〕《全唐詩》卷五○九、〈顧非熊〉。

〔註70〕《全唐文》卷七六三。

留萬古名。入室幾人成弟子，為儒是處哭先生。家無諫草逢明代，
國有遺篇續正聲。曉向平原陳葬禮，悲風淫雨吹銘旌。〔註71〕

〔註71〕《全唐詩》卷六五○、〈方干〉。

第三章　交　遊

　　姚合性情朴直仁厚又謙卑自牧，與人無爭，故每至一處，無不與
人融洽相處，因而友朋知交特多。又早年曾隱居山林，悠遊塵外，所
交皆以山人、隱士、道人爲主，因而世外之交亦不少。其後入京，詩
人文士酬酢唱和者漸多，而其詩名亦漸爲人所知，尤以武功縣詩恬淡
自適最爲有名，以致後來被尊爲詩宗，故四方請益者聞風而至，而姚
合皆能以禮待之。本章茲就其早年山友、文士酬唱，後學請益及方外
之交四者分別述之，亦可由其交遊情形，認識姚合之爲人。

第一節　早年山友

　　姚合早年嘗躬耕於嵩陽下，其〈客舍旅懷〉云：「舊業嵩陽下，
三年未得還」（〈客舍旅懷〉)，又其〈武功縣〉詩云：「長憶青山下，
深居遂性情」（〈武功縣中作〉之二十八），又其〈罷武功縣〉詩云：「乍
拋衫笏覺身輕，依舊還稱學道名。妻兒盡怕爲逋客，……」（〈罷武功
縣將入城〉)，由此知姚合曾躬耕於山林爲隱士，故妻兒畏其罷官再度
歸隱。再則，姚合因病辭却萬年縣尉時，張籍更直稱其爲隱士，其〈贈
姚合少府〉詩云：「病來辭赤縣，案上有丹經。……闕下今遺逸，誰
瞻隱士星。」因臥隱山林，故常與山中友人如崔之仁、劉乂、孫山人、
費驤、舊山隱者等交遊，過著頹然自放，逍遙自在之生活。孫山人、

費驤及舊山隱者等里籍事蹟不可考，故本節茲以崔之仁、劉叉二人述之。

一、崔之仁

崔之仁，字號不詳，隱臥百門坡上（今河南省輝縣西北之蘇門山，別名百門陂），爲一道士（此道士乃修道之士，非今世俗之道士），並略懂仙經丹藥之術，乃姚合未赴長安前之故交，二人情誼之深厚，由下四詩可見，其一〈寄崔之仁山人〉曰：

> 百門坡上住，石屋兩三間。日月難教老，妻兒乞與閒。仙
> 經揀客問，藥債煮金還。何計能相訪，終身得在山。

其二〈送崔之仁〉曰：

> 欲出還成住，前程甚謫邊。伴眠隨客醉，愁坐似僧禪。舊
> 國歸何處，春山買欠錢。幾時無一事，長在故人邊。

其三〈秋中寄崔道士〉曰：

> 貧居雀喧噪，況乃靜巷陌。夜眠睡不成，空庭聞露滴。旁
> 有一杯酒，歡然如對客。月光久逾明，照得筆墨白。平生
> 志舒豁，難可似茲夕。四肢得自便，雖勞不爲役。故人山
> 中住，善治活身策。五穀口不嚐，比僧更閒寂。我今暫得
> 安，自謂脫幽戚。君身長逍遙，日月爭老得。

其四〈寄崔之仁山人〉曰：

> 不得之仁消息久，秋來體色復何如。苦將杯酒判身病，狂
> 作文章信手書。官職卑微從客笑，性靈閒野向錢疏。幾時
> 身計渾無事，揀取深山一處居。

姚合性情閒野朴直，尤慕仙道鍊丹之方，早年隱居於河南嵩山南麓，曾自云：「舊業嵩陽下」，崔之仁則隱居於河南百門坡上，又略懂道術，因地緣關係密切，且所好又相同，故結契甚深。其後合雖擢第仕宦，猶藉魚雁時相往返，姚合於官場稍有寂寥或不意，卽馳筆作書以寄故人，而羨慕曰：「何計能相訪，終身得在山」、「幾時身計渾無事，揀取深山一處居」，更而讚歎曰：「五穀口不嚐，比僧更閒寂。……君身

得逍遙，日月爭老得」，可知崔之仁乃有道之士，其二人爲早年山友，相善如此，洵屬難能。

二、劉 叉

劉叉，元和時人，家住河朔間。少時，體大有膂力，任俠尚義，常出入市井中，能殺牛擊犬豕，並網羅鳥雀，曾因酒殺人，變姓名逃亡，會赦乃出。後遊於齊魯，方折節讀書，博覽群籍，善爲歌詩。然賦性耿直，自顧俯仰，終不能與世合，遂環堵瀟然而居，著破衣，穿弊屨，踽踽自處。時聞韓愈善接天下士，步趨歸之；既至，賦〈冰柱〉、〈雪車〉二詩，造語幽蹇，含蓄諷刺，出盧仝、孟郊之上。時樊宗師善爲古文，古奧奇澀，見叉獨拜之。此後出入韓門無間，當時韓愈碑銘獨唱，潤筆之金盈缶，又以爭語不能下賓客，因持愈金數斤去，曰：「此諛墓中人所得耳，不若與劉君爲壽。」愈不能止，復歸齊魯，竟不知所終。

姚合、劉叉相識，殆在合未入京省試，家寄河朔時，二人或因鄰里接近，[註1] 相與遊山玩水、垂釣、飲酒，故志趣相投，結爲至交。劉叉有〈姚秀才愛予小劍因贈〉詩云：

> 一條古時水，向我手中流。臨行瀉贈君，勿薄細碎讐。[註2]

劉叉之慷慨贈予，似可媲美春秋時季札掛劍徐偃王墓之意氣。然劉叉蓋略長於姚合，故懇切叮嚀，勿報細碎無謂之仇怨，足見其用心之深，好義之情。此外，又有〈自古無長生勸姚合酒〉云：

> 奉子一杯酒，爲子照顏色。但願腮上紅，莫管頷下白。自
> 古無長生，生者何戚戚。登山勿厭高，四望都無極。丘壟
> 逐日多，天地爲我窄。祇見李耳書，對之空脈脈。何曾見
> 天上，著得劉安宅。若問長生人，昭昭孔丘籍。[註3]

姚合欣慕道家養生術，曾謂「養生成好事，此外更虛無」（〈武功縣中作〉之二）「更師嵇叔夜」（〈武功縣中作〉之一）「長羨劉伶輩，高眠出世間」

〔註1〕姚合嘗云：「家寄河朔間」，又《唐才子傳》曰：「叉，河朔間人。」
〔註2〕《全唐詩》卷三九五。
〔註3〕同註2。

（〈武功縣中作〉之五）冀能由養生而達到長生不老。劉叉則不信長生
之說，贈言謂自古本無長生之人，今生者何必憂心戚戚去追求，但求登
高極目以遠望，賞遍群山勝景，開闊胸懷，則天地亦因我而變得狹窄。
道家之祖老子，當今之世，只見其書，卻不見其人；漢代淮南子劉安亦
好長生之道，然今如何見得天上有劉安宅？知長生不老，實爲虛無。故
若要成爲長生之人，應如孔子立千秋之言，傳萬世而不朽。因之勸姚合
多飲酒，以增紅潤之顏色，勿爲雙鬢、頤鬚之變白而憂。

　　兩人雖結爲遊方之友，但人生理想有異，唯相處暢懷飲酒，則爲
事實，故姚合有〈贈劉叉〉詩云：

　　　　自君離海上，垂釣更何人。獨宿空堂雨，閑行九陌塵。避
　　　時曾變姓，救難似嫌身。何處相期宿，咸陽酒市春。

一旦各奔前程，合入京考試，獨宿空堂，念及昔日好友相與垂釣之趣，
反生淒涼寂寞之情，而對雨悵望。外出閑行於九陌中，則寂寥無伴唯
沾得滿身塵埃。不知何日才能與好友再同宿？，唯一寄望來春能在咸
陽酒市，飲酒暢談。酒在二人詩中皆有談及，一則勸飲酒，一則期共
飲，可見其深厚之詩酒情誼。

第二節　文士酬唱

　　姚合詩有平澹之氣，自成一格，世稱爲姚武功，其詩派亦稱武
功體。姚合於晚唐前期，曾享有大名，被尊爲詩宗，並與賈島酬唱
齊名，號爲姚、賈，曾極一時之盛，故文士酬唱者甚多。本節茲以
其至交好友、經常酬和者，如賈島、張籍、李廓、李餘、朱慶餘、
馬戴、劉禹錫、雍陶、殷堯藩、費冠卿、厲玄、顧非熊、喩鳧、胡
遇、白居易等十五人述之，以見其情誼之深厚，尤以賈島關係最爲
密切，故述之較詳。

一、賈　島

　　賈島，字浪仙，范陽人。唐代宗大曆十四年（779）生，初時家

貧，累舉不第，遂爲僧，名無本。元和六年（811）來東都，初識韓愈。是年秋，隨愈入長安，居青龍寺，當時寺中嚴禁僧人午後外出，島爲詩自傷，愈憐之，因教其爲文，遂去浮屠，返歸儒服，累舉又不第。島爲詩按格入僻，以矯浮豔，行坐寢食，苦吟不輟。當其冥搜之際，雖逢王公貴人，亦不自覺，《唐才子傳》謂其：「嘗跨蹇驢，張蓋橫截天衢，時秋風正厲，黃葉可掃，遂吟『落葉滿長安』，方思屬聯，杳不可得，忽以『秋風吹渭水』爲對，喜不自勝，因唐突大京兆劉栖楚，被繫一夕，且釋之。」〔註4〕元和十二、三年間嘗遊荊州、鳳翔等地，穆宗長慶二年（822）島再舉進士，但與平曾等同受貶斥，時稱舉場十惡。〔註5〕其後島居長安，與姚合、張籍、朱慶餘等諸文士時相唱和，足迹並遍大江南北。文宗開成二年（837）九月，坐飛謗，責授遂州長江縣主簿，三年秩滿，遷普州司倉參軍。武宗會昌三年（843）七月二十八日，終於郡官舍，年六十有五。

姚合生於代宗大曆十年（775），較賈島年長四歲，合於元和八年始至長安，十一年進士及第，此時賈島已來往長安多年，其結交當不出此數年間。元和十二年（817）冬，姚合受武功主簿後，嘗多次邀賈島過縣共遊，賈島〈寄武功姚主簿〉詩曰：

> 居枕江沱北，情懸渭曲西。數宵曾夢見，幾處得書披。驛路穿荒坂，公田帶淤泥。靜棋功奧妙，閒作韻清淒。鋤草留叢藥，尋山上石梯。客迴河水漲，風起夕陽低。空地苔連升，孤村火隔溪。卷簾黃葉落，鎖印子規啼。隴色澄秋月，邊聲入戰鼙。會須過縣去，況是屢招攜。〔註6〕

賈島出遊荊州（江沱北），但情懸渭曲西之故人，魂牽夢縈，可知此時二人之情誼，已非泛泛之交。姚、賈二人結識爲時雖不甚長，如此相契，蓋因彼此性情和茂恬淡，且屢試不第，惺惺相惜之故也。元和

〔註4〕　《唐才子傳》卷五、〈賈島〉。
〔註5〕　《唐詩紀事》卷六五、〈平曾〉。
〔註6〕　《長江集》卷四。

十三年（818）秋賈島果取道鳳翔至武功與姚合相晤，姚合有〈喜賈島雨中訪宿〉云：

> 雨裏難逢客，閒吟不復眠。蟲聲秋併起，林邑夜相連。愛酒此生裏，趨朝未老前。終須攜手去，滄海棹魚船。

故人相見，吟詩淺酌，談論人生大計，歸結須攜手隱遁滄海，可見二人淡泊情懷。姚合罷武功縣主簿後，曾因親故相邀，住進長安，但此時罷官，月無俸錢，窘窮更甚，其有〈寄賈島〉詩云：

> 漫向城中住，兒童不識錢。竈頭寒絕酒，竈額曉無煙。狂發吟如哭，愁來坐似禪。新詩有幾首，旋被世人傳。

窮愁潦倒，無錢、無炊、亦無酒，唯有吟詩愁坐度日，所幸幾首新詩已被世人傳誦，以此寄語密友，求得心靈之慰藉。

穆宗長慶元年，姚合遷官萬年縣尉，縣齋寂寞，故屢囑附好友訪宿，其〈寄賈島〉詩曰：

> 疏拙祇如此，此身誰與同。高情向酒上，無事在山中。漸老病難理，久貧吟益空。賴君時訪宿，不避北齋風。

賈島亦有〈酬姚少府〉詩曰：

> 梅樹與山木，俱應搖落初。柴門掩寒雨，蟲響出秋蔬。枯鏡橋彰清，屛愚友道書。刊文非不巧，君子自相於。〔註7〕

由於姚合之邀遊，使得賈島興起朋友相與之喜悅，故於是年秋後，賈島同朱慶餘、顧非熊，以及僧無可果應姚合之邀，會宿萬年縣所居，〔註8〕賈島有〈宿姚少府北齋〉詩曰：

> 石溪同夜泛，復此北齋期。鳥絕吏歸後，蛩鳴客臥時。鎖城涼雨細，開印曙鐘遲。憶此漳山岸，如今是別離。〔註9〕

可知當時之盛會，夜泛石溪，暢談通宵，珍惜有朋自遠方來之樂，唯無暇日日暢遊，故不數日，好友即離去。將別時，賈島猶依依不捨云「憶此漳山岸，如今是別離」別情至為酸楚。

〔註7〕《長江集》卷三。
〔註8〕朱慶餘有〈與賈島、顧非熊、無可上人宿萬年姚少府宅〉詩。
〔註9〕《長江集》卷六。

　　長慶二年，合寄詩贈賈島，然未獲回音，故是年秋冬之際，再寄詩賈島，敘述己任職荒野之縣，窮窘孤獨，生計乖緝，愁悶難以自勝，其〈寄賈島浪仙〉詩云：

　　　悄悄掩門扉，窮窘自維縶。世途已昧履，生計復乖緝。疏我非常性，端峭爾孤立。往還縱云久，貧寒豈自習。所居率荒野，寧似在京邑。院落夕彌空，蟲聲雁相反。衣巾半僧施，蔬藥常自拾。凜凜寢席單，翳翳竈煙溼。頹籬里人度，敗壁鄰燈入。曉思已暫舒，暮愁還更集。風淒林葉落，苔糝行徑澀。海嶠誓同歸，橡栗充朝給。

海嶠誓同歸，願以橡栗充食，再度表白悠悠小吏之不足以自給，故毅然有歸與之志，然此時賈島正臥病長安，接獲姚合來詩，再檢閱合夏日所贈詩而酬之，賈島〈重酬姚少府〉詩云：

　　　隙月斜枕旁，諷詠夏貽什。如今何時節，蟲虺亦已蟄。答遲禮涉傲。抱疾思加澀。僕本胡為者，衒肩貢客集。茫然九州內，譬如一錐立。欺暗少此懷，自明曾瀝泣。量無趫勇士，誠欲戈矛戢。原閣期躋攀，潭舫偶俱入。深齋竹木合，畢夕風雨急，俸利沐均分，價稱煩嘘噏。百篇見刪罷，一命嗟未及。滄浪愚將還，知音激所習。〔註10〕

此詩與姚合〈寄賈島浪仙〉詩押同一韻，且字句亦相同，是為酬贈之作。賈島因遲於酬答，而特表愧咎。然亦為己身貧病交加，落魄不遇，而感歎不已。更而憶起元和十四年及去年獻詩文於元稹，意求其推薦，卻落得「百篇見刪罷」，一無是處，及本年與平曾等十人，試進士，被貶為舉場十惡，甚至「一命嗟未及」而自取其辱。人之不相知若此，更使賈島深深感到茫茫九州之大，竟僅有一錐之地，可容貧病之身。在此失望之際，唯有還居滄浪間，但願知音好友－姚合，能激勵所習。

　　長慶三年（823），姚合養病長安，與賈島諸文士時相過從。春，李餘進士擢第，賈島、姚合、張籍、朱慶餘均有〈送李餘及第歸蜀〉

〔註10〕《長江集》卷二。

詩。同時，韓湘亦及第，冬，受江西府辟爲從事，賈島、姚合等人均有送詩，其二詩同韻，可確定爲同時所作。故知此時合雖辭官休養，與賈島諸人亦保持相當關係。長慶四年（824）初秋，賈島數與張籍、韓愈夜泛南溪，姚合雖未參與，但與賈島均有〈和前吏部韓侍郎夜泛南溪〉詩，可知交往甚密切。

敬宗寶曆三年（825），姚合官拜監察御史。次年春，朱慶餘及第歸越，賈島、姚合、張籍俱有詩送之，知此時二人常有聚晤。其後姚合以殿中侍御史分巡東都，島居長安昇道坊，合有〈寄賈島〉詩曰：

> 寂寞荒原下，南山祇隔籬。家貧唯我並，詩好復誰知。草
> 色無窮處，蟲聲少盡時。朝昏鼓不到，閒臥益相宜。

合雖身居洛陽，念及善詩卻爲貧困所苦之好友，獨居荒原，雖顯寂寥，但正與其清雅閒氣相侔合。秋初，姚合又有〈聞蟬寄賈島〉詩曰：

> 秋來吟更苦，半咽半隨風。禪客心應亂，愁人耳願聾。雨
> 晴煙樹裏，日晚古城中。遠思應難盡，誰當與我同。

秋蟬悲鳴，亂人心神，加以日暮古城，蕭瑟淒涼，令人更憶遠方摯友，是否有此同感。賈島亦有〈昇道精舍南台對月寄姚合〉詩曰：

> 月向南台見，秋霖洗滌餘。出逢危葉落，靜看眾峰疏。冷
> 露常時有，禪窗此夜虛。相思聊悵望，潤氣徧衣初。〔註11〕

據此知姚賈雖各處異地，然詩文常有往來，彼此互訴相思，情誼之厚可見。是年冬，馬戴本與無可上人相約至雒城過訪姚合，然因積雪阻期，僅馬戴一人到來，〔註12〕寒夜客來，藥酒開封，詩客敍舊，更念瘦眞詩仙－賈島，馬戴有〈雒中寒夜姚侍御宅懷賈島〉，〔註13〕姚合亦有〈洛下夜會寄賈島〉詩曰：

> 洛下攻詩客，相逢祇是吟。夜觴歡稍靜，寒屋坐多深。烏
> 府偶爲吏，滄江長在心。憶君難就寢，燭滅復星沈。

〔註11〕《長江集》卷三。
〔註12〕姚合有〈喜馬戴冬夜見過期無可上人不至〉詩，馬戴亦有〈集宿姚
　　　　殿中宅期僧無可不至〉詩。
〔註13〕《全唐詩》卷五五六。

此詩非但對摯友懷念甚深，更再次表白，己雖烏府爲吏，仍不改當年願攜手同歸，滄海棹船之心。

　　翌年，文宗大和元年（827）春夏之際，賈島果赴洛陽與合聚晤，而後轉至黎陽，有〈黎陽寄姚合〉詩曰：

　　　　魏都城裏曾遊熟，才子齋中止泊多。去日綠楊垂紫陌，歸
　　　　時白草夾黃河。新詩不覺千迴詠，古鏡曾經幾度磨。惆悵
　　　　心思滑台北，滿杯濃酒與愁和。〔註14〕

千里相訪，益見其交契之深。是年冬後，姚合奉詔回京仍任殿中侍御史，次年賈島亦返長安，時張籍官國子司業，賈島曾造訪姚合而夜宿其宅，聆聽合談論張籍事，因有〈宿姚合宅寄張司業籍〉詩〔註15〕

　　大和三年（829）秋，姚合受詔除金州刺史，有〈別賈島〉詩曰：

　　　　懶作住山人，貧家日賃身。書多筆漸重，睡少枕長新。野
　　　　客狂無過，詩仙瘦始眞。秋風千里去，誰與我相親。

居長安，姚賈時可聚會吟詩，相處甚爲愜意，此後合任職金州，離別好友，孤寂之感油然而生。大和四年（830）賈島有感故人之情，乃往金州會見老友，喩鳧有〈送賈島往金州謁姚員外〉詩。〔註16〕其問僧無可亦曾赴金州，島去後無可猶滯留多時，直至夏末，方自金州返京，姚合更託無可向賈島致語問候，故賈島有〈酬姚合〉詩曰：

　　　　黍穗豆苗侵古道，晴原午後早秋時。故人相憶僧來說，楊
　　　　柳無風蟬滿枝。〔註17〕

大和六年（832）春，姚合改刺杭州，賈島仍居長安，有〈送姚杭州〉詩曰：

　　　　白雲峰下城，日夕白雲生，人老江波釣，田侵海樹耕。吳
　　　　山鍾入越，蓮葉吹搖旌。詩異石門思，濤來向越迎。〔註18〕

姚合於此期間，嘗邀賈島共遊江南，然故友猶未來，姚合復受詔返京，

〔註14〕《長江集》卷十。
〔註15〕《長江集》卷八。
〔註16〕《全唐詩》卷五四三、〈喩鳧〉。
〔註17〕《長江集》卷九。
〔註18〕《長江集》卷六。

賈島〈喜姚郎中自杭州迴〉詩曰：

路多楓樹林，累日泊清陰。來去泛流水，翛然適此心。一披江上作，三起月中吟。東省期司諫，雲門悔不尋。〔註19〕

由賈島〈送姚杭州〉詩云「白雲峰下城，日夕白雲生」知〈喜姚郎中自杭州迴〉詩云「雲門悔不尋」，乃賈島欲往杭州拜會好友，然未得如願，合卽已返京，將任諫議大夫之職，故賈島有「東省期司諫」之語。由此可知賈島對姚合每一官職之去就，關切甚深，而發言詩中。

大和七年（833）秋，姚合自杭州返京後，受命爲諫議大夫。此後三年，兩人皆居長安，其中大和八年（834）春，雍陶進士及第歸成都，姚、賈皆有送詩道賀，可知二人對朋友關懷之情。文宗開成二年（837）姚合仍居京師，賈島卻因坐飛謗，而責授遂州長江縣主簿，因此南北遙隔、往來甚少，直至開成末年，與武宗會昌初年間，賈島遷官普州司倉參軍，姚合方有〈寄賈島時任普州司倉〉詩，其詩曰：

長沙事可悲，普掾罪誰知。千載人空盡，一家寃不移。吟寒應齒落，才峭自名垂。地遠山重疊，難傳相憶詞。

姚合對三年前賈島之受飛謗，而責授長江縣主簿一事，甚爲抱屈，可見相知之深，方有此身同感受之歎。縱然不遇如此，亦盛讚好友之高才，將留名千古；今地遠山隔，唯寄詩以聊慰所思。

會昌三年七月二十八日，賈島終於普州司倉參軍官舍，此時姚合業已致仕，聞知友之惡耗，悲慟不已，其後有〈哭賈島〉二首曰：

白日西邊沒，滄波東去流。名雖千古在，身已一生休。豈料文章遠，那知瑞草秋。曾聞有書劍，應是別人收。

杳杳黃泉下，嗟君向此行。有名傳後世，無子過今生。新墓松三尺，空階月二更。從今舊詩卷，人覓寫應爭。

姚合感慨人之物化，猶如白日西沒、滄波東流，委之自然，而更嗟歎賈島獨向杳杳黃泉行去，如白日、滄波一去永不回頭，然此身雖休，文章、詩名卻萬古流芳，亦不虛此生矣！姚、賈交往近三十年，後姚

〔註19〕《長江集》卷五。

合雖貴爲秘書少監，然賈島仍爲一區區之司戶參軍，境遇窮達不同，
卻始終爲患難之知交，洵屬難能可貴。

二、張　籍

　　張籍，字文昌，和州烏江人。唐代宗大曆元年（766）生，貞元
十五年（799）登進士第。其後三年居喪在家，貞元十八年始應戎幕
之辟，草管章記。順宗永貞元年（805）籍仍居戎幕中，鄆帥李師古
又以書辟之，籍卻而不納，作〈節婦吟〉一章寄之，詩云：「君知妾
有夫，贈妾雙明珠。感君纏綿意，繫在紅羅襦。妾家高樓連宅起，良
人執戟光明裏。知君用心如日月，事夫誓擬同生死。還君明珠雙淚垂，
何不相逢未嫁時。」〔註20〕可見其堅貞之志。憲宗元和元年（806），
授太常寺太祝，十年不遷，白樂天有詩贈之云：「陳垣幾見遷遺補，
憲府頻聞轉殿監。獨有詠詩張太祝，十年不改舊官銜。」元和十一年
（816）籍爲國子監助教。十五年（820）正月，宦官陳弘志弒憲宗於
中和殿，太子恆卽位，是爲穆宗，籍除拜秘書郎。長慶元年（821）
韓愈以籍「學有師法，义多古風，沈默靜退，介然自守，聲華行實，
光映儒林」，〔註21〕舉薦爲國子博士。二年（822）籍除水部員外郎。
四年（824）正月，穆宗崩，太子湛卽位，是爲敬宗。夏，籍罷水部
員外郎，休官二月，再受詔拜主客郎中。文宗大和元年（827）春，
籍以主客郎中分司東都，八月，劉禹錫來代此職，籍轉拜國子司業。
其卒年，史無明文，或言仕終於大和三年或稍後。

　　姚合約於元和八年（813）始入京省試，時籍任太常寺太祝。元
和十一年（816），合擢進士第，籍則已遷至國子監助教。由合有〈贈
張籍太祝〉詩，推算其結識應在元和九、十年左右。其詩云：

　　　　絕妙江南曲，淒涼怨女詩。古風無手敵，新語是人知。飛
　　　　動應由格，功夫過卻奇。麟臺添集卷，樂府換歌詞。李白

〔註20〕《洪邁容齋三筆》、六、〈張籍〉條。
〔註21〕《昌黎集》卷三九、舉薦張籍狀。

應先拜，劉楨必自疑。貧須君子救，病合國家醫。野客開
山借，鄰僧與米炊，甘貧辭聘幣，依選受官資。多見愁連
曉，稀聞債盡時。聖朝文物盛，太祝獨低眉。

於此可見姚合對張籍各體詩，皆推崇備至，認爲堪與李白、劉楨相提
並論。又因愛詩之故，進而憐惜其人。蓋張籍早年辭卻李師古厚幣之
聘，依選受官，致年過半百猶窮困於清閒薄宦；加以多年病眼，境況
之困頓可知，難怪姚合要爲此操守高潔，窮瞎堪憐之新識，大聲急呼
「貧須君子救，病合國家醫」。

　　穆宗長慶年間，姚合官萬年縣尉，縣齋寂寞，百病湊集，事出無
奈，只得辭官養病，張籍有〈贈姚合少府〉詩云：

病來辭赤縣，案上有丹經。爲客燒茶竈，教兒掃竹亭。詩
成添舊卷，酒盡臥空缾。闕下今遺逸，誰瞻隱士星。〔註22〕

在張籍眼中，姚合病中猶案置丹經，爲客煎茶，其抱道不移，慇懃誠
摯，實屬難能。如此不求聞達之人，若不蒙聖召，堪稱可惜。可見二
人於詩酒情誼外，慕道之心亦同，故以此相稱許。敬宗寶曆元年，張
籍受詔拜主客郎中，姚合有〈寄主客張郎中〉詩云：

年長方慕道，金丹事參差。故園歸未得，秋風思難持。寒
拙公府棄，朴靜高人知。以我齊杖屨，昏旭詎相離。吟詩
紅葉寺，對酒黃菊籬。所賞未及畢，後遊良有期。桀桀華
省步，屑屑旅客姿。未同山中去，固當殊路歧。

兩人杖屨同遊，對酒吟詩，昏旭不離，感情之篤，溢於言表。此後姚
合亦官拜監察御史，張籍有〈寒食夜寄姚侍御〉詩云：

貧官多寂寞，不異野人居。作酒和山藥，教兒寫道書。五
湖歸去遠，百事病來疏。況憶同懷者，寒庭月上初。〔註23〕

姚、張二人分處二京，雖各因現實生活而仕宦彤闈，然內心究亦清明，
道心不減。蓋其二人，本因詩結緣，繼而時相往來，致對人生亦抱持
相同態度。大和初年，張籍轉拜國子司業，有詩寄合，合亦有〈酬張

〔註22〕《張司業集》卷三。
〔註23〕同註22。

籍司業見寄〉詩云：

> 日日在心中，青山青桂叢。高人多愛靜，歸路亦應同。罷
> 吏方無病，因僧得解空。新詩勞見問，吟對竹林風。

張籍仕終國子司業，其詩樂府情麗深婉，五言律詩亦平澹可喜。姚張
交往十餘年，詩作往來頗多，內容無非詩、酒與道；姚合五律呈恬淡
之趣，或卽與籍襟抱相同，相知相契，潛移默化之功也。

三、李 廓

　　李廓，字不詳，隴西人，乃襄邑恭王神符六世孫。其父李程嘗爲
敬宗朝宰相，治國處事甚有作爲，然賦性放蕩不拘，不重儀檢。李廓
自小卽受此陶冶，少時卽有志於勳業，攬轡慨然，其猛士行詩曰：

> 戰鼓驚沙惡天色，猛士虬髯眼前黑。單于衣錦日行兵，陣
> 頭走馬生擒得。幽幷少年不敢輕，虎狼窟裏空手行。〔註24〕

可知少時李廓慨然有志於豐功偉業，而重武輕文，然當此科舉取士任
官之時，又爲禮部貢舉李程之子，〔註25〕故仍未能脫身於科名之外，
致屢困於場屋。如元和十一、二年間，參與省試，未能如願，嘗作〈落
第詩〉曰：

> 牓前潛制淚，眾裏自嫌身。氣味如中酒，情性似別人。煖
> 風張樂席，晴日看花塵。盡是添愁處，深居乞過春。〔註26〕

時輩爲其詩所動，皆稱賞之，因共推挽，終于元和十三年獨孤樟榜中
進士第，召授司經局正字，穆宗長慶中，更出爲鄠縣尉。文宗大和初
年除拜侍御史，後更因助平南詔蠻有功，累遷太常丞〔註27〕、刑部侍
郎，宣宗大中年間仕終武寧節度使。

　　姚合、李廓可謂前後期進士，其結識當於李廓未擢第，或未正式
任以官職前，見姚合酬李廓數首詩中，有二首直呼李廓名字，其後幾

〔註24〕《全唐詩》卷四九七。
〔註25〕《舊唐書》卷一六七〈李程傳〉：「（元和）十二年權知禮部貢舉，十
　　　　三年四月，拜禮部侍郎。」
〔註26〕同註24。
〔註27〕《舊唐書》卷一一九〈王涯傳〉。

首，若非少府、侍御、卽侍郎可知。李廓爲禮部貢舉李程之子，又以詩名聞於時，姚合或卽由此因緣而與之相契，其〈酬李廓精舍南台望月見寄〉詩曰：

> 看月空門裏，詩家境有餘。露寒僧梵出，林靜鳥巢疏。遠色當秋半，清光勝夜初。獨無台上思，寂寞守吾廬。

姚合認爲空門看月，禪機處處，詩境甚佳。對此皎潔靜謐之夜空，更顯己身之寂寞，而獨立萬物之表，故傾訴與詩友共賞。元和十五年（820）姚合罷武功縣主簿後，居長安古巷中，更時時與李廓交相造訪，暢談之餘，詩情大興，常至深夜未歸，甚而共眠一室，觀其〈新居秋夕寄李廓〉詩可知，詩曰：

> 羈滯多共趣，屢屢同室眠。稍暇更訪詣，寧唯候招延。愧君備蔬藥，識我性所便。罷吏童僕去，灑掃或自專。古巷人易息，疏迥自江邊。幸當中秋夕，復此無雲天。月華更漏清，露葉光彩鮮。四鄰亦悄悄，中懷益纏綿。茲境罕能致，居閒得彌偏。數杯罷復飲，共想山中年。
>
> 此時姚李二人，或皆等待另行除授新職，故較有餘暇相處。

敬宗寶曆元年（825），姚合於萬年縣辭官又秩滿後，除拜監察御史，此時李廓尙爲鄠縣尉，姚合有〈寄鄠縣尉李廓少府〉詩曰：

> 歲滿休爲吏，吟詩著白衣。愛山閒臥久，在世此心稀。聽鶴向風立，捕魚乘月歸。比君才不及，謬得侍彤闈

姚合本性閒散，故每於秩滿後，常有解脫之感，喜放情於詩書及自然景物中，願長此以過一生。詎料聖上詔書一下，便召拜爲監察御史，姚合受命後，首先便寄詩向好友報喜，更爲知友之高才，卻仍任一小縣尉而抱屈。雖在君主時代，未敢直言君過，但委婉表示自己因僥倖，而誤得此官，乃是一大奇遇。

是年秋，李廓鄠縣尉秩滿，造訪長安故友，嘗與賈島等同宿淨業寺。〔註28〕其後，更與姚合、賈島、無可、雍陶等人相與遊憩，於月

〔註28〕《全唐詩》卷五七三、賈島有〈淨業寺與前鄠縣李廓少府同宿〉詩。

華下，開樽相對，甚爲歡愜，此時李廓雖身在長安，家卻仍在鄠縣，
〔註29〕故只得又返回鄠縣，暮冬之際，姚合乃設宴餞別之，無可嘗有
〈冬夜姚侍御宅送李廓少府〉詩。次年姚合往洛中爲殿中侍御史，李
廓亦隨後拜授長安侍御，東西京相隔頗遠，故亦較少聯絡。大和三年
（829），姚合尙在京任戶部員外郎時，嶲州亂起，西川用事孔急，文
宗乃遣李廓赴劍南，姚合因有〈送李廓侍御赴西川行營〉詩曰：

　　　不道弓箭字，罷官唯醉眠。何人薦籌策，走馬逐旌旃。陣
　　　變孤虛外，功成語笑前。從今嶲州路，無復有烽煙。

雖然姚、李以詩情交契，姚合早年對於脫却儒衣，搏擊立功，卻相當
醉心，故於少習武學之摯友赴任前，大加勉勵並讚揚一番，可見其對
李廓之情誼與期許之深。

四、李　餘

　　李餘，蜀人，工於樂府。於元和八、九年間，貢舉至京應進士第，
然舉場不順，連困九年。九年中，貧病交迫，偃蹇異常，卻不能稍挫
其銳志，終于穆宗長慶三年登進士第。此時離家已過十年，故擢第後，
卽攜喜訊返家省親，以有榮於所生。李餘歸覲時，士大夫、文人詩友
如張籍、賈島、姚合、朱慶餘等皆有詩送之。自蜀返京，嘗應湖南幕
府所辟，〔註30〕而後史籍失考，不知所終。

　　姚李之相交，或因元和九年、十年間同困舉場而結爲密友，故常
與姚合內心有戚戚之感，因此合稍爲外物所動，卽引發詩情，寄予好
友共知，姚合〈聞新蟬寄李餘〉詩曰：

　　　往年六月蟬應到，每到聞時骨欲驚。今日槐花還似發，卻
　　　愁聽盡更無聲。

卽使姚合於元和十一年先捷足登第，出爲小吏，然于昔日同病相鄰之

〔註29〕《全唐詩》卷八一八雍陶有〈送前鄠縣李少府〉曰：「近出圭峰下，
　　　還期又不賒。身閒多宿寺，官滿未移家。」
〔註30〕《全唐詩》卷五七二，賈島〈送李餘往湖南〉詩有「今來從辟命，
　　　春物徧涔陽」句。

故友，卻依依不捨，乃期盼遂志安居後，同住京城，不再分離，其〈別李餘〉詩云：

> 病童隨瘦馬，難算往來程。野寺僧相送，河橋酒滯行。足愁無道性，久客會人情。何計羈窮盡，同居不出城。

其後李餘臥疾京師，姚合得知，更深表慰問，其〈寄李餘臥疾〉詩曰：

> 窮節彌慘慄，我詎自云樂。伊人嬰疾恙，所對唯苦藥。寂寞行稍稀，清羸餐自薄。幽齋外浮事，夢寐亦簡略。雪戶掩復明，風簾卷還落。方持數杯酒，勉子同斟酌。

故人嬰疾，姚合或因公務縲身，不能前往探視，然見其寄詩字字真切，合雖己身安然，臥居山野小吏之寂寥、淒寒，亦有苦難言，只得持數杯清酒，遙祝遠方好友早日康復。

　　穆宗長慶三年（823），姚合因病辭官，養疾長安，春闈試出，困在榜外近十載之故友果然擢第，合不僅為其慶賀，亦為知友即將歸覲離別而傷懷，其〈送李餘及第歸蜀〉詩云：

> 蜀山高岧嶤，蜀客無平才。日飲錦江水，文章盈其懷。十年作貢賓，九年多遭迴。春來登高科，升天得梯階。手持冬集書，還家獻庭闈。人生此為榮，得如君者稀。李白蜀道難，羞為無成歸。子今稱意行，所歷安覺危。與子久相從，今朝忽乖離。風飄海中船，會合難自期。長安米價高，伊我常渴飢。臨岐歌送子，無聲但陳詞。義交外不親，利交內相違。勉子慎其道，急若食與衣。苦熱道路赤，行人念前馳。一杯不可輕，遠別方自茲。

遠別在即，姚合忽憶多年患難之交，一旦離別，不知何年何月何日再相見，依依之情，溢於言表。更為知友昔日之困頓，今日之稱意，較之李白返蜀，更為榮耀而慶幸。今臨別，無以相贈，但以「義交外不親，利交內相違」相勉，足見其深厚之友情。姚合與李餘，結識於困塞之中，惜別於餘登第之時，其同者，處境相似；其不同者，姚合達其志，而李餘卻無所聞，故幸與不幸，差以毫釐，失之千里。

五、朱慶餘

朱慶餘，名可久，以字行，越州人。嘗受知於張籍。《唐詩紀事》云：

> 慶餘遇水部郎中張籍知音，索慶餘新書篇什，留二十六章，置之懷袖而推贊之，時人以籍重名，皆繕錄諷詠，遂登科。慶餘作〈閨意〉一篇以獻曰：「洞房昨夜停紅燭，待曉堂前拜舅姑。粧罷低聲問夫婿，畫眉深淺入時無？」籍酬之曰：「越女新粧出鏡心，自知明豔更沈吟。齊紈未是人間貴，一曲菱歌敵萬金」由是朱之詩名流于海內矣！〔註31〕

慶餘詩名雖盛，然于科場文名，卻未得先機，其〈上翰林蔣防舍人〉詩嘗曰：

> 應憐獨在文場久，十有餘年浪過春。〔註32〕

直到敬宗寶曆二年（826），終于裴球榜進士及第，召授秘書省校書，其後並嘗宦至兵曹、協律、而終老於越中。

朱慶餘早於元和十年前入京赴試，故其與姚合之交誼，殆不出元和八、九、十此數年間，其後姚合於元和十一年（816）擢第，先赴從事職，後調武功縣主簿，此時朱慶餘與賈島來訪，並一起前往鳳翔，慶餘嘗有〈鳳翔西池與賈島納涼〉詩，並有〈夏日題武功姚主簿〉詩。案：武功距鳳翔甚近，姚合且嘗邀賈島西遊，〔註33〕又上二詩所言節令相仿，故可知慶餘乃與賈島同行。其〈夏日題武功姚主簿〉詩曰：

> 亭午無公事，垂簾樹色間。僧來茶竈動，吏去印牀閒。傍竹行尋巷，當門立看山。吟詩老不倦，未省話官班。

穆宗長慶初年，姚合繼富平尉後，又拜授萬年縣尉，是年冬，朱慶餘與賈島、顧非熊、無可上人等聯袂來訪，好友聚晤，時處寒冬，眾人更為珍惜，故暢聊通宵，慶餘嘗有〈與賈島、顧非熊、無可上人宿萬年姚少府宅〉詩曰：

〔註31〕《唐詩紀事》卷四六。
〔註32〕《全唐詩》卷五一四。
〔註33〕賈島〈寄武功姚主簿〉詩曰：「會須過縣去，況是屢招攜。」

莫厭通宵坐，貧中會聚難。堂虛雪氣入，燈在漏聲殘。役思因生病，當禪豈覺寒。開門各有事，非不惜餘歡。〔註34〕

長慶三年，韓湘、李餘紛紛及第，姚合、賈島、朱慶餘、張籍皆分別有〈送李餘及第歸蜀〉詩。是年冬，韓湘亦因及第，而受江西府辟爲從事，姚合、賈島、朱慶餘、無可、馬戴等人亦各有贈詩，可見當時此數人皆居長安，朋友間，送往迎來，往返酬酢當更頻繁。

敬宗寶曆二年，朱慶餘登進士第，姚合有〈送朱慶餘及第後歸越〉詩曰：

勸君緩上車，鄉里有吾廬。未得同歸去，空令相見疏。山晴棲鶴起，天曉落潮初。此慶將誰比，獻親冬集書。

又有〈送朱慶餘越州歸觀〉詩曰：

鄉書落姓名，太守拜親榮。訪我波濤郡，還家霧雨城。海山窗外近，鏡水世間清。何計隨君去，鄰牆過此生。

由此二詩知，姚合之故園與朱慶餘之家隔州爲鄰，更加深其情誼，故姚合心中獨歎惜「但願同歸去，鄰牆過此生」，免得遠在千里，空自思念。然姚合爲公府所繫，無計可同歸，緬懷情景，千里之外，如現眼前，更令人羨慕二人莫逆之交。

六、馬 戴

馬戴，字虞臣，華州人。困臥文場一、二十年，武宗會昌四年，左僕射王起下進士，與項斯、趙嘏同榜，俱有盛名。宣宗大中初，太原李司空辟掌書記，以直言被斥爲龍陽尉。懿宗咸通末，依大同軍幕，後終於太學博士任內。

馬戴家素貧，居九華山，以耕事爲生。然能苦中作樂，終日吟詩，清虛自如，期盼有朝登科，一顯門庭，然年年文場遇挫，故詩文中常有無奈幽怨，望闕下、慕山中，孰識心事之感，如其〈下第別郜扶〉詩曰：

〔註34〕《全唐詩》卷五一四。

窮途別故人，京洛泣風塵。在世卽應老，他鄉又欲春。平
生空志學，晚歲拙謀身。靜話歸休計，唯將海上親。

又〈長安寓居贈賈島〉詩曰：

歲暮見華髮，平生志半空。孤雲不我棄，歸隱與誰同。枉
道紫宸謁，妨栽丹桂叢。何如隨野鹿，棲止石巖中。

又〈懷故山寄賈島〉詩曰：

心偶羨明代，學詩觀國風。自從來闕下，未勝在山中。丹
桂日應老，白雲居久空。誰能謝時去，聊與此生同。

又其〈長安書懷〉曰：

歧路今如此，還堪慟哭頻。關中久成客，海上老諸親。谷
口田應廢，鄉山草又春。年年銷壯志，空作獻書人。〔註35〕

雖科場不稱意，然其詩卻居晚唐諸公之上，〔註36〕嘗與賈島、姚合、
無可等人唱和並交善。

　　馬戴何時入京，已不可考，但據其有〈送韓校書（湘）江西從事〉
詩，得知其于穆宗長慶二年前已至長安，並成姚、賈詩友之一員。姚
合與馬戴交往，當始於此之前。當馬戴下第客遊他鄉，姚合嘗有送詩
曰：

昨來送君處，亦是九衢中。此日慇懃別，前時寂寞同。鳥
啼〈寒食〉雨，花落暮春風。向晚離人起，筵收罇未空。

姚合個性淳厚，值此後進詩友，困頓舉場之時，能以體貼之心言「此
日慇懃別，前時寂寞同」頗具慰勉鼓舞之效果。

　　敬宗寶曆二年，姚合以侍御史分巡東都，馬戴嘗往拜謁，姚合有
〈喜馬戴多夜見過期無可上人不至〉詩曰：

客來初夜裏，藥酒自開封。老漸多歸思，貧惟長病容。苦
寒燈焰細，近曉鼓聲重。僧可還相捨，深居閉古松。

馬戴相訪，姚合以藥酒相待，暢談近曉，昔日邀約相見之僧友無可卻
未見踪影，故馬戴亦有〈集宿姚殿中宅期無可不至〉詩。當時因天寒

〔註35〕以上四詩皆見《全唐詩》卷五五五。
〔註36〕《滄浪詩話》卷四。

雨雪，無可或于後數日方至，故兩人皆有〈會宿姚侍御宅懷永樂殷侍御〉詩，馬戴更有〈雒中寒夜姚侍御宅懷賈島〉詩，可見馬戴實以姚合宅作爲朋友相見，並互道相思之地，若其不與姚合交誼深厚，又何能如此。

　　文宗大和三年秋，姚合出任金州刺史，馬戴嘗有〈寄金州姚使君員外〉詩曰：

> 老懷清淨化，乞去守洵陽。廢井人應滿，空林虎自藏。迸泉疏石竇，殘雨發椒香。山缺通巴峽，江流帶楚檣。憂農生野思，禱廟結雲裝。覆局松移影，聽琴月墮光。鳥鳴開郡印，僧去置禪牀。罷貢金休鑿，凌寒筍更生。退公披鶴氅，高步隔鵁行。相見朱門內，麾幢拂曙霜。〔註37〕

此詩盛讚姚合憂民生之疾苦，故願著雲裝禱雨於廟堂。並以清淨化民，非但政通人和，自身亦得自在逍遙。其於故人政功之歌頌外，對合之好客，與閒淡之性，亦有深切了解，可見二人交契之深。

　　其後馬戴返九華山，隨卽〈寄詩姚合員外〉曰：

> 朝與城闕別，暮同麋鹿歸。鳥鳴松觀靜，人過石橋稀。木葉搖山翠，泉痕入澗扉。敢招仙署客，暫此拂朝衣。〔註38〕

姚合亦有寄馬戴詩曰：

> 天府鹿鳴客，幽山秋未歸。我知方甚愛，眾說以爲非。隔屋聞泉細，和雲見鶴微。新詩此處得，清峭比應稀。

姚合本以爲好友未歸山，正興奮聚晤時日尚多之際，眾人卻告知馬戴已歸隱山林，此間又獲馬戴來詩邀遊，更加思念，故稱其處幽泉深壑美景中，所作之新詩當更清峭。姚馬之交契，始終繫於詩情，故馬戴亦爲姚、賈詩友集團之要員。

七、劉禹錫

　　劉禹錫，字夢得，洛陽人，系出中山，唐代宗大曆七年（772）生。

〔註37〕《全唐詩》卷五五六。
〔註38〕同註37。

德宗貞元九年（793）擢進士第，十年（794）登博學宏辭科，授太子校書郎。十三年（797）揚州節度使杜佑領徐泗，請爲掌書記。十八年（802）調渭南主簿。十九年（803）冬閏十月入朝爲監察御史。廿一年（805）順宗卽位，丞相杜佑奏署崇陵使判官。時王叔文、韋執誼用事，禹錫參議禁中，所言必從，擢屯田員外郎、判度支、鹽鐵等。憲宗立，叔文等敗，禹錫貶連州刺史，途至荊南，又貶郞州司馬，元和十年（815），召還京師，宰相張弘靖、韋貫，本欲置之郞署，然禹錫〈遊玄都觀作戲贈看花諸君子〉詩云：「紫陌紅塵拂面來，無人不道看花迴。玄都觀裏桃千樹，盡是劉郞去後栽。」或語涉譏刺，當路不悅，復出爲播州刺史。御史中丞裴度以母老奏請，終改授連州刺史。穆宗長慶元年（821）又徙夔州刺史，四年（824）轉授和州刺史。文宗大和元年（827），自和州徵還，拜主客郞中。禹錫既爲郞中，唧前事未已，復作〈遊玄都〉詩云：「玄都觀裡桃千樹，總是劉郞去後栽。種桃道士今何在，前度劉郞又重來。」人嘉其才而薄其行，乃求分司東都。二年（829）宰相裴度兼集賢殿大學士，雅知禹錫，薦爲禮部郞中，充集賢殿學士。六年（832）出爲蘇州刺史，以政最善，賜金紫服。八年（834）自蘇州轉刺汝州刺史，兼御史中丞，充東道防禦史。九年（835）十月乙未，又轉同州刺史。文宗開成元年（836）自同州再轉太子賓客，分司東都。四年（839），又改秘書監分司。武宗會昌元年（841），檢校吏部尙書兼太子賓客。二年（842）卒，年七十有一，贈戶部尙書。

　　姚劉正式交往，約始於文宗大和元年（827）禹錫自和州刺史徵還，拜主客郞中分司東都時，姚合此時或爲東都殿中侍御史，合有〈寄主客劉郞中〉詩云：

　　　　漢朝共許賈生賢，遷謫還應是宿緣。仰德多時方會面，拜
　　　　兄何暇更論年。嵩山晴色來城裏，洛水寒光出岸邊。清景
　　　　早朝吟麗思，題詩應費益州牋。

此詩點出二人結識之時、地，雖是新交，念其經歷，不禁令人憶起漢朝賈誼，雖一代賢才，然命途乖蹇，謫遷長沙；禹錫之才與遭遇，堪

足相比。姚合憐惜之下，認爲一切是非功過，當系宿緣，非關人事，足見合對劉仰慕之情。是年冬，劉禹錫作〈洛下初冬，拜表懷上京故人〉，合亦有〈和劉禹錫主客初拜表懷上都故人〉。其後姚合調回長安仍爲殿中侍御史，有〈寄主客劉員外〉詩云：

> 蟬稀蟲唧唧，露重思悠悠。靜者多便夜，豪家不見秋。同
> 歸方欲就，微恙幾時瘳。今日滄江上，何人理釣舟。

大和二年三月，劉禹錫自東都追入長安爲主客郎中充集賢學士。姚合憶昔仕宦東都，本欲同禹錫歸上京，因其微恙，遂不得同行。今己雖身居長安，然猶念念不忘故人，今日滄江上，雖無我爲伴，何人將爲你治理釣舟，體貼之情，躍然紙上。

禹錫本受知於裴度，大和六年（832），度罷知政事，禹錫亦出爲蘇州刺史，姚合有〈送劉禹錫郎中赴蘇州〉詩二首云：

> 三十年來天下名，銜恩東守閶闔城。初經咸谷眠山驛，漸
> 入梁園問水程。霽日滿江寒浪靜，春風遠郭白蘋生。虎丘
> 野寺吳中少，誰伴吟詩月裏行。
> 州城全是故吳宮，香徑難尋古蘚中。雲水計程千里遠，軒
> 車送別九衢空。鶴聲高下聽無盡，潮色朝昏望不同。太守
> 吟詩人自理，小齋閒臥白蘋風。

軒車送別，致九衢人空，足見當時盛況。去後虎丘野寺吳中少，吟詩不知孰堪爲伴，足見姚劉交情建立於詩文之結契。

此後，禹錫一直仕宦在外，開成元年轉太子賓客分司東都，四年，又改秘書監分司。姚合則於開成後皆留上京，故二人相處機會甚少。逮至四年八月姚合以給事中爲陝虢觀察使，禹錫有〈寄陝州姚中丞〉詩云：

> 八月天氣肅，二陵風雨收。旌旗關下來，雲日關東秋。禹
> 跡想前事，漢臺餘故丘。徘徊襟帶地，左右帝王洲。留滯
> 悲昔老，恩光榮徹侯。相思望棠樹，一寄商聲謳。〔註39〕

陝虢一帶，正處東西二京之中，形勢險要，故人來鎮關東，近在百里，

〔註39〕《劉夢得文集》卷五。

猶不得見，相思之情，惟寄歌謳，方得釋懷，蓋姚劉二人雖結交於知命之年，聚少離多，惟於詩友之契，能相互關注體恤，洵屬難能。

八、雍 陶

雍陶，字國鈞，成都人。工於詞賦，然因家貧，蹉跎年歲，致一名不聞，甚有惆悵意味，見其〈自述〉詩可知：

> 萬事誰能問，一名猶未知。貧當多累日，閑過少年時。燈
> 下和愁睡，花前帶酒悲。無謀常委命，轉覺命堪疑。〔註40〕

然雍陶並非無心之人，後終出峽赴京，其〈離家後作〉詩曰：

> 世上無媒似我稀，一身惟有影相隨。出門便作焚舟計，生
> 不成名死不歸。〔註41〕

雖無媒引薦，雍陶仍深具抱負，除非成名，否則至死不歸。既下此決心，可見其自期甚高，後雖一再下第，亦不氣餒，終于大和八年陳寬榜進士及第。雍陶非但詩賦著名，且擅長議論及春秋對問，〔註42〕故一時名輩，咸偉其作，陶亦由此恃才傲睨，薄於親族，其舅雲安李欽之下第，歸三峽，却〈寄陶〉詩云：「地近衡陽雖少雁，水連巴蜀豈無思」，陶得詩後，頗感羞赧，自此遂與親黨通問不絕。〔註43〕

雍陶及第後，嘗官拜侍御史，宣宗大中六年（851）授國子毛詩博士，大中八年（853）更自國子毛詩博士，出刺為簡州刺史，常自比為謝宣城、柳無興，因恃才自負，故投贄者，少有引進。後陶典陽安，郭外有情盡橋，乃分衿祖別之所，陶因送客，乃怪其名之異，遂命筆題其柱曰折柳橋，取古樂府「折楊柳」之義，並題詩曰：

> 從來只有情難盡，何事名為情盡橋。自此改名為折柳，任
> 他離恨一條條。〔註44〕

〔註40〕《全唐詩》卷五一八。
〔註41〕同註40。
〔註42〕賈島〈送雍陶及第歸成都寧親〉詩曰：「不唯詩著籍，兼又賦知名，議論於題稱，春秋對問精。……」
〔註43〕《唐才子傳》卷七、〈雍陶〉。
〔註44〕《唐詩紀事》卷五六、〈雍陶〉。

詩出，甚爲時人所激賞。

　　陶初時甚貧，倦乎耕耘，求其典墳，以其干祿事君，故晝夜無倦無怠，惟詩書是觀。雖其志在仕宦，然老去亦能辭却榮位，隱居就道，並養疴廬嶽，煙霞相伴，可謂功成身退，收放自如者也。

　　雍陶于寶曆年間已至長安，方其不遇歸蜀，姚合嘗有詩送之曰：
　　　　春色三千里，愁人意未開。木梢穿棧出，雨勢隔江來。荒
　　　　館因花宿，深山羨客迴。相如何物在，應只有琴台。
因友人之歸去，雖春色無盡，亦未免離別愁緒，可見姚合對雍陶之情誼。

　　其後姚合官侍彤闈，雍陶嘗於秋夜相訪，故姚合有〈喜雍陶秋夜訪宿詩〉曰：
　　　　曉立侍爐煙，夜歸蓬蓽眠。露華明菊上，螢影滅燈前。清
　　　　漏和碪聲，棲禽與葉連。高人來此宿，爲似在山顛。
雍陶孤直高潔，姚合稱其爲高人，蓋因其特立獨行之性使然也，更因其到來，使自己如置身於山顛高聳清靈之氣中，姚合對之可謂推崇備至。

　　大和八年（834）雍陶金榜題名，姚合適自杭州返京，拜官諫議大夫，亦有送詩，其〈送雍陶及第歸觀〉曰：
　　　　獻親冬集書，比橘復何如。此去關山遠，相思笑語疏。路
　　　　尋丹壑斷，人近白雲居。幽石題名處，憑君亦記余。
姚合恐友人歸去。關山隔離，致相疏遠，故頻頻叮嚀幽石題名之處，但願憑君之筆，記取故友，以永慰相思。

九、殷堯藩

　　殷堯藩，蘇州嘉興人。眉目如畫，性情簡靜，喜耽丘壑之趣，故嘗云：「吾一日不見山水，與俗人談，便覺胸次塵土堆積，急呼濁醪澆之，聊解穢耳。」〔註45〕雍陶〈寄永樂殷堯藩明府〉詩亦云：

〔註45〕《唐才子傳》卷六、〈殷堯藩〉。

古縣蕭條秋景晚，昔時陶令亦如君。頭巾漉酒臨黃菊，手
板支頤向白雲。……〔註46〕

許渾〈寄殷堯藩先輩〉詩亦曰：

……青山有雪暗松性，碧落無雲稱鶴心。帶月獨歸蕭寺遠，
玩花頻醉庾樓深。思君一見如瓊樹，空把新詩盡日吟。〔註47〕

姚合亦有〈送殷堯藩侍御遊山南〉，可見其趣。

堯藩少時以耕鋤為生，然亦工於詩文，其早年科場不遇，甚為自
慚自謙，有〈下第東歸作〉曰：

十載驅馳倦荷鋤，三年生計鬢蕭疏。辛勤幾逐英雄後，乙
榜猶然姓氏虛。欲射狼星把弓箭，休將螢火讀詩書。身賤
自慚貧骨相，朗嘯東歸學釣魚。〔註48〕

因其懷才不遇，故疑其乃命相貧賤之故。《唐摭言》曰：「元和九年韋貫
之榜，殷堯藩雜文落第，楊漢公尚書乃貫之前榜門生，盛言堯藩之屈，
貫之為之重收。」〔註49〕非但其抱屈自怨，時人亦大為其稱屈料理，因
擢進士第。與沈亞之、姚合、馬戴、雍陶為詩友，贈答甚多。嘗官至永
樂縣令，並嘗應李翱幕府所辟，後以侍御官江南，竟不知所終。

姚合、殷堯藩于元和八、九年在京應試，推測其結為詩友，蓋不
出此數年中，又殷、姚二人生性恬淡閒野，尤好山林野趣，故乍然相
遇，頗能相契，卽結為知交。元和末，姚合為武功主簿，殷堯藩有〈署
中答武功姚合〉詩曰：

原中多陰雨，惟留一室明。自宜居靜者，誰得問先生。深
井泉香出，危沙藥更榮。全家笑無辱，曾不見戈兵。〔註50〕

自宜居靜，孰人堪代問候故交，已道出殷堯藩對姚合之思念。此後堯
藩任永樂縣令，姚合亦有〈寄永樂長官殷堯藩〉詩曰：

故人為吏隱，高臥簿書間。遠院唯栽藥，逢僧只說山。此

〔註46〕《全唐詩》卷五一八。
〔註47〕《全唐詩》卷五三五。
〔註48〕《全唐詩》卷四四○。
〔註49〕《唐摭言》卷八、已落重收。
〔註50〕《全唐詩》卷四九二。

宵歡不接，窮歲信空還。何計相尋去，嚴風雪滿關。

合於堯藩人格之高潔極力推崇，仰慕其仕宦爲吏，同於隱遁，簿書雖勞形，亦能執簡馭繁，高臥其間，若逢僧人，唯道出林情趣，眞可謂自在逍遙，奈何風雪阻道，無計相尋。又〈送殷堯藩侍御遊山南〉，亦道出對堯藩之傾慕與豔羨，其詩曰：

> 詩境西南好，秋深晝夜螢。人家連水影，驛路在山峰。谷靜雲生石，天寒雪覆松。我爲公府繫，不得此相從。

若能與故友相伴遊賞山水，吟詩遣懷，當倍情趣，然卻因公府所繫，不得相從，徒興嘆息。此外，姚合又有〈和太僕田卿酬殷堯藩侍御見寄〉亦曰：

> 往還知分熟，酬贈思同新。嗜飲殷偏逸，閒吟卿亦貧。古苔寒更翠，修竹靜無鄰。促席燈浮酒，聽鴻霜滿身。淺才唯是我，高論更何人。攜手宜相訪，窮行少路塵。

以上三詩，皆云宜去相訪（尋、從），可見姚合對堯藩殷殷之情，無奈二人自元和中就試以來，南北遙隔，鮮有同仕上京之時，相見日難，致慕念益甚，唯於詩文寄託情誼。

十、費冠卿

費冠卿，字子軍，池州人。德宗貞元中至憲宗元和初，嘗爲求取功名，滯留京師十年，元和二年（807），進士擢第，因有〈久居京師感懷〉詩曰：

> 煢獨不爲苦，求名始辛酸。上國無交親，請謁多少難。九月風到面，羞汗成冰片。求名俟公道，名與公道遠。力盡得一名，他喜我且輕。家書十年絕，歸去知誰榮。馬嘶渭橋柳，特地起秋聲。〔註51〕

未幾，其母卒，嘆曰：「于祿養親耳，得祿而親喪，何以祿爲，遂隱池州九華山。」〔註52〕穆宗長慶三年（823），殿中侍御史左司員外郎

〔註51〕《唐詩紀事》卷六〇、〈費冠卿〉。
〔註52〕同註51。

李行修舉冠卿孝節，制曰：

> 前進士費冠卿，嘗與計偕。以文中第歸，不及於榮養，恨
> 每積於永懷，遂乃屏蹟邱園，絕蹤進士，守其至性十有五
> 年。峻節無雙，清飆自遠。夫旌孝行，舉逸人，所以厚風
> 俗而敦名教也。宜承高獎，以儆薄夫。膠參近侍之舉，載
> 行移忠之效，可右拾遺。〔註53〕

聖上因而召拜冠卿爲右拾遺，然其不肯往拜，因有〈蒙召拜拾遺書情〉
二首曰：

> 拾遺帝側知難得，官緊才微空不勝。好是中朝絕親友，九
> 華山下詔來徵。
> 三千里外一微臣，二十年來任運身。今日忽蒙天子召，自
> 慚驚動國中人。〔註54〕

又有〈不赴拾遺召〉詩曰：

> 君親同是先王道，何如骨肉一處老。也知臣子合佐時，自
> 古榮華誰可保。〔註55〕

冠卿以祿不及親，永懷罔極之心，對榮華富貴，早已淡然，故不肯受
詔往拜。

元和二年（807）冠卿以得第，而未及事親，遂隱遁九華山後，
終其一生未再入朝，姚合之於冠卿，恐是其入京赴試後，聽聞先輩論
其孝行，有感於心，故銘記之。直至穆宗長慶三年（823），李行修舉
其孝節，天子徵拜右拾遺，冠卿又不赴召，姚合雖未得見冠卿，終壓
抑不住內心傾慕佩服之心，故有〈寄九華費冠卿〉詩曰：

> 逍遙繒繳外，高鳥與潛魚。闕下無朝籍，林間有詔書。夜
> 眠青玉洞，曉飯白雲蔬。四海人空老，九華君獨居。此心
> 誰復識，日與世情疏。

合謂冠卿行止之超逸，有如高鳥潛魚，無拘無束，逍遙於世外，己雖

〔註53〕《唐摭言》卷八、及第後隱居。
〔註54〕同註51。
〔註55〕同註51。

不能至，然深羨之。後冠卿亡故，姚合亦有〈哭費拾遺徵君〉詩曰：

> 服儒師道旨，糲食臥中林。誰識先生事，無身是本心。空
> 山流水遠，故國白雲深。日夕誰來哭，唯應猿鳥吟。

冠卿辭却富貴進身之途，隱臥九華山中，正如孔子所謂「飯蔬食、飲水，曲肱而枕之，樂在其中矣」，〔註56〕故姚合歎其能了悟無身爲本心之忘我境界，然有誰得識此高行？何況今已逝去，空山流水白雲深處，誰來弔慰，唯有委之自然，卽所謂「日夕誰來哭，唯應猿鳥吟」，惋惜之情，甚爲哀憐。可見其衷心仰慕，冠卿若地下有知，必也含笑九泉，不虛此生矣。

十一、厲　玄

厲玄，字號、里籍不詳。登大和二年進士第，嘗任萬年縣令，仕至侍御史，後或隱臥陝下，〔註57〕竟不知所終。據姚合〈和厲玄侍御題戶部李相公廬山西林草堂〉詩有「行人盡歌詠，唯子獨能詩。」之句，可見玄亦善作詩，與賈島、無可、姚合等人唱和。唯《全唐詩》卷五一六及卷八八四僅錄詩六首，故未能窺其詩格之全貌。

姚合、厲玄交往，或因形闈共侍，日夕相見，且詩文唱和而相契，姚合有〈同裴起居、厲侍御放朝遊曲江〉詩曰：

> 暑月放朝頻，青槐路絕塵。雨晴江色出，風動草香新。獨
> 立分幽島，同行得靜人。此歡宜稍滯，此去與誰親。

裴、厲二人性情貞靜，與合賦性閑散朴直，頗能相融，又共遊良辰美景下，自當愜適，故甚珍惜此情。此後姚、厲二人時相過從，姚合嘗造訪之，故有〈題厲侍御所居〉曰：

> 幽棲一畝宮，清峭似山峰。鄰里不通徑，俸錢唯買松。野
> 人時寄宿，谷鳥自相逢。朝路狀前是，誰知曉起慵。

姚合讚美厲玄所居，雖處京城，然幽靜偏僻，又似山峰之清峭，自

〔註56〕《論語》〈述而篇〉。
〔註57〕姚合有〈陝下厲玄侍御宅五題〉。

成一小世界。唯有山野之隱士，能識趣而常來寄宿，其居處堪稱悠閒自在，可知屬玄賦性之清高，不與俗同。因之，雖牀前卽是通往朝廷功名利祿之大道，亦慵懶自適不爲所動，其淡泊之志，昭然可見。

其後姚合又有〈陝下屬玄侍御宅五題〉，此時屬玄蓋已擇居隱於陝下，其詩曰：

濯纓溪
舊山寧要去，此有濯纓泉。曉景松枝覆，秋光月色連。
行尋屐齒盡，坐對角巾偏。寂寂幽棲處，無妨請俸錢。

垂釣亭
由釣起茅亭，柴扉復竹楹。波清見絲影，坐久識魚情。
白鳥依窗宿，青蒲傍砌生。欲同漁父舍，須自減逢迎。

吟詩島
幽島蘚層層，詩人日日登。坐危石是榻，吟冷唾成冰。
靜對唯秋水，同來但老僧。竹枝題字處，小篆復誰能。

竹裏徑
微徑嬋娟裏，唯聞靜者知。跡深苔長處，步狹筍生時。
高是連幽樹，窮應到曲池。紗巾靈杖壽，行樂復相宜。

泛觴泉
不上酒家樓，池邊日獻酬。杯來轉巴字，客坐遠方流。
酹滴苔紋斷，泉連石岸秋。若能山下置，歲晚願同遊。

由此五首詩，可知屬玄侍御宅之幽雅清淨，猶如人間仙境，若非其本性高潔，嚮往自然生活，雅好詩文，孰能有此閒情，設置五種美景，而沈醉其中？姚合爲其好友題詩讚美之，可見二人之交情，絕非尋常。

十二、顧非熊

顧非熊，字號不詳，蘇州人。乃著作郎顧況之子，自幼聰慧，一覽詩書，輒能成誦，故年長亦有詩名。雖其弱冠卽應試長安，惟累試

不第，困臥舉場達三十年之久，穆宗長慶中，登進士第，〔註58〕劉得仁〈賀顧非熊及第其年內索文章〉詩曰：

愚爲童稚時，已解念君詩。及得高科晚，須逢聖主知。花前翻有淚，鬢上卻無絲。從此東歸去，休爲墜葉期。〔註59〕

由此可見其不遇之一般，後累佐使府，並曾爲盱眙尉。非熊幼受乃父況之影響，性詼諧滑稽，好凌轢人，晚亦慕父風，棄官隱遁茅山，遂不知其所終。

姚合、顧非熊之識，溯自元和年間，姚合有〈送顧非熊下第歸越〉詩曰：

失意尋歸路，親知不復過。家山去城遠。日月在船多。楚塞數逢雁，浙江長有波。秋風別鄉老，還聽鹿鳴歌。

非熊雖不遇歸去，姚合猶勉其秋時一別鄉老，還來擢取科第，聽鹿鳴宴群臣嘉賓之章，合對其關注之情可見。長慶初年，姚合除授萬年縣尉時，非熊有感姚合之關切，故與賈島、無可、朱慶餘諸人曾往萬年拜謁，故朱慶餘有〈與賈島、顧非熊、無可宿萬年姚少府宅〉詩。〔註60〕爾後非熊中第歸茅山，又累佐使府，姚合亦輾轉兩京，或出刺在外，故少相從。直至大和六年（832），姚合出任杭州刺史，非熊時居長安，有〈送杭州姚員外〉詩曰：

浙江江上郡，楊柳到時春。暫起背城雁，帆分向海人。嶠雲侵寺吐，汀月隔樓新。靜理更何事，還應詠白蘋。〔註61〕

姚合與非熊性情迴異，所好者，蓋詩文耳，因而其交往僅止於詩文之酬酢，不見有內心深處之感懷，故一旦仕宦在外，卽甚少聯繫。其二人交往可考者，蓋自元和至大和年間而已，其後則或各從其事，或文獻不足，遂告闕然。

〔註58〕《唐摭言》卷八、已落重收：「〈顧非熊〉，……長慶中陳商榜，上怪無非熊名，詔有司追榜放及第，時天下寒士皆知勸矣。」
〔註59〕《全唐詩》卷五四四、〈劉得仁〉。
〔註60〕《全唐詩》卷五一四、〈朱慶餘〉。
〔註61〕《全唐詩》卷五九〇。

十三、喻 鳧

喻鳧，字號不詳，毗陵人。早年耕稼江東，而後負笈上京，累試不第達九年之久，至文宗開成五年，乃登李從實榜進士，擢第後，召授校書之職，仕至烏程令而終。鳧甚有詩名，尤工小巧，如：

……竈鳴積雨窟，鶴步夕陽沙。（懷鄉）
……雁天霞腳雨，漁夜葦條風。……（得子姪書）
……細光添柳重，幽點滅花勻。（春雨如膏）〔註62〕

率皆小巧細緻，甚爲後進文士所稱慕，故名其爲「喻先輩」。

姚合、喻鳧正式交往，當早於合除拜金州刺史前，因喻鳧有〈送賈島往金州謁姚員外〉詩曰：

山光與水色，獨往此中深。溪瀝椒花氣，巖盤漆葉陰。瀟
湘終共去，巫峽羨先尋。幾夕江樓月，玄暉伴靜吟。〔註63〕

由上詩可見此時喻鳧已深識姚合，姚合亦嘗有〈喜喻鳧至〉詩曰：

欲出心還懶，閒吟遠寢牀。道書蟲食盡，酒律客偷將。愁
至爲多病，貧來減得狂。見君何所似，如熱得清涼。

正當合貧病交錯，寂寥懶散之際，故人來訪，胸懷之鬱悶，頓時紓解，故姚合喜曰：「見君何所似，如熱得清涼」。文宗開成五年（840）喻鳧擢第，先任校書，次年武宗會昌元年歸覲毘陵，姚合此時雖致仕在家，亦有〈送喻鳧校書歸毘陵〉詩，其詩曰：

主人庭葉黑，詩稿更誰書。闕下科名出，鄉中賦籍除。山
春煙樹眾，江遠晚帆疏。吾亦家吳者，無因到弊廬。

據上所述，知姚合之與喻鳧結交，除因詩名、詩格相近皆工小巧外，或由於合之先世，乃自吳興武康，移居陝地，合之郡望仍爲江南；故對江南遊子，如朱慶餘、喻鳧之輩，存一分同鄉特殊情誼。

十四、胡 遇

胡遇，字號籍貫不詳，據〈賈島酬胡遇〉詩曰：「麗句傳人口，

〔註62〕以上三詩皆見於《全唐詩》卷五四三。
〔註63〕同註62。

科名立可圖。……遊遠風濤急，吟清雪月孤。……」，〔註64〕可知遇亦善詩，與賈島、姚合、張籍、朱慶餘等人遊。胡遇雖文場早得聲名，卻英年早夭，令友朋悲痛不已。賈島、張籍、朱慶餘皆有〈哭胡遇〉詩，其中以張籍〈哭胡十八遇〉詩曰：

> 早得聲名年尚少，尋常志氣出風塵。文場繼續成三代，家族輝華在一身。幼子見生才滿月，選書知寫未呈人。送君帳下衣裳白，數尺墳頭相樹新。〔註65〕

最爲悽惻，令人不忍卒讀。

姚合、胡遇交往年代雖不可考，然約於元和、長慶年間。胡遇早年詩文甚有可觀，姚合則又愛詩如命，因此結爲莫逆，其〈喜胡遇至〉詩曰：

> 窮居稀出入，門戶滿塵埃，病少閒人問，貧唯密友來。茅齋從掃破，藥酒遣生開。多事經時別，還愁不宿迴。就林燒嫩筍，遠樹揀香梅。相對題新什，遲成舉罰杯。

正當姚合貧病交迫，密友胡遇來訪，其情更篤，難怪姚合興奮激昂，茅齋掃破，而藥酒未溫熟，則急欲開出待客，更憂多時未見之好友不能留宿，因而隨卽燒嫩筍款待之；並且相對吟新詩以償知交，慢吟成者，須罰酒，足見二人，猶如兄弟，不分彼此。姚合又有〈答胡遇〉詩曰：

> 一會一分離，貧遊少定期。酒多爲客穩，米貴入城遲。晴日偷將睡，秋山乞與詩。縱然眉得展，不似見君時。

姚合與胡遇聚散無定期，合性耽詩，秋山雖能賜予靈感，然合總覺秋山之啓發，縱然能展眉開懷，亦未如與好友酬酢唱和時快樂。

姚、胡二人情誼雖厚，惜好景不常，約大和三年秋後，胡遇卽逝去，此時姚合適巧出刺金州，故未及見密友最後一面，亦不及弔祭，不禁令人噓唏不已！

〔註64〕《全唐詩》卷五七三、〈賈島〉。
〔註65〕《全唐詩》卷三八二、〈張籍〉。

十五、白居易

白居易，字樂天，其先蓋太原人，至曾祖白溫移居下邽，遂爲下邽人。居易生於唐代宗大曆七年（772），幼而聰慧過人，其始生六七月，乳母抱弄於書屏下，指「之」「無」二字以示之，雖試百十數，而能辨認不差。五、六歲便學爲詩，九歲更暗聲韻。〔註66〕年十五六時，工於文章，始知有進士，乃苦節讀書，嘗袖文一篇，投著作郎顧況，況恃己才於人，少所推許，覽居易文，不覺迎門禮遇曰：「吾謂斯文遂絕，今復得吾子矣」。二十已來，更晝課賦，夜課書，間又課詩，不遑寢息，以至于口舌成瘡，手肘成胝，可見其苦學之情。貞元十四年（798）果擢進士第，召授秘書省校書郎。元和元年（806）對制策乙等，調盩庢屋縣尉，爲集賢校理。二年十一月，召入翰林爲學士。三年五月拜左拾遺，五年除京北府戶曹參軍。元和六年四月。丁母陳夫人之憂，退居下邽。守喪三年期滿，於元和九年（814）冬入朝，授太子左贊善大夫。元和十年，盜殺武元衡，京師震愕，居易首上疏緝捕盜賊，以雪恥辱。宰相嫌其出位，適又有素惡居易者，從中滋事，謂其母因看化墮井而亡，然居易竟賦「賞花」「新井」詩，其言浮華無行，不宜重用，執政惡其言事，奏貶爲江表刺史。詔出，中書舍人王涯上書言居易所犯狀迹，不宜治郡，乃追貶爲江州司馬。居易雖不遇，然能悠然自處，託浮屠之說，日與方外之士遊，幾欲忘其形骸。元和十三年（818）冬，徙忠州刺史。十四年冬，召還京師，拜司門員外郎。十五年，轉主客郎中，知制誥，加朝散大夫。穆宗長慶元年十月，又轉爲中書舍人，其後由於天子荒縱，宰相不才，制御乖方，賞罰失當，故河朔復亂，居易每上疏論其事，天子不能納用，乃乞外調。長慶二年七月遂除杭州刺史。長慶四年五月秩滿，樂天乃自杭州召授太子右庶子，分司東都。寶曆中，復出爲蘇州刺史。文宗卽位，徵拜秘書監，大和二年正月，轉遷刑部侍郎，封晉陽縣男，食邑三百

〔註66〕〈與元稹書論作文之大旨〉。

戶。此時牛李黨爭事起，黨人排斥構陷，意氣用事，遂至朝升暮黜，是非不明，居易恐禍及身家，故於大和三年（829）夏稱病東歸，求為分司官，除太子賓客。越明年，除河南尹，七年，復以太子賓客分司。大和九年（835）起為同州刺史，因疾不拜，尋改除太子少傅，進封馮翊縣開國侯。武宗會昌初年以刑部尚書致仕，六年（846）卒，年七十五，贈尚書右僕射。諡曰文，自號醉吟先生，亦稱香山居士。

白居易與姚合雖年歲相仿，然居易年少得志，元和初即活躍京師，逮至元和八年姚合入京，居易正守喪在鄉，其後姚合擢第，居易卻為惡人所中傷，謫遷江州司馬。長慶初年，居易返回京師，姚合則又奉命任富平、萬年尉。及姚合因病請辭縣尉回抵長安，居易又請外調杭州刺史，如此失之交臂，直至文宗大和二年（828）居易任刑部侍郎，姚合亦返京任殿中侍御史，方有機緣，共事京城，因此推知其結識或始於此時。明年夏，居易稱病東歸，求為太子賓客分司，姚合居長安，有〈寄東都分司白賓客〉詩曰：

> 闕下高眠過十旬，南宮印綬乞離身。詩中得意應千首，海內嫌官只一人。賓客分司真是隱，山泉遠宅豈辭貧。竹齋晚起多無事，唯到龍門寺裏頻。

姚合詩齡雖不如居易，然對詩之執著與對詩人之仰慕，卻不亞於他人。而此時居易詩已名滿天下，長安與江西三、四千里間，凡鄉校、佛寺、逆旅、行舟之中，往往有題其詩者，又士庶、僧徒、孀婦、處女之口，每有詠其詩者。〔註67〕姚合對此一代詩宗，當然豔羨不已，因此加以稱揚為「詩中得意應千首」。隨後姚合於大和六年春出任杭州刺史，居易更以昔日長官身分殷殷勤勉，其〈送姚杭州赴任因思舊遊〉二首曰：

> 與君細說杭州事，為我留心莫等閒。閭里固宜勤撫恤，樓台亦要數躋攀。笙歌縹緲虛空裏，風月依稀夢想間。且喜詩人重管領，遙飛一醆賀江山。
>
> 渺渺錢塘路幾千，想君到後事依然。靜逢竺寺猿偷橘，閒

〔註67〕同註66。

看蘇家女採蓮。

故妓數人憑問訊，新詩兩首倩留傳。舍人雖健無多興，老
校當時八九年。〔註68〕

杭州爲天下名郡，山川秀麗，詩文匯萃，故蘇東坡〈訴衷情〉詞曰：
「錢塘風景古來奇，太守例能詩」，居易本自多情，雖刺杭州已事隔
八九年，猶念念不忘昔日杭州風物，得知詩人姚合將就任，欣然曰：
「且喜詩人重管領」勉其宜勤加撫恤，更託其慰問昔日紅粉知己。居
易、姚合雖相處相知時日不多，然自能以詩人相期許。

第三節　後學請益

　　姚合有詩名於當時，又被尊爲詩宗，故四方請益者，聞風而至。
尤以其任杭州刺史時，爲名郡之長，地位崇高，無不爲人所仰慕。更
因姚合對後學請益者，皆能待之以禮，勉勵有加，故甚爲後學所敬重，
而攜詩請益。因此於當時儼然成爲一代之師，故方干上詩云：「……才
高獨作後人師。……吏散看山卽有詩。借問公方與文道，而今中夏更
誰傳。」（方干〈上姚郎中〉），可見其推崇之至。本節茲以韓湘、劉得
仁、周賀、方干、李頻、鄭巢等六人述之，以見其愛才之深切。

一、韓　湘

　　韓湘，字北渚，爲韓愈姪孫。其父老成，卽韓愈祭十二郎文中之
十二郎。湘約生於德宗貞元十年，〔註69〕幼承家學，故擅屬文，尤長
於詩。嘗於場屋中，屢戰屢敗，然愈挫愈奮，終於穆宗長慶三年（823）
登進士第，嘗任校書，是年冬，受江西府辟爲從事，或云嘗累官至大
理丞。

　　韓湘生性落拓不羈，慕好仙道，見趣高遠，不喜世俗名利。韓愈

〔註68〕《白氏長慶集》卷三二。
〔註69〕長慶三年湘登第，姚合〈答韓湘〉詩曰：「三十登高科」由此逆數三
　　　　十年，正爲貞元十年。

勉之學，湘以爲己之所學，非叔公所知。韓愈令作詩以觀其志，湘作詩曰：

> 青山雲水窟，此地是吾家。後夜流瓊液，凌晨咀降霞。琴彈碧玉調，鑪煉白誅殺。寶鼎存金虎，元田養白鴉。一瓢藏世界，三尺斬妖邪。解造逡巡酒，能開頃刻花。有人能學我，同去看先葩。

韓愈覽而戲之云：汝能奪造化邪？湘對曰：此事甚易。乃聚土以盆覆之，良久花開，碧花二朵。於花間，現出金字詩一聯云：

> 雲橫秦嶺家何在，雪擁藍關馬不前。

愈未曉其意，湘曰：事久可驗，遂告去。未幾愈以佛骨事謫潮州，一日途中遇雪，俄有人冒雪而來，乃湘也。湘曰：憶花上之句乎？正今日事也。愈詢其地，卽藍關，愈嗟嘆久之，解鞍酒鑪命酌，又作〈左遷至藍關示姪孫湘〉詩約：

> 一封潮奏九重天，多貶潮陽路三千。欲爲聖明除弊事，肯將衰朽惜殘年。雲橫秦嶺家何在，雪擁藍關馬不前。知汝遠來應有意，好收吾骨瘴江邊。

後愈又贈詩湘曰：

> 才爲世用古來多，如子雄文世孰過。好待功名成就日，却收申去臥烟蘿。

湘並有〈答從叔（公）愈〉詩云：

> 舉世都爲名利醉，伊予獨向道中醒。他時定是飛昇去，衝破秋空一點青。〔註70〕

雖其學仙事，宋魏仲舉、清方世舉，以及近人錢基博，並認爲虛妄不實。然有唐一代，佛道思想盛行，文人常儒、釋、道三體兼具，姑不論上云之事是否屬實，更不論湘是否仙去，然就其述志，答從叔（公）愈詩，及愈贈詩，要求湘功成名就日，方收身臥烟蘿，可見湘乃深慕仙道者也。

　　姚合、韓湘之結識，當在穆宗長慶三年前，據姚合〈答韓湘〉詩

〔註70〕以上事蹟見宋阮閱《詩話總龜》引〈青瑣集〉。

云：

> 疏散無世用，爲文乏天格。把筆日不休，忽忽有所得。所
> 得良自慰，不求他人識。子獨訪我來，致詩過相飾。君子
> 無浮言，此詩應亦直。但慮憂我深，鑒亦隨之惑。子在名
> 場中，屢戰還屢北。我無數子明，端坐空歎息。昨聞過春
> 關，名係吏部籍。三十登高科，前途浩難測。詩人多峭冷，
> 如水在胸臆。豈隨尋常人，五藏爲酒食。期來作酬章，危
> 坐吟到夕。難爲間其辭，益貴我紙墨。

由此詩可見韓湘與姚合結識，或因姚合當時詩名盛大，韓湘主動請
益，故致詩相飾。姚合非但不爲其請益於己而驕矜，反而謙卑自歎弗
如曰：「子在名場中，屢戰還屢北。我無數子明，端坐空歎息。」後
聞韓湘子登上金榜，讚美爲「三十登高科，前途浩難測。……期來作
酬章，危坐吟到夕。難爲間其辭，益貴我紙墨。」而不敢增飾一言，
勉其三十歲卽登高科，前途無限光明。尤其更因湘詩之峭冷清奇，當
非一般務求功名之士人，可見其對韓湘之推崇。是年冬，韓湘受江西
府辟，姚合又有〈送韓湘赴江西從事〉詩曰：

> 年少登科客，從軍詔命新。行裝有兵器，祖席盡詩人。細
> 雨湘城暮，微風楚水春。潯陽應足雁，夢澤豈無塵。猿叫
> 來山頂，潮痕在樹身。從容多暇日，佳句寄須頻。

卽使韓湘身佩兵器從軍，然祖餞之席，盡爲賈島、沈亞之、朱慶餘、
張籍、無可等詩人。合基於愛才愛詩之故，勉其於從容暇日，多自賦
詩，但能時見汝之佳句寄來，亦爲所願，二人正可謂以詩會友也。

二、劉得仁

　　劉得仁，公主之子，穆宗長慶年間，卽以詩聞名，然屢試不第，
出入舉場達三十年之久，其〈陳情上知己〉詩曰：

> 性與才俱拙，名場迹甚微。久居顏亦厚，獨立事多非。刻
> 骨搜新句，無人憫白衣。明時自堪戀，不是不知機。〔註71〕

〔註71〕《全唐詩》卷五四四。

又〈省試日上崔侍郎〉四首曰：

衣上年年淚血痕，只將懷抱訴乾坤。如今主聖臣賢日，豈
致人間一物冤。

如病如癡二十秋，求名難得又難休。回看骨肉須堪恥，一
著麻衣便白頭。

戚里稱儒愧小才，禮闈公道此時開。他人何事虛相指，明
主無私不是媒。

方寸終朝似火然，為求白日上青天。自嗟辜負平生眼，不
識春光二十年。〔註72〕

得仁雖不稱意，卻甚有骨氣，其時歷開成、會昌、大中三朝，其昆弟
皆以貴戚身分，而得顯位。唯得仁刻苦吟詩，冀以己力登科，若不然，
則不願儋人之爵。其〈上翰林丁學士〉詩之二曰：

何處訪歧路，青雲但憶歸。風塵數年限，門館一生依。外
族帝王是，中朝親舊稀。翻令浮議者，不許九霄飛。〔註73〕

得仁不求旁門，故青雲失路，寧可歸去，好議論者却因其母族貴為帝
王，然親舊在朝為官者少，無人提攜，致累舉不第，而作不平之鳴。
得仁反不繫於心，其性行之高潔，不汲汲於富貴，於王孫公子中，可
謂千載難尋者也。其後隱跡遁去，及卒，僧栖白有〈哭劉得仁〉詩曰：

為愛詩名吟至死，風魂雪魄去難招。直須桂子落墳上，生
得一枝冤始消。〔註74〕

其愛詩慕詩至此，直教栖白上人，亦為之一掬同情之淚。

姚合年歲長於得仁，二人之所以結識，蓋因姚合當時詩名盛大，
得仁雖舉場失意，却執著詩書之門，故于姚合傾慕不已。方合除拜杭
州刺史，得仁有〈送姚合郎中任杭州〉詩，其後合受召為諫議，得仁
有〈上姚諫議〉詩曰：

高文與盛德，皆謂古無倫。聖代生才子，明庭有諫臣。已

〔註72〕《全唐詩》卷五四五。
〔註73〕同註72。
〔註74〕《全唐詩》卷八二三。

— 118 —

瞻龍衮近，漸向鳳池新。卻憶波濤郡，來時島嶼春。名因
詩句大，家似布衣貧。曾暗投新軸，頻聞獎滯身。照吟清
夕月，送藥紫霞人。終計依門館，何疑不化鱗。〔註75〕
所謂「高文與盛德，皆謂古無論」「聖代生才子，明庭有諫臣」得仁
對於姚合之詩文、人格、才氣、政功可謂推崇備至，難怪其要暗投新
軸，倚其門館，冀望有朝一日脫胎換骨，猶鯉魚躍龍門，得平步青雲。
其用心如此，然終未如願，令人甚爲惋惜。

三、周 賀

　　周賀，字南卿，東洛人。少時多病，故居廬嶽爲浮屠，法名清塞。
後客居南徐三年，終隱於少室、終南間。賀詩格清雅，與賈島、無可
等人齊名。《唐才子傳》云：「清塞，……寶曆中，姚合守錢塘，因攜
書投刺，以丐品第，合延待甚異。見其〈哭僧〉詩云『凍鬚亡夜剃，
遺偈病中書』大愛之，因加以冠巾，使復姓字。……」〔註76〕
　　案：《才子傳》言寶曆中，姚合守錢塘，乃不確之言，寶曆年間，
合仕宦彤闈，爲侍御史。又白居易〈送姚杭州赴任因思舊遊〉其二云：
「舍人雖健無多興，老校當時八九年」，〔註77〕居易長慶二年七月至
長慶四年五月領郡錢塘，若姚合寶曆年間牧守杭州，其間相隔只一、
二年，白居易何以自稱「老校當時八、九年」故《才子傳》云寶曆間，
姚合守錢塘之年歲不可信。然清塞僧之曾因詩請益于姚合而還俗，則
確有其事。因《唐摭言》云：「周賀，少從浮圖，法名清塞，遇姚合
而返初。……」〔註78〕又《唐詩紀事》亦曰：「（清塞）師，東洛人，
姓周氏，少從浮圖法，遇姚合而返初，易名賀。……」〔註79〕上二書
皆宋代人所作，較之《才子傳》爲早。且周賀〈贈姚合郎中〉詩亦曰：

〔註75〕同註72。
〔註76〕《唐才子傳》卷六、〈清塞〉。
〔註77〕《白氏長慶集》卷三二。
〔註78〕《唐摭言》卷一○、海敍不遇。
〔註79〕《全唐詩》卷七六、〈周賀〉。

望重來爲守土臣，清高還似武功貧。……兩衙向後長無事，
門館多逢請益人。〔註80〕

而其〈寺居寄楊侍御〉詩曰：

……十年多病度落葉，萬里亂愁生夜牀。終欲返耕甘性拙，
久漸他事與身忙。〔註81〕

又〈贈僧〉詩曰：

藩府十年爲律業，南朝本寺往來新。辭歸幾別深山客，赴
請多從遠處人。松吹入堂資講力，野蔬供飯爽禪身。他年
更息登壇計，應與雲泉作四鄰。〔註82〕

據以上所述，可知清塞僧請益姚合與還俗返耕事，皆屬事實，故《才
子傳》於合守杭州年歲雖訛，然其與清塞僧之軼事，則洵然不誣。周
賀之與姚合結識，如《才子傳》所言，乃合除拜杭州刺史之時，周賀
攜卷請益，故此時賀之於合書事特多，有〈贈姚合郎中〉詩曰：

望重來爲守土臣，清高還似武功貧。道從會解唯求靜，詩
造玄微不趁新。玉帛已知難撓思，雲泉終是得閒身。兩衙
向後長無事，門館多逢請益人。〔註83〕

又有〈留辭杭州姚合郎中〉詩曰：

波濤千里隔，抱疾亦相尋。會宿逢高士，辭歸值積霖。叢
桑山店迥，孤燭海船深。尚有重來約，知無省閣心。〔註84〕

此外又有〈寄姚合郎中〉詩曰：

轉刺名山郡，連年別省曹。分題得客少，著價買書高。晚
柳蟬和角，寒城燭照濤。鄱溪臥疾久，未獲後乘騷。〔註85〕

由上詩可知姚合任杭州刺史時，甚愛賀之才，賀亦景仰合，推崇合爲
望重、清高、有道、詩好，故四方之士皆來請謁。甚而賀離開杭州後，

〔註80〕《全唐詩》卷五三〇。
〔註81〕同註80。
〔註82〕同註80。
〔註83〕同註80。
〔註84〕同註80。
〔註85〕同註80。

亦不辭抱疾來拜會合，眞可謂識知己、結莫逆。

　　開成四年（839），姚合拜授陝虢觀察使，賀亦有〈上陝府姚中丞〉
詩曰：

> 此心長愛狎禽魚，仍候登封獨著書。領郡只嫌生藥少，在
> 官長恨與山疏。成家盡是經綸後，得句應多諫諍餘。見說
> 養眞求退靜，溪南泉石許同居。〔註86〕

由此詩可知二人同心相契，皆慕於自然山林之幽靜，唯處境不同而
已。賀鍾愛山林，卻能自在於山林中；而合身居要職，嚮往山林，可
望而不可及，因之結成莫逆，絕非偶然。然賀不望功名，亦未曾參加
省試，終其志爲養眞求靜，但亦因甚仰慕合，故極願與合隱居於溪南
泉石之間，後賀依名山而自終。

四、方　干

　　方干，字雄飛，新定人。幼有清才，初徐凝有詩名，見干大爲器
重，遂相師友，授以格律，乃赴京省試，然累舉不第，遂隱居會稽鏡
湖，任情於漁釣，行吟醉臥，聊以自娛。其〈鑑湖西島言事〉曰：

> 慵拙幸便荒僻地，縱聽猿鳥亦何愁。偶斟藥酒欺梅雨，卻
> 著寒衣過麥秋。歲計有時添橡實，生涯一半在漁舟。世人
> 若便無知己，應向此溪成白頭。〔註87〕

又〈山中言事〉曰：

> 敧枕亦吟行亦醉，臥吟行醉更何營。貧來猶有故琴在，老
> 去不過新髮生。山鳥踏枝紅果落，家童引釣白魚驚。潛夫
> 自有孤雲侶，可要王侯知姓名。〔註88〕

遯隱僻地，自忖若無知己相引薦，將終老於溪邊漁舟中，不須王侯知
姓名，此地生計雖清貧，卻有故琴、孤雲相伴，亦堪慰素心。咸通中，
刺史王龜以其亢直，宜薦之在朝，詎料未幾，王龜卽遘疾而卒，事遂

〔註86〕同註80。
〔註87〕《全唐詩》卷六五〇。
〔註88〕同註87。

未成。

　　干曾遊學上京，有司以唇缺不可與科名。然公卿名士亦爭爲延聘，終不爲有司所用，遂歸江浙，江浙間凡有名勝林園，往往一遊，題詩遍壁。當時王廉大夫任浙東觀察使，干往造訪，連跪三拜，時人因號其爲「方三拜」。〔註89〕初，李頻學干爲詩，宣宗大中八年（852）頻擢第，詩僧清越〈贈干〉詩曰：「弟子已得桂，先生猶灌園」〔註90〕爲其不遇而抱屈。方干生前雖不得志，歿後十餘年，宰臣張文蔚奏名儒不第者五人，請賜一官，以慰其魂，干乃其一，足見時人對干之懷念，又其門下諸生慕其性行高潔，諡曰玄英先生。

姚合、方干二人結交，據《全唐詩》方干作者傳略曰：

> 方干，……謁錢塘太守姚合，合視其貌陋，甚卑之，坐定覽卷，乃駭目變容。館之數日，登山臨水，無不與焉。〔註91〕

案：當大和三年（829）秋，合奉命除拜金州刺史時，方干卽已識得姚合，故方干有〈送姚合員外赴金州〉詩曰：

> 受詔從華省，開旗發帝州。野煙新驛曙，殘照古山秋。樹勢連巴沒，江聲入楚流。唯應化行後，吟句上閒樓。〔註92〕

而岑仲勉《唐史餘瀋》僖宗方干與姚合條亦曰：

> 《唐詩紀事》六三引孫郃元英先生傳云：「廣明、中和間爲律詩，江之南未有及者，始謁錢塘守姚公郃，公視其貌陋，初甚侮之，坐定覽卷，駭目變容而歎之。」姚郃卽姚合，合守杭州，當大和末，其官金州似更在前，今干有〈送姚合員外赴金州〉詩云：「受詔從華省，開旗發帝州」蓋送合之金州任也。又有〈上杭州姚郎中詩〉，亦合也，赴金州任官止員外，在杭州任已爲郎中，尤合刺金先於刺杭之證，刺金日已有送詩，則非刺杭日始識合也，意謁錢塘守云云，不過指合後來之官耳！

〔註89〕《唐摭言》卷一○、韋莊奏請追贈不及第人近代者。
〔註90〕《唐摭言》卷四、師友。
〔註91〕《全唐詩》卷六四八。
〔註92〕《全唐詩》卷六四九。

由上所言可知，方干謁見姚合，合因其貌陋而甚鄙之，後覽其詩駭然
變容，待之甚厚之軼聞，或有其事。然《全唐詩》作者傳略，將此事
與姚合任錢塘太守時，方干再來謁見，而姚合與之登山臨水之事混而
為一，使人誤以為方干首次謁見，是合任錢塘太守時。今以方干〈送
姚合員外赴金州〉詩，兼之岑仲勉所言「……謁錢塘守云云，不過指
後來之官耳」，再證之宋計有功之《唐詩紀事》言「始謁錢唐太守姚
公部（合），公視其貌陋，初甚侮之，坐定覽卷，駭目變容而歎之」
（卷六三）亦未再接云「館之數日，登山臨水，無不與焉」，故此可
證為兩事，不可混為一談。因此，姚合與方干結識，當為合任職金州
之前，於朝廷任戶部員外郎或侍御使之時。

其後合守錢塘，方干已歸隱江浙，因有〈上杭州姚郎中〉詩，姚
合因而「館之數日，登山臨水，無不與焉」，其〈上杭州姚郎中〉詩
曰：

> 能除疾瘼似良醫，一郡鄉風當時移。身貴久離行藥伴，才
> 高獨作後人師。春遊下馬皆成醼，吏散看山即有詩。借問
> 公方與文道，而今中夏更傳誰。〔註93〕

方干推崇姚合，不唯治化當日移，且讚頌其才高為後人之師，姚合與
方干相知若此，然今僅有方干贈合詩，却未見合贈干詩，若非遺佚，
則或合牧守杭州時日甚短；又二人師徒相稱，請益皆當面指點，故未
有贈詩。但方干於合詩文之傾服，於當代無出其右者，甚而於合卒
後，亦復如此。其〈哭秘書姚少監〉詩曰：

> 寒空此夜落文星，星落文留萬古名。入室幾人成弟子，為
> 儒是處哭先生。家無諫草逢明代，國有遺篇續正聲。曉向
> 平原陳葬禮，悲風吹雨濕銘旌。〔註94〕

又〈過姚監故居〉云：

> 不敢要君徵亦起，致君全得似唐虞。讜言昨歎離天聽，新
> 塚今聞入縣圖。琴鎖壞窗風自觸，鶴歸喬木月難呼。學詩

〔註93〕《全唐詩》卷六五〇。
〔註94〕同註93。

　　弟子何人在，檢點猶逢諫草無。〔註95〕

方干此二詩對合更尊仰備至，仰之高則如天上文星，推之遠則萬古
留名。干爲江南名儒，對亦師亦友之姚合亡後，可謂克盡弟子懷師
之至情。

五、李　頻

　　李頻，字德新，睦州壽昌人。自幼穎悟，及長，盧居西山，多所
記覽，遂工於詩。時同里方干隱臥鏡湖，乃江南名儒，遂往師之。其
後因干之推舉，赴京謁見姚合，並應進士第，終於宣宗大中八年（852）
進士擢第，並調秘書郎，爲南陵主簿、試判入等，再遷武功令。其後
更因爲民緝除豪猾，滌盡宿惡，並疏道溉田，穀以大稔，民免於飢，
而受懿宗皇帝賜緋衣、銀魚，並擢爲侍御史。頻守法不阿，遂累遷都
官員外郎，表丐建州刺史。此時歲值晚唐，朝綱廢亂，盜賊興起，建
州則賴頻頒布條教，以禮輔政，得以相安無事。未幾，卒于官舍，櫬
隨家歸，父老相與扶柩哀悼，後葬永樂州，鄉人並爲其立廟於梨山，
每歲祠之。〔註96〕

　　李頻爲姚合之女婿，關係最爲深厚。溯自文宗大和、開成間，姚
合仍於長安任諫議大夫時，頻居故里，師事方干，干見頻才學出類拔
萃，爲可造之才，遂相引介其赴京謁見當時詩宗姚合，故李頻有〈陝
下投姚諫議〉曰：

　　　舊業在東鄙，西遊從楚荊。風雷幾夜坐，山水半年行。夢
　　永秋燈滅，吟孤曉露明。前心若不遂，有恥卻歸耕。〔註97〕

合見其行走千里，心誠意佳，又見其詩風騷嚴謹，大加獎挹，乃以女
妻之。

　　開成四年（839），合累遷陝虢觀察使，頻又有〈上陝府姚中丞〉
詩曰：

〔註95〕《全唐詩》卷六五二。
〔註96〕《新唐書》卷二三〇、〈李頻傳〉。
〔註97〕《全唐詩》卷五八八。

關東領藩鎮，闕下授旌旄。覓句秋吟苦，酬恩夜坐勞。天
開吹角出，木落上樓高。閒話錢塘郡，半生聽海潮。〔註98〕

合亦有〈答李頻秀才〉詩曰：

一年離九陌，壁上挂朝袍。物外詩情遠，人間酒味高。思
歸知病長，失寢覺神勞。衰老無多思，因君把筆毫。

上二詩同韻，可知是贈答之作。此時合年歲已大，仕宦在外，思歸失
寢皆勞形傷神，故恬靜少思，然特因李頻秀才來詩而提筆細訴，當可
見其對女婿李頻之欣賞與寄望。

開成五年（840），姚合轉任秘書少監，李頻有〈夏日宿秘書姚監宅〉
詩，爾後姚合致仕，嘗隱臥山齋，頻亦有〈留題姚氏山齋〉曰：

未厭棲林趣，猶懷濟世才。閒眠知道在，高步會時來。露
滴從添硯，蟬吟便送杯。亂書離縹帙，迸筍出苔莓。異果
因僧摘，幽窗爲燕開。春遊何處盡，欲別幾遲回。〔註99〕

姚、李二人，具有岳婿關係，彼此瞭解最爲深厚。此時，姚合雖功成身
退，隱居山林，而其濟世之才，有道之身，幽閒之情，仍大爲李頻所衷
心仰慕。其後，李頻雖試不第，姚合仍深切慰勉，故〈寄李頻〉詩曰：

閉門常不出，惟覺長庭莎。朋友來看少，詩書臥讀多。命
隨才共薄，愁與醉相和。珍重君名字，新登甲乙科。

姚合先述己之生活近況，更謙虛曰「命與才共薄，愁與醉相和」，然
主要是爲女婿前途期許，故曰「珍重君名字，新登甲乙科」。自此以
後，姚合、李頻之往來，不可考究。然合約卒于大中初年，頻則於大
中八年（852）進士及第，合雖不及見，亦足以慰其厚望矣！

六、鄭　巢

鄭巢，字號不詳，錢塘人，嘗舉大中間進士。巢詩格清新有法，
然因性情閒野，不勝官場繁節，遂歸江南，而兩浙湖光山色，寺宇名
刹特多，故日與高僧往返酬酢，竟不仕而終。

〔註98〕《全唐詩》卷五八九。
〔註99〕同註98。

　　江南山川秀麗，加以文風特盛，故才俊之士輩出。文宗大和年間，方姚合奉命守杭州時，江南名士遙知詩人領郡，故爭相請益受教，一時號爲詩宗。鄭巢亦于此時，獻己所業，並日遊門館，屢陪姚合登覽燕集，有〈秋日陪姚郎中登郡中南亭〉詩曰：

　　　　雲水生寒色，高亭發遠心。雁來疏角韻，槐落減秋陰。隔
　　　　石嘗茶坐，當山抱瑟吟。誰知瀟灑意，不似有朝簪。〔註100〕

姚合亦有〈題杭州南亭〉詩曰：

　　　　舊隱卽雲林，思歸日日深。如今來此地，無復有前心。古
　　　　石生蔓草，長松棲異禽。暮潮簷下過，濺浪濕衣襟。

上二詩同韻，題目亦相類，知是同時所作。鄭巢又有〈和姚郎中題凝公院〉詩曰：

　　　　後防寒竹連，白晝坐冥然。片衲何山至，空堂幾夜禪。葉
　　　　侵經上字，冰結硯中泉。雪夕誰同話，懸燈古像前。〔註101〕

此外，尚有〈送姚郎中罷郡遊越〉詩曰：

　　　　逍遙方罷郡，高興接東甌。幾處行杉逕，何時宿石樓。湘
　　　　聲穿古竇，葦影在空舟。惆悵雲門路，無因得從遊。〔註102〕

姚合性本閒散，嚮往山林生活，故任官亦常有歸隱雲岫林泉之志，今領郡杭州，賞遍江南奇山勝景，正償宿願。又有鄭巢等錢塘名士相伴遊賞，自然稱心如意，巢亦因當時詩宗－姚合之指引，格局變化有致，頗爲精進，故對姚合拳拳服膺，以門生之禮事之，願長相左右。然時不我予，合罷郡錢塘遊越後，卽返京述職，故與巢之交往，當或限於錢塘刺史任內而已。

第四節　方外之交

　　姚合慕好佛道，常願歸隱山林，逍遙世外，或願追隨僧道，解脫

〔註100〕《全唐詩》卷五四○。
〔註101〕同註100。
〔註102〕同註100。

世俗煩惱，故常與方外之士結爲至交，其〈送無可上人師〉更云：「共師文字有因緣」，可知其關係之密切。姚合方外之好友甚多，如王尊師、任尊師、李處士、丘丂處士、楊處士、王龜處士，郁上人、暉上人、稠上人、寶上人、欽上人、文著上人、澄江上人、默然上人、無可上人、元緒上人、不疑上人、陟岈上人、韜光上人、靈一律師、清敬闍梨、僧貞實、僧法通、僧次融、僧雲端、僧栖眞、僧紹明、僧麻襦等等。或因方外之士無姓名事蹟可考，或因詩文酬酢有往無返，故只能姚合嚮慕之心，而不能究其彼此之交情，故本節僅以無可上人與默然上人述之。

一、無　可

　　無可，范陽人，俗姓賈，爲賈島從弟。〔註103〕或謂長安人，因賈島早年出家，法號無本，與無可同居青龍寺，故無可呼島爲從兄，〔註104〕其後島還俗，無可仍以從兄稱之，如其〈秋客從兄賈島〉、〈客中聞從兄島遊蒲降因寄〉、〈弔從兄島〉等詩，皆稱島爲從兄。此從兄是近親或遠親，或僅同姓，唯年齡稍小，卽呼之，則不可詳究。然其詩與賈島齊名，則是事實，又與詩人姚合、馬戴、厲玄皆互有酬唱。無可爲詩僧，詩以五言爲主，律調嚴謹，屬興清越，比物以意，謂之象外句。

　　姚合之結識無可，蓋因賈島之引薦。穆宗長慶初年，姚合任萬年縣尉，朱慶餘有〈與賈島、顧非熊、無可上人宿萬年姚少府〉詩，無可旣爲其中之一，可知此時二人已結爲知交。長慶三年（823）韓湘及第，冬，赴江西從事，姚合、無可、賈島具有送詩，知無可亦與姚、賈等結爲詩友，關係密不可分。姚合嘗有〈送無可上人遊越〉詩，其詩曰：

　　　　清晨相訪立門前，麻履方袍一少年。懶讀經文求作佛，願攻詩句覓昇仙。芳春山影花連寺，獨夜潮聲月滿船。今日

〔註103〕　《全唐詩》卷八一三、無可作者略傳。
〔註104〕　《唐才子傳》卷六、〈無可〉。

送行偏惜別，共師文字有因緣。

可見二人結交，亦因詩文而契合，故合云「共師文字有因緣」。

敬宗寶曆元年（825），姚合任監察御史，與無可交往更密切，無可嘗有〈秋暮與諸文士集宿姚端公所居〉詩曰：

宵清月復圓，共集侍臣筵。獨寡區中學，空論樹下蟬。風多秋晚竹，雲盡夜深天。此會東西去，堪愁又隔年。〔註105〕

諸文士夜集姚宅，共蒙姚合款宴，並高談闊論，而無可以為自己學少聞寡，論詩亦是空言，更為此會散去後，各奔東西，不知何年再相見而感到憂愁。此後不久，無可再度聚會姚合宅，〔註106〕可知二人往返之密切。

寶曆二年（826）姚合以侍御史分巡東都，是年冬，姚合嘗邀馬戴、無可遊洛下，無可或因積雪阻道而爽約，姚合有〈喜馬戴見過期無可上人不至〉詩曰：

客來初夜裏，藥酒自開封。老漸多歸思，貧惟長病容。苦寒燈焰細，近曉鼓聲連。僧可還相捨，深居閉古松。

無可未至，又值嚴冬，姚合、馬戴二人甚為掛念，殷殷企盼之情，溢於詩中。馬戴亦有〈集宿姚殿中宅期僧無可不至〉詩，〔註107〕其後不久，無可方至，故無可與馬戴俱有〈冬中會宿姚端公宅懷永樂殷侍御〉詩。

大和元年（827）秋，姚合仍居東都洛陽，嘗寄詩無可，暮秋之際，無可亦有〈晚秋酬姚（合）侍御見寄〉詩曰：

新命起高眠，江湖空浩然。木衰猶有菊，燕去即無蟬。分察千官內，孤懷遠嶽邊。蕭條人外寺，睽阻又經年。〔註108〕

無可自去年洛下訪宿合宅，不經意間，睽違又經年，對之懷念益甚。

大和三年（829）秋，姚合刺守金州，嘗邀無可來遊。四年春，

〔註105〕《全唐詩》卷八一四、〈無可〉。

〔註106〕《全唐詩》卷八一三、無可〈有冬夜姚侍御宅送李廓少府〉詩。

〔註107〕《全唐詩》卷五五六。

〔註108〕《全唐詩》卷八一三。

無可果赴金州謁見姚合，姚合爲其設置禪牀，〔註 109〕此後二人相攜
玩賞，甚爲愜意，無可嘗有〈陪姚合遊金州南池〉詩曰：

> 柳暗清波漲，衝萍復漱台。張筵白鳥去，掃岸使君來。洲
> 島秋應沒，荷花晚盡開，高城吹角絕，驄馭尚裴回。〔註 110〕

夏末，無可終欲歸去，有〈金州別姚合〉詩曰：

> 日日西亭上，春留到夏殘。言之離別易，勉以道途難。出
> 山一千里，溪行三百灘。松間樓裏月，秋入五陵看。〔註 111〕

自春及夏末，二人登臨賞景，遍遊金州西亭，今離別在卽，雖言之甚
易，然道途千里百灘，甚爲險阻，益發依依不捨之情。回程中，無可
道經杏溪寺，有〈過杏溪寺寄姚員外〉詩曰：

> 門徑眾峰頭，盤巖復轉溝。雲僧隨樹老，杏水落江流。峽
> 狹有時到，秦人今日遊。謝公多晚眺，此景在南樓。〔註 112〕

無可有感客居金州時，姚合殷殷款待之盛情，故再三寄詩致謝。是年
秋後，姚合自金州返京，道經無可僧院，嘗先行造訪，其〈過無可上
人院〉詩曰：

> 寥寥聽不盡，孤磬與疏鐘。煩惱師長別，清涼我暫逢。蟻
> 行經古蘚，鶴毳落深松。自想歸時路，塵埃復幾重。

姚合本擔憂無可不在，及至寺中，幸而無可在焉。無可隆重歡迎，其
有〈酬姚員外見過林下〉詩曰：

> 掃苔迎五馬，蒔藥過申鐘。鶴共林僧見，雲隨野客逢。入
> 樓山隔水，滴筎露垂松。日暮題詩去，空知雅調重。〔註 113〕

姚合亦感激無可曾遠至金州任內詣訪，故返京途中，先行過訪故人，
以酬謝故人相知之恩。

其後，無可或遊走邊地，姚合嘗有〈送無可上人遊邊〉詩曰：

> 一鉢與三衣，經行遠近隨。出家還養母，持律復能詩。春

〔註 109〕馬戴有〈寄金州姚使君員外〉詩曰：「鳥鳴開郡印，僧去置禪牀。」
〔註 110〕同註 108。
〔註 111〕同註 108。
〔註 112〕同註 108。
〔註 113〕同註 108。

雪離京厚，晨鐘近塞遲。亦知蓮府客，夜坐喜同師。

對無可生活之簡淡，與出家且養母，持律又能詩稱揚備至。師去邊地後，姚合嘗〈過無可僧院〉有詩曰：

憶師眠復起，永夜思迢迢。月下門方掩，林中寺更遙。鐘聲空下界，池色在清宵。終擬修禪觀，窗間卷欲燒。

姚合過訪無可僧院，夜宿其中，更爲想念，寤寐思之，眠而復起，此時寺院清幽無比，姚合受此感召，更擬學無可修習禪觀。

大和七年（833）秋後，姚合受詔爲諫議大夫，無可嘗有〈寄姚諫議〉詩曰：

鳴鞭靜路塵，藉藉諫垣臣。函疏辭專密，爐香立獨親。篋多臨水作，窗宿臥雲人。危坐開寒紙，燈前起草頻。〔註114〕

無可雖出家爲僧，對姚合任諫議大夫之重責，卻甚爲關懷。此後無可返京，常往返姚合所居，有〈冬晚姚諫議宅會送元緒上人歸南山〉詩〔註115〕等。姚合亦有〈和厲玄侍御、無可上人會宿見寄〉曰：

九衢難會宿，況復是寒天。朝客清貧老，林僧默悟禪。眠遲消漏水，吟苦墮寒涎。異日來尋我，滄江有釣船。

好友聚晤，熬夜吟詩，更望來日歸隱滄江後，能再有如今日之聚談。

文宗開成四年（839）八月，姚合以給事中轉遷陝虢觀察使，無可有〈送姚中丞赴陝州〉詩曰：

二陝周分地，恩除左掖臣。門闌開幕重，槍甲下天新。夾道行霜騎，迎風滿草人。河流銀漢水，城賽鐵牛神。意氣思高謝，依違許上陳。何妨向紅旆，日與白雲親。〔註116〕

姚合新任觀察使，甚爲榮耀，無可特讚頌之，其後姚合任滿返京，受詔爲秘書少監，而致仕，皆不見有詩文酬答。

然姚合對無可卻甚爲推崇景仰，有〈寄無可上人〉詩曰：

十二門中寺，詩僧寺獨幽。多年松色別，後夜磬聲秋。見

〔註114〕同註108。

〔註115〕《全唐詩》卷八一四。

〔註116〕同註115。

世慮皆盡，來生事更修。終須執瓶鉢，相逐入牛頭。

姚合今生因仕宦爲官，身不由己，不能如無可掃盡俗慮，但願致仕後，終能執瓶鉢，與無可同自在於塵世外。

綜上所述，姚合與無可之交往，除詩文之酬酢外，無可之清修，甚爲姚合所推崇；而姚合詩文之雅正，與性情之閒野，亦爲無可所贊佩，故二人結爲方外之交，良有以也。

二、默　然

默然，其姓名里籍不可考，據賈島寄白閣默公云：

> 已知歸白閣，山遠晚晴看。石室人心靜，冰潭月影殘。〔註117〕

又姚合寄白閣默然詩曰：

> 白閣峰頭雪，城中望亦寒。高僧多默坐，清夜到明看。

可知默然乃一高僧，隱臥終南山白閣峰。又姚合送僧默然云：

> 出家侍母前，至孝自通禪，伏日江頭別，秋風檐下眠。鳥
> 聲猿更促，石色樹相連。此路多如此，師行亦有緣。

知其侍母至孝，而自通禪機。

姚合與默公交誼甚深，由上詩文觀之，顯見其對默公傾慕景仰。其又有寄默然上人曰：

> 晨餐夜復眠，日與月相連。天下誰知病，人間樂是禪。幾
> 生通佛性，一室但香煙。結得無爲社，還應有宿緣。

此詩深表對默然之思慕眷念，故其度日，晨餐夜復眠，其度月，日與月相連，日月如梭，卻仍不見上人。然上人早已悟禪，姚合頗識禪趣，以爲人間之至樂，乃在於禪，但自嘆滿室香煙，不知幾生才可通悟佛性，合對上人之景仰溢於言辭。又合外任爲太守時，猶念念不忘故交，有〈郡中書事寄默然上人〉曰：

> 郡中饒野興，過客亦淹留。看月江樓曉，尋山石徑秋。意
> 歸何處老，難免此生愁。長愛東林子，安禪百事休。

姚合遠宦在外，郡中雖饒情趣，過客亦常來訪，然於看月尋山賞景之

〔註117〕《全唐詩》卷五七二。

際，對人生仍多所感觸，尤於安身立命之處，多有愁情，故寄語故人，言己長愛晉慧遠東林先生安禪百事休之高情，望師指示禪機。後默然果予以善巧方便之說，故合又有〈秋夜寄默然上人〉詩曰：

> 霜月靜幽居，閒吟夢覺初。秋深夜迢遞，年長意蕭疏。海
> 上歸難遂，人間事盡虛。賴師方便語，漸得識真如。

姚合之於默然，除稍早之傾服仰慕外，漸爲愁悶無依之慰藉，終成爲訪真悟道之明師，其關係密切可知。

第四章　性情與思想

　　《詩‧大序》曰：「詩者，志之所之也，在心爲志，發言爲詩，情動於中，而形於言。」以詩人而言，居於心者，爲志、爲性情、爲思想，而形於言者，爲詩爲歌。因之，詩人之心志、性情、思想，對其詩歌創作，有絕對之影響。茲就其性情與思想分別言之。

第一節　性　情

　　詩人之性情，常多高潔而賦靈性，姚合之性情，亦復如此。然其特性若何？《唐才子傳》曰：「姚合，……性嗜酒，愛花，頹然自放，人事生理，略不介意，有達人之大觀。」，[註1] 詳味此言，可由姚合詩中探究其端倪，此云：「性嗜酒，愛花，頹然自放」蓋指其性情疏散閑野而言；更云「有達人之大觀」則指其性情之謙卑自牧，與朴直仁厚而言。因謙卑自牧，故能虛懷若谷，與世無爭，又因朴直仁厚，故能直抒胸臆，悲天憫人。故論述姚合之性情，卽以「疏散閑野」、「謙卑自牧」、「朴直仁厚」三者分別敍之。

一、疏散閑野

　　姚合之性情疏散閑野，嘗自云：「性靈閑野」、「疏散無世用」，此

〔註 1〕《唐才子傳》卷六、〈姚合〉。

疏散閑野，非疏懶散慢，而是放曠灑脫，猶如閑雲野鶴之悠閑，其形於外者，如嗜酒、愛花、高眠、頹然自放等。

　　先就嗜酒而言，古來詩人，沈醉於杯中物者，不知凡幾，姚合亦然。其自云：「遇酒酕醄飲」（〈閑居遣懷〉之六）「好酒盈杯酌」（〈閑居遣懷〉之九）「逢酒嫌杯淺」（〈客舍有懷〉）「醉臥慵開眼」（〈武功縣中作〉之四）「買酒終朝醉」（〈金州書事寄山中舊友〉），可知其嗜酒放曠之情，甚願陶醉其中。又其於酬送朋友，恆以飲酒為貴，如〈送劉詹事〉云：

　　　　殷勤莫遽起，四座願流連。世上詩難得，林中酒更高。（〈送
　　　　劉詹事赴壽州〉）

送韋僅云：

　　　　曉日詩情遠，春風酒色渾。逡巡何足貴，所貴盡殘樽。（〈送
　　　　徐州韋僅行軍〉）

送〈田使君〉云：

　　　　長年離別情，百盞酒須傾。（〈送田使君赴蔡州〉）

送楊少府云：

　　　　鳳凰樓下醉醺醺，晚出東門蟬漸稀。（〈送河中楊少府宴崔駙馬
　　　　宅〉）

舉凡好友聚會送別，總離不開傾酒暢飲，甚而不惜醉醺醺，而更有趣者，竟以己之腹比作酒卮。其〈乞酒〉詩云：

　　　　聞君有美酒，與我正相宜。溢甕清如水，粘盃半似脂。豈
　　　　唯消舊病，且要引新詩。況此便便腹，無非是滿卮。

由此嗜酒之趣，可見其疏散閑野之一端。

　　其次就愛花而言，花性高潔而美，令人心曠神怡，姚合甚愛花，嘗自云：「愛花持燭看」（〈及第後夜中書事〉）「逢花爛熳看」（〈閑居遣懷〉之十）「戀花林下飲」（〈遊春〉之七）「朝尋九陌花」（〈春日即事〉），可知其愛花，而有看花、戀花、尋花之雅興，故花未開而早已在期待，其〈迎春〉詩云：「半年留醉待花開」。甚而看之不足，則移牀去看，其〈賞春〉詩云：「看花嫌遠自移牀」，更而賞之不足，則嚼

花、摘花，以稱其心。其云：「嚼花香滿口」（〈遊春〉之十一）「摘花
盈手露，折竹滿庭煙。親故多相笑，疏狂似少年」（〈遊春〉之九），
因之，由此亦足以見其疏散閑野之性情。

再其次就高眠而言，姚合自云：「性疏常愛臥，親故笑悠悠」（〈武
功縣中作〉之六）「閒臥銷長日，親朋笑我疏」（〈閒居遣懷〉之二），
此性情猶如陶淵明北窗高臥，自謂羲皇上人之悠閑。合之高眠，亦卽
此之謂也，故云：「長羨劉伶輩，高眠出世間」（〈武功縣中作〉之五）
「閑坐饒詩景，高眠長道情」（〈送徐員外赴河中從事〉），由此可知合
性疏而愛閑臥高眠，亦卽其疏散閑野之性情，而顯現於靜態者。

至若頹然自放而言，卽徜徉於大自然中，姚合早年嘗臥居山野，
耕鋤為生，習於日出而作，日入而息之逍遙自適生活。且耕居生活，
繁忙有時，閒暇間存，暇時姚合常與劉叉、崔之仁、舊山隱者交遊，
垂釣、飲酒、採藥、論道，優遊於山野水澤中，此蓋其性情疏散閑野
所致也。

姚合頹然自放於大自然中，其自云：

長憶青山下，深居遂性情。（〈武功縣中作〉之二十八）

獨在山阿裏，朝朝遂性情。（山居寄友人）

又其〈憶山〉詩曰：

閒處無人到，乖疏稱野情。日高搔首起，林下散衣行。泉
行窗前過，雲看石蟬生。別來愁欲老，虛負出山名。

然於仕宦，則有心為形役之歎，其任武功縣主簿時，不耐吏務，乃性
情使然，故有歸田之志。如：

謀身須上計，終久是歸田。（〈武功縣中作〉之十七）

須為長久事，歸去自耕鋤。（〈武功縣中作〉之二十六）

又領郡在杭，亦能無為而治，放情於大自然中，其〈杭州官舍偶書〉
曰：

錢塘刺史謾題詩，貧褊無恩懦少威。春盡酒杯花影在，潮
迴畫檻水聲微。閒吟山際邀僧上，暮入林中看鶴歸。無術
理人人自理，朝朝漸覺簿書稀。

此外，無論居官或在外，皆時有歸與之思，如：

> 幾時得歸去，依舊作山夫。（〈從軍樂〉）
>
> 終須攜手去，滄海棹魚船。（〈喜賈島雨中訪宿〉）
>
> 浮生年月促，九陌笑言疏。何計同歸去，滄江有弊廬。（〈贈任士曹〉）

凡此，皆其性情疏散閑野，不喜繁務，而好頹然自放於山林水澤大自然之中。

合性既疏散閑野，表現於詩歌，自能恬淡近人，故每居一處，每仕一官，友人、後學爭相造訪、集宿、宴集、請益，姚合亦因此而獲得甚多知友。終其一生，雖以仕終，然疏散閑野之性情不變，故周賀〈上陝府姚中丞〉詩謂其：

> 此心常愛狎禽魚，仍候登封獨著書。領郡只嫌生藥少，在官長恨與山疏。見說養生求退靜，溪南泉石許同居〔註2〕

又李頻〈夏日宿秘書姚監宅〉亦謂其：

> 情閑離闕下，夢野在山中。〔註3〕

觀夫周賀、李頻之言，二人泂然能體會姚合疏散閑野之性情矣。

二、謙卑自牧

《易傳》曰：「謙謙君子，卑以自牧也。」〔註4〕綜觀姚合一生行誼，亦莫不如此。就其性行而言，姚合常以「蹇、拙、僻、鄙、迂、鈍」自稱，如：

> 蹇鈍無大計，酷嗜進士名。（〈寄陝府內兄郭冏端公〉）
>
> 蹇拙公府棄，朴靜高人知。（〈寄主客張郎中〉）
>
> 漫作容身計，今知拙有餘。（〈武功縣中作〉之二十六）
>
> 不自識疏鄙，終年住在城。（閒居）
>
> 疏拙祇如此，此身誰與同。（〈寄賈島〉）
>
> 方拙天然性，爲官是事疏。（〈武功縣中作〉之二）

〔註2〕《全唐詩》卷五三〇、〈周賀〉。
〔註3〕《全唐詩》卷五八七、〈李頻〉。
〔註4〕易謙卦初六小象。

　　　自知狂僻性，吏事固相疏。(〈武功縣中作〉之二十九)

　　　自知還近僻，眾說過於顛。(〈遊春〉作之一)

　　　情性僻難改，愁懷酒爲除。(〈閒居遣懷〉其二)

　　　僻性愛古物，終歲求不獲。(〈拾得古硯〉)

　　　性僻藝亦獨，十年作詩章。(〈從軍行〉)

　　　以病辭朝謁，迂疏種藥翁。(〈酬光祿田卿〉)

姚合立性，雖較疏散閑野，然絕不至於蹇、拙、僻、鄙、迂、鈍，此
殆其謙卑自持也。

　　又姚合除於性行上自謙外，其於人事、仕宦上，亦常以才淺、屛
懦自比，如：

　　　官卑食肉儕，才短事人非。(〈武功縣中作〉之十三)

　　　淺才唯是我，高論更何人。(〈和太僕田卿酬殷堯藩侍御見寄〉)

　　　蒞職才微薄，歸山路未通。(〈酬光祿田卿六韻見寄〉)

　　　我無數子明，端坐空歎息。(〈答韓湘〉)

　　　愚雖乏智謀，願陳一夫力。(〈寄狄拾遺時爲魏州從事〉)

　　　散才無所用，老向瑣闈眠。(〈送狄尚書鎮太原〉)

　　　錢塘刺史謾題詩，貧褊無恩懦少威。……無術理人人自理，
　　　朝朝漸覺簿書稀。(〈杭州官舍偶書〉)

　　　屛懦難封詔，疏愚但擲觥。素餐終日足，寧免眾人輕。(〈省
　　　值書事〉)

　　　貢籍常同府，周行今一時。諫曹誠已忝，京邑豈相宜。(〈酬
　　　萬年張郎中見寄〉)

　　　列位同居左，分行忝在前。仰聞天語近，俯拜珮聲連。(〈和
　　　裴結端公早期〉)

　　　安康雖好郡，刺史是憨翁。……自知爲政拙，眾亦覺心公。
　　　(〈金州書事寄山中舊友〉)

　　　我夢何曾應，看君渡澛川。自無仙掌分，非是聖心偏。(〈送
　　　裴中丞赴華州〉)

　　　子賢我且愚，命分不合齊。誰開塞蹟門，日日同遊棲。(〈送
　　　張宗原〉)

　　　比君才不及，謬得侍彤闈。(〈寄鄠縣李廓少府〉)

以上各詩，無不虛懷若谷，卑以自牧。

　　此外，姚合之詩才，雖爲當時士人所推許，然仍自謙爲鄙陋無味。時人稱讚其爲才子與大名者如賈島〈黎陽寄姚合〉詩曰：

> 魏都城裏曾遊熟，才子齋中止泊多。……新詩不覺千迴詠，
> 古鏡曾經幾度磨。〔註5〕

又劉得仁〈上姚諫議〉詩曰：

> 高文與盛德，皆謂古無倫。聖代生才子，明庭有諫臣。……
> 名因詩句大，家似布衣貧。……〔註6〕

方干於〈哭秘書姚少監〉亦曰：

> 寒空此夜落文星，星落文留萬古名。〔註7〕

雖享有文名，然猶深自謙虛，嘗云：

> 此詩成亦鄙，爲我寫巖扉。(〈送陟遐上人遊天台〉)
> 尋常自怪詩無味，雖被人吟不喜聞。(〈寄李干〉)
> 贈答詩成才思敵，病夫欲和幾朝愁。(〈和盧給事酬裴員外〉)
> 爲客衣裳多不穩，和人詩句固難精。(〈成名後留別從兄〉)
> 酬章深自鄙，欲寄復躊躇。(〈酬楊汝士尚書喜人移居〉)
> 疏散無世用，爲文乏天格。(〈答韓湘〉)
> 濫得進士名，才用苦不長。(〈從軍行〉)
> 爲文性不高，三年住西京。(〈寄陝府內兄郭同端公〉)

由此可見，姚合對己之詩文，屈意挫銳而自貶，亦由此得知其謙卑自牧之一端。

　　綜上所述，姚合一生行誼，皆以謙卑自持，有如《易傳》云：「謙謙君子，卑以自牧。」又《易傳》曰：「人道惡盈而好謙，謙尊而光，卑而不可踰，君子之終也。」，〔註8〕因之，姚合雖知命之年，方用事於朝，而能超然自立於朋黨紛爭之外，悠閒自適，終以榮寵致仕。此亦卽其善於「不自見，故明；不自是，故彰；不自伐，故有功；不自

〔註5〕《長江集》卷一〇。
〔註6〕《全唐詩》卷五四五、〈劉得仁〉。
〔註7〕《全唐詩》卷六五〇、〈方干〉。
〔註8〕〈易謙卦象辭〉。

矜，故長。」，〔註9〕終能大器晚成，率皆謙卑自牧，而能虛懷若谷、與事無爭所致也。

三、朴直仁厚

姚合性情除疏散閑野、謙卑自牧外，朴直仁厚之特質，亦頗突出，茲就其朴直與仁厚分別述之。

性情朴直者，則心中坦蕩蕩，表現於詩歌則能直抒胸臆，而文辭不加修飾，如其〈寄舊山隱者〉詩曰：

> ……奔走衢路間，四肢不屬身。名在進士場，筆毫爭等倫。我性本朴直，詞理安得文。縱然自稱心，又不合眾人。以此名字低，不如風中塵。

正因其性情本朴直，有赤子之心，故於元和十一年進士擢第時，能胸懷闊然道出一時之感受，其〈及第後〉曰：

> 夜睡常驚起，春光屬野夫。新銜添一字，舊友遞前途。喜過還疑夢，狂來不似儒。愛花持燭看，憶酒犯街沽。天上名應定，人間盛更無。報恩丞相閣，何嘗殺微軀。（〈及第後夜中書事〉）

又〈感時〉詩曰：

> 憶昔未出身，索寞無精神。逢人話天命，自賤如埃塵。君今纔出身，颯爽鞍馬春。逢人話天命，自重如千鈞。信涉名利道，舉動皆喪真。君今自世情，何況天下人。（〈感時〉詩）

所謂「春光屬野夫」「狂來不似儒」「報恩丞相閣，何嘗殺微軀」「自賤如埃塵」「自重如千金」「君今自世情，何況天下人」等語，皆足見其朴直坦率之本性。

此外，大和三年春，姚合自殿中侍御史，轉任戶部員外郎時，有〈書懷〉詩曰：

> 十年通籍入金門，自愧名微枉縉紳。……漢有馮唐唐有我，

〔註9〕老子《道德經》第二十二章。

老爲郎吏更何人。(〈偶然書懷〉)

又〈寄劉起居〉曰：

　　九衢寒霧斂，雙闕曙光分。……莫笑馮唐老，還來謁聖君。

　　(〈春日早朝寄劉起居〉詩)

姚合以五十餘高齡，方仕爲宮中一從六品郎吏，因此比之漢文帝時之
馮唐，而自我解嘲一番，此又其質朴天眞之表現。由上所舉之事實，
顯示姚合自云「我性本朴直」，乃洵然不虛。

　　又合性至仁厚，故每能以貼切之情悲天憫人，亦卽能憂慮時艱，
哀憐百姓及朋友之困窮。其憂念時艱而畏天之威者如〈惡神行雨〉云：

　　凶神扇歔惡神行，汹湧挨排白霧生。風擊水凹波撲凸，雨
　　滻山口地嵌坑。龍噴黑氣翻騰滾，鬼掣紅光劈劃損。哮吼
　　忽雷聲揭石，滿天啾喞鬧轟轟。

此憂慮雷雨之時，風馳電掣，勢若排山倒海，又如宇宙初闢，石裂山
崩，驚遠懼邇。合以爲此乃惡神行雨，致龍噴黑氣，鬼掣紅光，天地
變色，其悲天之情由此可見。

　　其次哀憐百姓，而喜上天之雨潤，如〈雨中作〉云：

　　清氣潤華屋，東風吹雨勻。花低驚豔重，竹淨覺聲眞。……
　　蕭蕭下碧落，點點救生民。

此其爲生民之憂，可謂深矣。至於哀憐朋友之窮困者如〈送張宗原〉
曰：

　　東門送客道，春色如死灰。一客失意行，十客顏色低。……
　　子行何所之，切切食與衣。誰能買仁義，令子無寒飢。

又〈送王求〉詩曰：

　　士有經世籌，自無活身策。求食道路間，勞困甚徒役。……
　　六月南風多，苦旱土色赤。坐家心尚焦，況乃遠作客。

又〈贈張籍太祝〉詩曰：

　　貧須君子救，病合國家醫。

又〈寄李餘臥病詩〉曰：

　　窮節彌慘慄，我詎自云樂。伊人嬰疾恙，所對唯苦藥。……

方持數杯酒，勉子同斟酌。
又〈寄賈島時任普州司倉〉詩曰：
　　長沙事可悲，普掾罪誰知。千載人空盡，一家冤不移。……
以上對友人之窮困甚為憐惜，有人飢己飢，人溺己溺之慈懷，可見姚合心性之仁厚。此外，《唐才子傳》曰：「開成間，李商隱尉宏農，以活囚忤觀察使孫簡，將罷去，會合來代簡，一見大喜，以風雅之契，卽諭使還官，人雅服其義」，〔註10〕由此可知姚合非但對友人哀憫，卽使是初識，亦能以仁厚之心待之。
　　再其次，憂念時艱而哀憐黎民者，如〈莊居野行〉云：
　　客行野田間，比屋皆閉戶。借問屋中人，盡去作商賈。官家不稅商，稅農服作苦。居人盡東西，道路侵壠畝。……
　　古來一人耕，三人食猶飢。如今千萬家，無一把鋤犂。……
　　上天不雨粟，何由活烝黎。
此詩顯示當時因稅制不完善，造成稅農不稅商之不公平現象，加上社會紛亂，故農田將荒蕪。姚合有見於此，發其悲天憫人之懷，益見其仁厚之性。
　　綜上所述，姚合之本性朴實率直而仁厚，故抒情懇切，猶如赤子之真摯，發之於外，則悲天憫人，哀憐百姓，關懷朋友之患難，凡此皆其朴直仁厚之性情所致也。

第二節　思　想

　　姚合之性情，具有謙卑自牧、疏散閑野、朴直仁厚等特性，故表現於思想者，有儒家傳統之思想，有道家道教清淨無為，逍遙世外之思想，有佛教解脫今生之思想。其表現於儒家者，常以儒者自居，故長處約而不改其志，終能大器晚成，得君子之終。表現於道家道教者，常欲歸隱山林，投身於大自然中，故與世無爭，而人莫與之爭，終能超脫於朋黨紛爭之外，任情自在而無憂。表現於佛教者，常願追隨僧

〔註10〕《唐才子傳》卷六、〈姚合〉。

人，故身心清淨，而能好佛通禪。姚合雖兼通各家各教，然終其一生，行止坐臥，皆不失爲儒者之風範。

　　姚合身處中晚唐，較古文大家韓愈少七歲，較大詩人白居易僅少三歲，正值安史之亂後，憲宗元和中興太平之時代。此時儒學式微，道佛並盛，姚合處於其間，難免受時代風尚所影響，而嗜佛慕道，然其兼通道佛，猶能以儒者自居，誠屬難能。故論述姚合之思想，應以儒家思想爲主，而兼之道佛思想，方爲正確。

一、儒家思想

　　姚合爲詩人，而非思想家，然其身爲士人，卽以儒者爲榮，故云：「我師文宣王，立教垂書詩。但爲仁義心，自然便慈悲」（〈贈盧沙彌小師〉）。今欲探究其儒家思想，僅能就其五百餘首詩中，加以分析歸納，雖一鱗半爪，猶可窺見其大略情形，茲就其「立名立功立言」「忠君愛民」「憂患意識」等三者論述之。

1. 立名、立功、立言

　　儒家思想雖廣泛，總以立名、立功、立言爲人生之目的，故夫子云：「君子疾沒世，而名不稱焉」（《論語》〈衛靈公篇〉），亦如姚合所云「古人不懼死，所懼死無益」（〈寄狄拾遺時魏州從事〉）合以爲人欲立名，首先必須通過科舉考試而立科名，其落第述懷云：

> 到京就省試，落籍先有名。……還家豈無路，羞爲路人輕。決心住城中，百敗望一成。腐草眾所棄，猶能化爲螢。豈我愚暗身，終久不發明。（〈寄楊茂卿書〉）

又求科名未得云：

> 奔走衢路間，四肢不屬身。名在進士場，筆毫爭等倫。我性本朴直，詞理安得文。縱然自稱心，又不合眾人。以此名字低，不如風中塵。（〈寄舊山隱者〉）

此因無科名，而自怨自勵，及連試三次終於及第，喜極而云：

> 憶昔未出身，索寞無精神。逢人話天命，自賤如埃塵。君今才出身，颯爽鞍馬春。逢人話天命，自重如千鈞。信涉

名利道，舉動皆喪眞。君今自世情，何況天下人。(〈感時〉)

又於〈夜中書事〉云：

……新銜添一字，舊友遜前途。喜過還疑夢，狂來不似儒。

天下名應定，人間盛更無。

其對己之科名，直是欣喜若狂，因之勉勵朋友及後學，應爲此道而努

力，勉李頻云：

珍重君名字，新登甲乙科。(〈寄李頻〉)

又勉李秀才云：

羅刹樓頭醉，送君西入京。登科舊鄉里，當爲改嘉名。(〈送

李秀才赴舉〉)

又勉杜觀云：

曾是求名苦，當知此去難。(〈送杜觀罷舉東遊〉)

其更讚美及第者云：

……春來登高科，升天得梯階。手持冬集書，還家獻庭闈。

人生此爲榮，得如君者稀。李白蜀道難，羞爲無成歸。子

今稱意行，所歷安覺危。(〈送李餘及第歸蜀〉)

又讚美任畹及第云：

闕下聲名出，鄉中意氣遊。……神聖題前字，千人看不休。

(〈送任畹及第歸蜀中觀親〉)

姚合以科名爲進身立名之階，然不以此自滿，其云：

濫得進士名，才用苦不長。性癖藝亦獨，十年作詩章。六

義雖粗成，名字猶未揚。(〈從軍行〉)

因名未立，故任武功縣主簿時，雖閒適灑脫，亦甚眷戀三年才考上之

科名，而不惜低腰屈己，其云：

三考千餘日，低腰不擬休。(〈武功縣中作〉之六)

其後任爲杭州刺史，更切望平步青雲，而得更高名位，其云：

曉上上方高處立，路人羨我此時身。白雲向我頭上過，我

更羨他雲路人。(〈遊天台上方〉)

可知其對高名之熱衷。及賈島死，亦以名來判斷其一生之價值，故〈哭

賈島〉詩曰：

名雖千古在，身已一生休。有名傳後世，無子過今生。

綜觀姚合一生行誼，常恬念山林，慕好佛道，但仍久居要職，由主簿、縣尉、侍御史、郎中、刺史、諫議大夫、給事中、觀察史，而秘書少監，享此榮寵而不隱遯者，蓋爲立名以垂世之故也。合先窮後達，終能達其所願，爲朋友、後學樹立典範，其死後方干傷心曰：

寒空此夜落文星，星落文留萬古名。(〈哭秘書姚少監〉) 〔註11〕

此雖讚頌之言，然合之名，終能流傳至後世，亦不愧其拋却山居而入世之志矣。

至於立功，爲立名之實踐，若無功則名僅是虛名而已。姚合云：

丈夫貴功勳，不貴爵祿饒。(〈送任畹評事赴沂海〉)

可知其欲立之名爲實名，而非虛名。其自勉立功，如於魏州從事云：

少在兵馬間，長還繫戎職。雞飛不得遠，豈要生羽翼。三年城中遊，與君最相識。應知我中腸，不茍念衣食。主人樹勳名，欲滅天下賊。愚雖乏智謀，願陳一夫力。人生須氣健，飢凍縛不得。睡當一席寬，覺乃千里窄。古人不懼死，所懼死無益。(〈寄狄拾遺時魏州從事〉)

其〈從軍行〉詩亦云：

濫得進士名，才用苦不長。……將軍府招引，遣脫儒衣裳。常恐虛受恩，不慣把刀鎗。願我同老弱，不得隨戎行。丈夫生世間，職分貴所當。從軍不出門，豈異病在牀。

由此可知，姚合雖得進士名，仍將陳一己之力以立功勳，猶如所云：「人生須氣健，飢凍縛不得。睡當一席寬，覺乃千里窄。」有不可一世之氣概。更以丈夫生世間，貴所任之職，若從軍不出門，不得立功沙場，此又與臥病在牀何異？故送朋友從軍常勉之立功，其送獨孤煥云：

東門攜酒送廷評，結束從軍塞上行。……須鑿燕然山上石，登科記裏是閒名。(〈送獨孤煥赴豐州〉)

乃期望獨孤煥建立奇功，猶如班固勒名燕然山而返，卽能於登科記裏享有大名。又勉任畹亦云：

〔註11〕同註7。

丈夫貴功勳，不貴爵祿饒。……孟堅勒燕然，豈獨在漢朝。
（〈送任畹評事赴沂海〉）

甚而未登第者，合亦勉以建立功勳，其送陳偘云：

荊州勝事眾皆聞，幕下今朝又得名。才子何須藉科第，男
兒終久要功勳。（〈送陳偘赴江陵從事〉）

皆足見立功之重要。

又姚合對於達官碩儒，亦仰慕其能立功為貴，開成元年（836），
其送楊汝士尚書云：

郤縠詩書將，啣恩赴梓州。遠身垂印綬，護馬執戈矛。（〈送
楊尚書赴東川〉）

又開成二年（837）十二月送鄭澣尚書云：

儒有登壇貴，何人得此功。……斧鉞來天上，詩書理漢中。
方知百勝略，應不在彎弓。（〈送鄭尚書赴興元〉）

更而開成三年（838）十二月送狄兼謨尚書云：

授鉞儒生貴，傾朝赴餞筵。麾幢官在省，禮樂將臨邊。（〈送
狄尚書鎮太原〉）

此皆以儒者建立功勳為無上之榮耀。而姚合本身亦於開成四年（839）
八月出任陝虢觀察史，可知當時授鉞臨邊，儒生生色之盛況。當姚合
赴任時，其方外之友僧無可贈詩曰：

二陝周分地，恩除左掖臣。門闌開幕重，槍甲天下新。夾
道行霜騎，迎風滿草人。河流銀漢水，城賽鐵牛神。（〈送姚
中丞赴陝州〉）〔註12〕

就任後，其女婿李頻亦上詩云：

關東領藩鎮，闕下授旄旌。（〈陝府上姚中丞〉）

又其詩友劉禹錫當時分司東都，聞知此事，特寄詩賀之云：

八月天氣肅，二陵風雨收。旌旗闕下來，雲日關東秋。禹
跡想前事，漢臺餘故丘。徘徊襟帶地，左右帝王州。留滯
悲昔老，恩光榮徹侯。相思望棠樹，一寄商聲謳。（〈寄陝州

姚中丞〉〕〔註13〕

由此可見姚合當日之功勳，正如處微官時之所願，其立功之志終而成焉。

至若立言，如前所敍詩大序曰：「在心爲志，發言爲詩」，故卽就姚合對詩之重視而論述。姚合曾云：

我師文宣王，立教垂書詩。（〈贈盧沙彌小師〉）

以爲詩、書立言可垂教後世，足見其對詩之推崇。姚合自謂「詩篇隨分有」（〈閒居遣懷〉）及「愛詩看古集」（〈秋日閒居〉），更足見其對詩之愛慕。其寄贈酬和朋友常以詩爲勉，如〈送劉詹事〉云：

世上詩難得。（〈送劉詹事赴壽州〉）

又送田使君云：

詩外應無思，人間半是行。（〈送田使君赴蔡州〉）

又寄酬盧侍御云：

詩新得意恣狂疏，揮手終朝力有餘。今到詩家渾手戰，欲題名字倩人書。（〈寄酬盧侍御〉）

又寄賈島云：

洛下攻詩客，相逢只是吟。（〈洛下夜會寄賈島〉）

又贈王山人云：

詩吟天地廣。（〈贈王山人〉）

又和秘書崔少監云：

高人酒味多和藥，自古風光只屬詩。（和秘書崔少監春日遊青龍寺院僧）

又和厲玄侍御云：

行人盡歌詠，唯子獨能詩。（〈和厲玄侍御題户部李相公盧山西林草堂〉）

又和王郎中云：

君到亦應閒不得，主人草聖復詩仙。（〈和王郎中題華州李中丞廳〉）

〔註13〕《劉夢得文集》卷五。

甚而讚美朋友之詩，其稱白居易之詩云：

> 林中長老呼居士，天下書生仰達人。酒挈數瓶杯亦闊，詩
> 成千首語皆新。(〈和李十二舍人裴四二舍人兩閣老酬白少傅見寄〉)

又稱張籍云：

> 妙絕江南曲，淒涼怨女詩。古風無手敵，新語是人知。飛
> 動應由格，功夫過卻奇。麟台添集卷，樂府換歌詞。李白
> 應先拜，劉楨必自疑。(〈贈張籍太祝〉)

又贈盧侍御云：

> 新詩十九首，麗格出青冥。得處神應駭，成時力盡停。正
> 愁聞更喜，沈醉見還醒。自是天才健，非關筆硯靈。(〈喜覽
> 涇州盧侍御詩卷〉)

及賈島卒，更讚美爲「從今舊詩卷，人覓寫應爭」(〈哭賈島〉)，凡此
皆謂詩好，可立言而傳後世也。姚合如此推崇朋友之詩文，然其友人
對合之品評又如何？劉得仁稱其：

> 高文與聖德，皆謂古無倫。聖代生才子，……名因詩句
> 大，…… (〈上姚諫議〉)〔註14〕

方干亦稱其曰：

> 才高獨作後人師。……吏散看山卽有詩。借問公方與文道，
> 而今中夏更傳誰。(〈上杭州姚郎中〉)〔註15〕

及姚合死後，方干更稱美曰：

> 塞空此夜落文星，星落文留萬古名。(〈哭秘書姚少監〉)〔註16〕

對合之詩文可謂推崇備至。姚合於當時號爲詩宗，〔註17〕與賈島齊
名，並稱爲「姚、賈」，〔註18〕其詩獨樹一格，後人稱爲「武功體」
詩，〔註19〕以此立言以垂後世，洵非虛言也。

〔註14〕同註6。
〔註15〕同註7。
〔註16〕同註7。
〔註17〕《唐才子傳》卷七〈鄭巢〉「時姚合號詩宗，爲杭州刺史」。
〔註18〕《唐才子傳》卷六、〈姚合〉。
〔註19〕《四庫全書總目提要》卷一五一。

綜上所述，姚合一生以儒者自居，其立名、立言、立功三者，皆當之無愧，可謂不虛其生矣。

2. 忠君愛民

君臣爲五倫之一，必也君君臣臣，國家乃能郅致太平。爲人臣者，除上須對天子朝廷盡忠外，下應勤政愛民。姚合從政近三十載，無時不以此自勵。

首就忠君而言，姚合生當憲宗元和太平時代，天下由亂而治，故發爲詩文，對聖上朝廷，唯有讚頌而無怨詞。如文宗大和七年（833），合自杭州刺史罷郡返京，心裏雖極端惆悵，其途中經永城驛題詩猶云：

> 連浦一程兼汴宋，夾堤千柳雜唐隋。從來此恨皆前達，敢
> 負吾君作楚詞。（〈題永城驛〉）

此卽明言不敢辜負其君（文宗）之榮寵，而如屈原作楚詞以發牢騷，其對君王之忠誠可見。又開成二年（837）夢除華州刺史未應，次年云：

> 我夢何曾應，看君渡滻川。自無仙掌分，非是聖心偏。（〈送
> 裴中丞赴華州〉）

此亦自謙己之無分掌理華州，而未敢絲毫抱怨於君上，益可見其忠心。因此，姚合對天子唯有讚頌之言，如：

> 天子念疲民，分憂輟侍臣。（〈送李起居赴池州〉）
> 珮聲清漏間，天語侍臣聞。莫笑馮唐老，還來謁聖君。（〈春
> 日早朝寄劉起居〉）

除此亦甚稱揚朝廷之聖明，如：

> 報功嚴祀典，寵詔下明庭。（〈送楊尚書祭西嶽〉）
> 聖朝清淨諫臣閑。（〈偶題〉）
> 聖朝收外服，皆是九天除。（〈書縣丞舊廳〉）
> 聖朝優上秩，仁里許閑居。（〈酬楊尚書喜人移居〉）
> 聖朝能用將，破敵速如神。（〈劍器詞〉）

凡此皆讚頌朝廷爲聖朝或明庭。更具體讚頌朝廷，則云：

> 聖朝同舜日，作相有夔龍。理化知無外，烝黎盡可封。燮

和皆達識，出入並登庸。武騎增餘勇，儒冠貴所從。……（〈和
門下李相餞西蜀相公〉）

此詩比朝廷猶如舜時之聖朝，臣子各司其職，上下和諧，堪稱盛世。
故亦稱當時爲聖代，如：

聖代無爲化，郎中是散仙。（〈和元八郎中秋居〉）

聖代無邪觸，空林獺豸歸。（〈送李植侍御〉）

尤以元和間最盛，而云：

元和太平樂，自古恐應無。（〈劍器詞〉）

姚合處太平之時，屢任要職，出入宮闈，皆本著「臣事君以忠」之原
則，欲「致君全得似唐虞」（方干、〈過姚監故居〉），故雖任諫議大夫，
亦是「家無諫草逢明代」（方干、〈哭秘書姚少監〉），其自始至終，不
敢辜負其君，而對朝廷有任何怨言，可謂盡人臣之忠也。

次就愛民而言，民爲國本，本固邦寧，爲政者當知撫卹百姓，愛
護人民。姚合一生從政，皆本此仁民愛物之心而行，曾自云：「爲政
多屍儒，應無酷吏名」（〈寒食〉之一），此自謂屍弱，蓋爲謙稱，應
指其行仁政而言。另有寄送朋友之詩，亦常表現愛民之心，如送崔玄
亮云

華省思仙侶，疲民愛使君。（〈送崔玄亮赴果州冬夜宴韓卿宅〉）

又送張濛云：

化行應免農人困，庭靜唯多野鶴棲。（〈送饒州張使君〉）

又寄令狐楚云：

詩好四方誰敢和，政成三郡自無寃。（〈寄汴州令狐楚相公〉）

然其愛民之術若何，究其言蓋本諸「黃帝堯舜垂衣裳而天下治」（〈易
繫辭下〉）之法，〔註20〕故其任杭州刺史，嘗曰：

錢塘刺史謾題詩，貧褊無恩懦少威。……無術理人人自理，
朝朝漸覺簿書稀。（〈杭州官舍偶書〉）

其愛民之法如此，成果又如何？當如方干所稱：

能除疾瘼似良醫，一郡鄉風當日移。（〈上杭州姚郎中〉）

〔註20〕姚合〈敬宗皇帝挽詞〉三首其一曰：「從諫停東幸，垂衣寶曆昌。」

由此知姚合之愛民，有其政績可述，於當時必受百姓之愛戴。

3. 憂患意識

姚合一生，先窮後達，對皇帝朝廷，仰若堯舜盛世，此爲其忠君之情懷。至若其處世，亦多悲苦之音，除感歎自己窮愁與安慰朋友之不遇外，其詩文中每流露出憂國憂民之思。

先就憂國而言，中唐以後，強藩各擁重兵，狼狽相結，屢次叛亂，如元和十二年攝蔡州刺史吳元濟等叛亂被剿平，姚合送蕭正字云：

> 今朝郭門路，初徹蔡州城。(〈送蕭正字往蔡州賀裴相淮西平〉)

蓋蔡州自安史之亂後，至此時四十年方復歸朝廷。另如元和十三年平盧軍及淄青節度副大使李師道叛亂亦被剿平，姚合聞之云：

> 生靈蘇息到元和，上將功成自執戈。煙霧掃開尊北岳，蛟龍斬斷淨南河。旗迴海眼軍容壯，兵合天心殺氣多。從此四方無一事，朝朝雨露是恩波。(〈聞魏州破賊〉)

蓋李師道自其祖李納以來，竊鄆、曹等十二州六十餘年。唐代之內憂莫大於藩鎮，亂賊既平，姚合稱元和太平樂，良有以也。至於外患之憂，唐朝極盛時，四夷賓服，疆土北至西伯利亞貝加爾湖，西至蔥嶺以西，遠及裏海一帶。中唐以後，國勢漸衰，疆土亦隨之縮小，北則漠北全爲契丹所佔，僅存漠南之地；西則連今甘肅之地，亦幾全爲吐蕃所據。姚合對國勢之陵夷，甚爲憂慮，其遊河橋詩云：

> 閑上津橋立，天涯一望間。秋風波上岸，旭日氣連山。偶聖今方變，朝宗豈復還。崑崙在蕃界，作將亦何顏。(〈遊河橋曉望〉)

國土之窘縮，連崑崙山亦陷入蕃界，其感歎良深。又至虢觀察使時，於陝城西望隴山，歎云：

> 左右分京闕，黃河與宅連。何功來此地，竊位已經年。天下才彌小，關中鎮最先。隴山望可見，惆悵是窮邊。(〈陝城卽事〉)

此時甘肅一帶大部分爲吐蕃所侵佔，而姚合一望隴山已是邊境地，獨耿懷而惆悵。其憂國之深，油然可見。

次就憂民而言，民以食爲天，不能足食，焉能治民，故姚合憂當

日之乏食云：

> 客行野田間，比屋皆閉户。借問屋中人，盡去作商賈。官
> 家不税商，税農服作苦。居人盡東西，道路侵壠畝。採玉
> 上山顛，探珠入水府。邊兵索衣食，此物同泥土。古來一
> 人耕，三人食猶飢。如今千萬家，無一把鋤犁。我倉常空
> 虛，我田生蒺藜。上天不雨粟，何由活烝黎。(〈莊居野行〉)

人民之憂患如此，然又爲之奈何？後其任金州刺史時，唯有與民同
憂，以解人民之憂患，其云：

> 自知爲政拙，眾亦覺心公。親事星河在，憂人骨肉同。簿
> 書嵐色裏，鼓角水聲中。井邑神州接，帆檣海路通。……
> 溉稻長洲白，燒林遠岫紅。(〈金州書事寄山中舊友〉)

其治事不分晝夜，憂人如同至親，概可見其憂民之切矣。

二、道佛思想

　　姚合以孔門弟子自居，嘗云：「我師文宣王，立教垂書詩。」故
其思想自然以儒家爲主。然當時儒學式微，佛道盛行已久，故文人儒
士每皆慕好老莊、詩雜仙心、結交方外、學佛通禪。而姚合本性疏散
閑野，早年又曾隱居山林，躬耕於嵩陽下，日與山人隱士往來。心中
早有出世之志，又兼受當時風尚所影響，故道佛仙心之思想，時時流
露出來，茲就其道家思想、道教思想、佛教思想分別述之：

1. 道家思想

　　魏晉以來，老莊思想已深植人心，姚合對之亦深爲景仰，曾云：「更
師嵇叔夜，不擬作書題」(〈武功縣中作〉之一)，又云「長羨劉伶輩，
高眠出世間」(〈武功縣中作〉之五)，然姚合不僅羨慕其灑脱逍遙之生
活而已，更對道家經典道德經抄寫研讀自云：「窮達天應與，人間事莫
論。……齋心調筆硯，唯寫五千言」(〈武功縣中作〉之十)。因其羨慕
灑脱逍遙之生活，故常寄思於山林水澤之間，而欲歸隱其中，與世無
爭。因其尊崇道德經，故政治上以清靜無爲治理百姓，而民自安。

　　首就其歸隱之志而言，姚合早年本就隱居山林，躬耕爲生，只爲

展抱負而入京省試，三年〈及第後〉，卽因不適應官吏生活而愁悶無端，其自云：「一官無限日，愁悶欲何如」，故甚爲懷念山林之生涯云：

> 長憶青山下，深居遂性情。墨皆溪石淨，燒竹竈煙輕。點
> 筆圖雲勢，彈琴學鳥聲。今朝知縣印，夢裏百憂生。（〈武功
> 縣中作〉之二十八）

可知其對昔日閒適自得生活之惦念，但爲生計之故，而不能遂其志，尤因「妻兒盡怕爲逋客」而罷歸隱。然嚮往山林出世之志，仍深植心中，故其後二十餘年仕宦生涯，莫不以大自然之恬淡閒適爲念。由其寄贈酬送朋友及抒懷詩可見其出世思想如：

> 舊業嵩陽下，三年未得還。（〈客遊旅懷〉）
> 歲滿休爲吏，吟詩著白衣。愛山閒臥久，在世此心稀。（〈寄
> 鄠縣李廓少府〉）
> 幾人攜送酒，獨我入山遲。（〈送費驤〉）
> 百門坡上住，石屋兩三間。……何計相訪去，終身在此山。
> （〈寄崔之仁山人〉）
> 幾時身計渾無事，揀取深山一處居。（〈寄崔之仁山人〉）
> 符印懸腰下，東山久不歸。（〈杭州郡齋南亭〉）
> 知老何山是，思歸愚谷中。（〈書懷寄友人〉）
> 烏府偶爲吏，滄江長在心。（〈洛下夜會寄賈島〉）
> 何計同歸去，滄江有弊廬。（〈贈任士曹〉）
> 海山歸未得，芝朮夢中春。（〈假日書事呈院中司徒〉）
> 海嶠誓同歸，橡栗充朝給。（〈寄賈島浪仙〉）
> 醉與江濤別，江濤昔我遊。他年婚嫁了，終老此江頭。（〈別
> 杭州〉）
> 黑髮年來盡，滄江歸去遲。（〈酬萬年張郎中見寄〉）
> 終須攜手去，滄海棹漁船。（〈喜賈島雨中訪宿〉）

以上所舉知姚合寄思於山林水澤間，欲歸隱而終不得。既不得如願歸隱，仕宦生涯亦能閒暇自適，如武功縣詩所云：「醉臥慵開眼，閒行懶繫腰。移花兼蝶至，買石得雲饒。且自心中樂，從他笑寂寥。」又〈遊春〉詩云：「卑官還不惡，行止得消遙」可謂善於出世之道，無

入而不自得也。

　　次就其清淨無爲治民而言，老子云：「清靜爲天下正」〔註21〕「無爲而成」〔註22〕「我無爲而民自化，我好靜而民自正，我無事而民自富，我無欲而民自樸」，〔註23〕姚合治理百姓，皆本此而行，其任杭州刺史自云：「錢塘刺史謾題詩，……無術理人人自理，朝朝漸覺簿書稀」（〈杭州官舍偶題〉）此謙言無術理人，卽是行無爲而治。又其送朋友赴任亦常以清靜無爲之治勉之，如送裴宰君曰：

　　　　還應施靜化，誰復與君同。（〈送裴宰君〉）
送林使君云：

　　　　清淨化人人自理，終朝無事更相關。（〈送林使君赴邵州〉）
又寄李使君讚美云：

　　　　獨施清淨化，千里管橫汾。黎庶應深感，朝廷亦細聞。心
　　　　期在黃老，家事是功勳。（〈寄絳州李使君〉）
可知清靜無爲之思想，爲其治民之指導原則，然以此治民政績如何？馬戴曾寄詩稱云：

　　　　老懷清靜化，乞去守洵陽（屬金州）。廢井人應滿，空林虎
　　　　自藏。……（〈寄金州姚使君員外〉）〔註24〕
方干亦稱云：

　　　　能除疾瘼似良醫，一郡鄉風當日移。（〈上杭州姚郎中〉）〔註25〕
由此可見姚合清淨無爲而治之作風，連空林老虎亦畏之逃遁而去，人民蒙恩感化而安居樂業，風俗大善，此蓋「無爲而成」「我無爲而民自化」之功也。

2. 道教思想

　　道教自東漢創立以來，卽依託道家，並以老子爲祖師，而唐代帝

〔註21〕老子《道德經》第四十五章。
〔註22〕老子《道德經》第四十七章。
〔註23〕老子《道德經》第五十五章。
〔註24〕《全唐詩》卷五五六、〈馬戴〉。
〔註25〕《全唐詩》卷六五○、〈方干〉。

王因與老子同姓李，故特別尊崇道教，上之所好，大臣文士莫不聞風響應，因之極一時之盛。道教思想雖複雜，一言以蔽之卽神仙思想，然欲長生不老而成仙，以服食丹藥爲最簡便之方法，時人又以爲丹藥亦可強身美容。因此，當時之帝王如憲宗、穆宗、敬宗、武宗皆曾服食丹藥，帝王猶如此篤信，何況一般士人臣子。然丹藥爲何物，《抱朴子》〈仙藥〉篇云：「仙藥之上者丹砂，次則黃金」又其〈金丹篇〉云：「丹之爲物，燒之愈久，變化愈妙，黃金入火，百煉不消，……服此二物，故令人長生不死」，丹藥有如此妙用，無怪乎唐代士人亦好服食。姚合置身其間，甚好此道，詩亦多雜仙心與慕丹藥之術，其雜仙心如：

　　閒人得事晚，常骨覓仙難。(〈武功縣中作〉之十五)

題宣義池亭詩云：

　　暫來還愈疾，久住合成仙。(〈題宣義池亭〉)

可知其嚮往仙道，故喜丹藥之術，其送張齊物云：

　　幾年山下事仙翁，名在長生錄籍中。燒得藥成須寄我，曾爲主簿與君同。(〈送張齊物主簿赴內鄉〉)

又寄杜師義云：

　　出處難相見，同城似異鄉。……燒藥試仙方。……黃金如化得，相寄亦何妨。(〈寄杜師義〉)

又寄山中友人云：

　　昨秋今復春，役役是非身。聞有長生術，將求未有因。(〈寄山中友人〉)

又寄王建司馬云：

　　欲知居處堪長久，須向山中學煮金。(〈寄陝州王司馬〉)

其如此喜好丹藥，而願友人教導此術，亦期若煉成金丹，不妨寄來同享。另外，丹藥除自己長生外，亦可孝親濟世，其送王龜詩曰：

　　壺中駐年藥，燒得獻庭闈。(〈送王龜處士〉)

送任尊師云：

　　白雲修道者，歸去春風前。玉簡通仙籍，金丹駐母年。(〈送

任尊師歸蜀觀親〉）

又贈張質云：

> 先生居處僻，荊棘與牆齊。……燒成度世藥，踏盡上山梯。
>
> （〈贈張質山人〉）

丹藥雖眞有如此神效，其能致人長生乎！當然不能，當時帝王如武宗、宣宗因服丹藥致死，而姚合對丹藥亦多顧慮，其寄張郎中詩云：

> 年長方慕道，金丹事參差。（〈寄主客張郎中〉）

又云：

> 煉得丹藥疑不食，從茲白髮日相親。（〈偶然書懷〉）

可知姚合雖慕好神仙之道，而喜丹藥之術，然丹藥終不可食，更何況長生與神仙，豈易得之。

3. 佛教思想

　　唐代爲佛教全盛時期，宗派林立，大師輩出，一般文士受時代風尚所影響，對於佛家經典，多有所了解，且常與方外高僧來往。姚合身處其境，不但與高僧上人，結爲至交，亦能好佛通禪，其方外至交如無可、默然、文著、元緒、韜光、不疑……等上人，尤與無可上人詩文酬酢爲多，其送無可詩云：「共師文字有因緣」（〈送無可上人遊越〉）可知其關係之密切。以下就其好佛通禪之思想述之。佛教思想，本在於解脫世間之煩惱、覺悟今生，而歸至清淨之路，故姚合云：

> 西方清淨路，此路出何門。見說師知處，從來佛不言。今生
> 多煩惱，自曉至黃昏。唯寐方無事，那堪夢亦喧。（〈贈僧紹明〉）

爲求解脫今生之煩惱，姚合甚爲仰慕佛教高僧，如愛東晉慧遠而云：

> 意歸何處老，誰免此生愁。長愛東林子，安禪百事休。（〈郡
> 中書事寄默然上人〉）

東林子旣不可得見，唯有訪尋當時之高僧以求了悟，如訪欽上人詩云：

> 有相無相身，唯師說始眞。……伊余求了義，羸馬往來頻。
>
> （〈過欽上人院〉）

又寄郁上人云：

> 此生修道淺，愁見未來身。誰爲傳眞諦，唯應是上人。……

不向禪門去，他門無了因。(〈寄郁上人〉)

又訪不疑上人云：

> 九經通大義，內典自應精。相逢幸此日，相失恐來生。覺
> 路何門去，師須引我行。(〈過不疑上人院〉)

然世間之煩惱，自無始以來，莫不如影隨形，連夢寐間亦糾纏不清，
故欲求解脫，卽應修持禪觀，以求了悟，姚合曾云：

> 憶師眠復起，永夜思迢迢。……終擬修禪觀，……(〈過無
> 可上人院〉)

故對禪機漸識其趣，而云：

> 夜坐學僧禪。(〈和元八郎中秋居〉)

又云：

> 天下誰無病，人間樂是禪。(〈寄默然上人〉)

姚合由此更而能通禪，其送僧栖眞云：

> 吏事日紛然，無因到佛前。勞師相借問，知我亦通禪。(〈送
> 栖真歸杭州天竺寺〉)

然佛教最究竟處在能會解如來意，識得眞如本性，而見性成佛，但此
甚難，故其贈次融僧云：

> 會解如來意，僧家只有君。開經對天子，騎馬過聲聞。(〈贈
> 供奉僧次融〉)

可見如來意之難悟，而姚合因能通禪，亦漸能識得眞如佛性，其自云：

> 海上歸難遂，人間事盡虛。賴師方便語，漸得識眞如。(〈秋
> 夜寄默然上人〉)

綜上所述可知姚合好佛而通曉禪機，又能覺悟眞如佛性，故其能有達
人之大觀，良有以也。

第五章　詩論及其詩歌之淵源與創作

第一節　詩　論

　　今存姚合作品，除五百餘首詩外，另有其所選編之《極玄集》一卷。自姚合入京赴試以來，終其一生，心力所投注，乃詩歌之創作，故能成為當世詩宗，士子文人紛紛投卷，請其指授。合雖非以論詩名家，但曾著有《詩例》一卷，可惜早已亡佚，今僅能針對其詩文及選集中所見一麟半爪之論斷，理出一系統。茲就其發明風騷、重視六義，崇尚清峭，力求創新等各端論之。

一、發明風騷、重視六義

　　姚合嘗云：「六義出風騷」（〈和鄭相演楊尚書蜀中唱和詩〉），所謂風，狹義指國風，廣義則指詩經。毛詩序曰：「故詩有六義焉，一曰風、二曰賦、三曰比、四曰興、五曰雅、六曰頌。……是以一國之事繫一人之本。謂之風。言天下之事，形四方之風，謂之雅。雅者，正也，言王政之所由廢興也，政有大小，故有小雅焉，有大雅焉。頌者，美盛德之形容，以其成功告於神明者也，是謂四始，詩之至也。」所謂騷，狹義指離騷，廣義則汎指楚辭，《說詩晬語》云：「楚辭託陳引喻，點染幽芬於煩亂瞀優之中，令人得其悃款之旨，司馬子長云：

『一篇之中，三致意焉』深有取于辭之重，節之複也。」〔註1〕姚合既以儒者自居，一心投注於詩歌之創作，又曾謂己「六義雖粗成」（〈從軍行〉），故對詩經、楚辭二書當亦奉爲圭臬。

唐代自陳子昂作〈感遇〉三十八章，一變徐庾餘風，倡爲平淡清雅之音。其後李白亦倡復古風，嘗自謂「梁陳以來，豔薄斯極，將復古道，非我而誰」，〔註2〕又其古風首章云：「大雅久不作，吾衰竟誰陳」，〔註3〕其自任以詩復古之重如此。太白既歿，古風不作，六義亦隨之消歇。姚合雖未及見李白，然敬服在心，其〈送潘傳秀才歸宣州〉詩曰：

　　李白墳三尺，嵯峨萬古名。因君還故里，爲我弔先生。

〈送杜立歸蜀〉亦云：

　　誰爲李白後，爲訪錦官城。

由此可見姚合對致力於復古風者－李白之仰慕，故姚合亦以「古風無手敵」讚美張籍。

姚合非但景仰古風之道，更將六義運用於創作之中，其學詩之初，卽以賦比興、風雅頌六義，作爲寫作之指標，故其〈從軍行〉詩曰：

　　濫得進士名，才用苦不長。性癖藝亦獨，十年作詩章。六　　義雖粗成，名字猶未揚。……

所謂「六義雖粗成」可見其詩歌創作是以此爲依歸。故其于〈寄華州李中丞詩〉中曰：

　　……養生非酒病，難隱是詩名。……偶題無六義，聊以達　　微誠。

姚合認爲作詩，必須具有六義，故此詩因偶題之作，未具六義而特作申明，謂是隨手揮灑，聊表內心之誠耳，但期李中丞能鑒諒。

姚合除要求己之詩具備六義外，於酬和他人詩章時，更時以風騷

〔註1〕《說詩晬語》卷上。
〔註2〕《孟棨本事詩》引。
〔註3〕《李太白全集》卷二。

六義盛讚他人之作，其〈和門下李相餞西蜀相公〉曰：

> 聖朝同舜日，作相有夔龍。理化知無外，烝黎盡可封。爕
> 和皆達識，出入並登封。武騎增餘勇，儒冠貴所從。贈詩
> 全六義，出鎮越千峰。……

姚合除推許李相有夔龍之賢能外，對其餞西蜀相公之詩，更賦予崇高之評估，謂其六義俱全。又姚合〈和鄭相演楊尚書蜀中唱和〉詩亦云：

> 天福坤維厚，忠賢擁節旄。江同渭濱遠，山似傅巖高。元
> 氣符才格，文星照筆毫。五言全麗則，六義出風騷。……

所謂「六義出風騷」蓋亦盛美其二人唱和詩，源于詩經、楚辭等古來最偉大之詩歌作品。此外，合〈寄其內兄郭冏亦〉曰：

> ……新詩忽見示，氣逸言縱橫。纏綿意千里，騷雅文發明。
> 永晝吟不休，咽喉乾無聲。……

此亦以其內兄郭冏之新詩能發明騷雅之風爲貴。

　　綜上言之，姚合雖未著書立說，直言六義風騷之要，然於其詩歌中流露之訊息，至爲顯然。其非但雅服李白，推讚時人，更勵己作詩必出風騷六義乃可。

二、崇尙清峭

　　明胡震亨《唐音癸籤》曰：「姚秘監合詩洗濯旣淨，挺拔欲高。」，〔註4〕此「洗濯旣淨」卽清之謂也，「挺拔欲高」卽峭之謂也。更言之，清有清奇、清美、清切、清冷、清思等意，如司空圖論清奇曰：「娟娟群松，下有漪流。晴雪滿汀，隔溪漁舟。可人如玉，步屟尋幽。載瞻載止，空碧悠悠。神出古異，澹不可收。如月之曙，如氣之秋。」〔註5〕，而張爲《主客圖》則直以姚合爲「清奇雅正」主之入室。峭有古峭、峭拔、高峭、高才等意，如清吳雷論詩曰：「詩境貴幽，意貴閒冷，辭貴刻削，……刻削則古峭。若此者，皆善於

〔註4〕《唐音癸籤》卷七。
〔註5〕《二十四詩品》卷一。

避俗，善於避熟者也，且不但避俗與熟而已，即登峰造極，豈有加此乎？」。〔註6〕

姚合論詩，對於清峭甚爲推崇，其寄馬戴詩曰：

天府鹿鳴客，幽山秋未歸。我知方甚愛，眾說以爲非。隔屋聞泉細，和雲見鶴微。新詩此處得，清峭比應稀。

可知其論人之詩，以清峭爲難能可貴，茲就清與峭分別述之：

姚合論詩清而美者，如和令狐六員外詩云：

霜台同處軒窗接，粉署先登語笑疏。皓月滿簾聽玉漏，紫泥盈手發天書。吟詩清美招閒客，對酒逍遙臥直廬。榮貴人間難有比，相公離此十餘年。（〈和令狐六員外直掖即事寄上相公〉）

又論詩聲韻之清美者，如稱裴中丞詩曰：

新詩盈道路，清韻似敲金。調格江山峻，功夫日月深。蜀牋方入寫，越客始消吟。後輩知難處，朝朝枉用心。（〈喜覽裴中丞卷〉）

《文心雕龍》曰：「詩人綜韻，率多清切」〔註7〕姚合不但論詩之清美，音之清切，進而論其意境之清雋高潔，如答竇知言曰：

……念子珍重我，吐辭發蒙昏。反復千萬意，一百六十言。格高思清冷，山低濟渾渾。嘗聞朋友惠，贈言始爲恩。……（〈答竇知音〉）

又和李舍人曰：

……王言生彩筆，朝服惹爐香。松影幽連砌，蟲聲冷到牀。詩成誰敢和，清思若懷霜。（〈和李舍人秋日臥疾言懷〉）

此皆可見其論詩之清美與音調之清切，更而論及意境清雋高潔之情形。

其次論詩之峭者，如〈酬光祿田卿〉云：

以病辭朝謁，迂疏種藥翁。心彌念魚鳥，詔遣理兵戎。遠戶旌旗影，吹人鼓角風。雪晴嵩岳頂，樹老陝城宮。蒞職

〔註6〕《說詩菅蒯》卷一。
〔註7〕《文心雕龍》卷七、〈聲律篇〉。

才微薄，歸山路未通。名卿詩句峭，誚我在關東。(〈酬光祿
田卿六韻見寄〉)

所謂「名卿詩句峭」蓋卽峭拔之意，亦卽吳雷所謂「辭貴刻削，⋯⋯
刻削便古峭」。至於論詩格調之峭者，如前詩「格高思清冷」「調格江
山峻」，卽以格調之高爲峭。其論詩之峭拔與格調之高峭蓋如此。姚合
更甚而論詩人、詩才之高超卓立，不同凡俗者，亦以峭名之，如答韓
湘曰：

詩人多峭冷，如水在胸臆。豈隨尋常人，五臟爲酒食。(〈答
韓湘〉)

讚美賈島曰：

吟寒應齒落，才峭自名垂。(〈寄賈島時任普州司倉〉)

其論詩崇尚清峭之情形亦由此可見。

另外，《極玄集》所選，姚合稱其皆詩中射鵰手，檢視集選諸人，
如王維、祖詠、錢起等大曆才子、皎然、靈一、清江等或自然閒雅，
或嚮往隱逸，或世外高僧，故所作皆能心融物外，道契玄微。姚合於
眾集中，更選其至玄者，故名《極玄集》。所錄除玄微精妙外，亦多
清奇峭拔之作，鑑識可謂精審。

綜上所述，姚合論詩喜以清峭之語讚美好友，或美其詩文，或貴
其格調，或高其意境，更而以此爲標準選編了《極玄集》。此外其詩
作更致力於此，因此，胡震亨讚美合詩之清峭曰：「洗濯旣淨，挺拔
欲高」。故知姚合論詩崇尚清峭，非空論也。

三、力求創新

盛唐以來，對詩之批評，除隨李、杜作風之不同而各異其趣外，
時至中唐，皎然著有《詩式》、《詩議》、《詩評》，其體更備。其評詩
云：「凡詩者，惟以敵古爲上，不以寫古爲能，立意於眾人之先，放
詞於群才之表。獨創，惟取使耳目不接，終患倚傍之手。」〔註8〕所

〔註 8〕《詩式》卷一。

謂「立意於眾人之先」「放詞於群才之表」蓋指詩貴獨創、創新。王夢鷗〈唐武功體詩試探〉一文嘗云:「姚合的年代,雖近接於皎然的生世,但《姚少監集》中看不出他與皎然有交往的迹象,這或因在他懂事之時,皎然卽已逝世,他的年齡不夠與皎然交友,但他對皎然作品的重視,至今,仍可從他編撰的《極玄集》裡找出一點證明。本來凡是選集,總代表著編者對於詩的看法,甚至於《極玄集》也可視作武功體的典型意見。後人儘管不談武功體,但於《極玄集》無不以『精審』二字爲其評語。因爲自開元迄於元和,世稱盛唐中唐時期,會作詩的人可以「百」數,但他全部只錄取二十一人,作品總數也只有一百(今本又缺了一首),這是很特殊而又精覈的推選。例如:盛唐的大作家王維,他一共只挑選了三首,反而是那吳興老釋子的詩,他却選了四首。……相信姚合不僅是以欣賞皎然的作品,亦是受到皎然詩論直接影響。」皎然對詩既有獨創一說,姚合受其影響,自亦力求創新,雖姚合身處中晚唐時期,雄渾、勁健、超逸、寫實、自然、典雅、奇險、冷僻……等各體已備,然姚合仍思獨樹一幟,故明朝胡震亨云:「姚秘監合詩洗濯既淨,挺拔欲高,得趣於浪仙之僻,而運以爽亮,取材於藉、建之淺,而媚以蒨芬,殆兼同數子之巧,撮其長者」〔註9〕,所謂「兼同數子之巧,撮其長者」蓋指綜合各家,雖似有模擬之嫌,然合能蕪存菁,融合消化,樹立一己獨特風格,故亦爲創新。其〈寄酬盧侍御〉詩曰:

> 詩新得意恣狂疏,揮手終朝力有餘。今到詩家渾手戰,欲
> 題名字倩人書。

可見不斷創新之詩歌,能使詩人意氣風發。此外,《四庫全書總目提要》評武功體詩曰:「刻意苦吟,冥搜物象,務求古人體貌所未到。」所謂「務求古人體貌所未到」正是力求創新之表現。

　　以上數家所論,知姚合作詩兼各家之長,力求創新,故除自己不斷身體力行外,與他人唱和之作,亦時常以語新、思新等譽人。其譽

〔註 9〕同註4。

人如〈和李十二舍人、裴四二舍人兩閣老酬白少傅見寄詩〉曰：

> 罷草王言星歲久，嵩高山色日相親。蕭條雨夜吟連曉，撩
> 亂花時看盡春。此世逍遙應獨得，古來閒散有誰鄰。林中
> 長老呼居士，天下書生仰達人。酒挈數瓶杯亦闊，詩成千
> 首語皆新。綸闈並命誠宜賀，不念衰年寄上頻。

又〈和太僕田卿〉詩曰：

> 往還知分熟，酬贈思同新。嗜飲殷偏逸，閒吟卿亦貧。古
> 苔寒更翠，修竹靜無鄰。促席燈浮酒，聽鴻霜滿身。淺才
> 唯是我，高論更何人。攜手宜相訪，窮行少路塵。(〈和太僕
> 田卿酬殷堯藩侍御見寄〉)

不管詩新、語新、思新，姚合所指皆爲詩歌之寫作，故其論詩力求創新，亦由此可見。

第二節　淵源與創作

一、淵　源

　　姚合詩歌別出一格，號爲武功體，而其〈從軍行〉詩曰：

> 濫得進士名，才用苦不長。性癖藝亦獨，十年作詩章。六
> 義雖粗成，名字猶未揚。

直接道出其詩之淵源，遠追於三百篇之六義－風雅頌、賦比興。

　　姚合處中晚唐時期，早年隱臥山林，約於不惑之年，方至京師，因此於其所生所長之自然大地，別有一番眷戀。故其《極玄集》所選諸人，有王維、祖詠、李端、耿湋、盧綸、司空曙、錢起、郎士元、暢當、韓翃、皇甫曾、李嘉祐、皇甫冉、朱放、嚴維、劉長卿、靈一、法振、皎然、清江，戴叔倫等二十一人。其中王維乃有唐一代自然詩派之宗主，而李端、耿湋、盧綸、司空曙、錢起、郎士元、韓翃、李嘉祐、皇甫冉、朱放、嚴維、劉長卿等爲大曆才子。諸才子雖皆身歷安史之亂，甚而骨肉離散，避居異地，當有社會亂離之歎，然社會主題之詩風並未在此輩中發展出來，反而代以鶯啼澗鳴

之欣賞，及對隱逸自然生活之歌詠。另皎然、靈一、清江等一般釋子，原本隱居僻寺，優遊於天地間，詩風清高出塵。綜合其所選諸人皆是崇尚自然隱逸之風。

有唐一代，開元、天寶盛世，文治武功皆足可取，詩風除飄逸高古之李白，沈鬱寫實之杜甫，另有岑參、高適等邊塞險怪雄奇風格，其間傳世不朽之著作，不可罄計。姚合獨獨不取，而專選王維、劉長卿等描寫自然靜謐閒淡之詩章，可見其於諸人詩風之嚮慕。武功體詩閒淡有緻，其間或多或少，與王維、劉長卿及大曆諸子有關。

此外，近人王夢鷗〈唐武功體詩試探〉亦云：「皎然，……這位老釋子對於作詩有兩點主張，一是說：『或曰：詩不要苦思，苦思則喪於天真。此甚不然！固須繹慮於險中，採奇於象外，狀飛動之句，寫冥奧之思！夫希世之珠，必出於驪龍之頷，況通幽含變之文哉？但貴成章以後，有其易貌，若不思而得也。「行行重行行，與君生別離」此似易而難到之例也』又一則說：『凡詩者，惟以敵古為主，不以寫古為能。立意於眾人之先，放詞於群才之表。獨創，惟取使耳目不接，終患倚傍之手。』他這樣提倡深入淺出與獨創的意見，正好是《四庫提要》對武功體之『刻意苦吟，冥搜物象，務求古人體貌所未到』的總評。」由此可知，所以造成姚合詩風別出一格，皎然亦是關鍵人物。

其次，張籍詩為姚合所推崇，元和十年左右，姚合〈贈張籍太祝〉詩曰：

> 絕妙江南曲，淒涼怨女詩。古風無手敵，新語是人知。飛動應由格，功夫過卻奇。麟臺添集卷，樂府換歌詞。李白應先拜，劉楨必自疑。

此詩比張籍於盛唐詩仙李白，及五言妙絕魏世之劉楨，可見其景仰之至。其後二人交往密切，互有酬和，故姚合〈酬張籍〉詩曰：

> 日日在心中，青山青桂叢。高人多愛靜，歸路亦應同。罷吏方無病，因僧得解空。新詩勞見問，吟對竹林風。

詩文往返次數一多，姚合詩風難免受其影響。故《唐音癸籤》曰：「姚

秘監詩洗濯既淨，挺拔欲高，得趣於浪仙之僻，而運以爽亮，取材於籍、建之淺。」呂正惠《元和詩人研究》亦曰：「張籍以他平實自然，淡泊自守的作風來寫他的小官吏生活，寫他生活周遭的景物，寫他和朋友的交往。他就以此來寫五律，題材平平無奇，但讀詩的人却能從中體會到某些趣味。張籍的五律暗示了一條門徑；平凡人也可以寫平凡的詩，表面上看起來平凡，而讀起來却覺得好像還是不平凡。賈島、姚合及其追隨者，就是被張籍這種詩風所吸引，而自然而然的結合在一起。」胡震亨謂姚合運筆爽亮，取材於籍、建之淺，蓋卽呂正惠所謂小官吏生活之寫實，與周遭景物之摹寫，題材雖平實無奇，但亦深具趣味，姚合武功體詩那種淡然悠閑之小官吏生活正足代表，顯然實受張籍所影響。

　　再其次，《唐音癸籤》云：「姚秘監詩洗濯既淨，挺拔欲高，得趣於浪仙之僻。……」浪仙卽賈島，其人和茂超逸，爲詩則清峭幽奇，最爲姚合所激賞。檢閱《姚少監集》，姚合交遊雖夥，然皆不及對賈島之情誼，因此酬贈之多，亦冠其所遊。賈島刻苦幽深之作風，由其戲贈友人詩可知，詩曰：

　　　　一日不作詩，心源如廢井。筆硯爲轆轤，吟詠作縻綆。朝
　　　　來重汲引，依舊得清冷。書贈同懷人，詞中多苦辛。

又據呂正惠《元和詩人研究》曰：「在五律上，張籍與賈島兩人分別以平易與刻苦兩種作風而爲晚唐注重五律的那一派詩人指示一條門徑，但平易比刻苦難以見好，因而賈島的影響在最後就凌駕張籍之上。」姚合與賈島既爲知交，又互爲詩友，其崇尙清峭一格，與賈島不可謂不無關係。故《升菴詩話》晚唐兩詩派條曰：「……一派學賈島，則李洞、姚合、方干、喻鳧、周賀、九僧其人也。」〔註10〕由此可見姚合詩歌有源之於賈島者。

　　另因長慶至寶曆年間，中唐一些堪稱大詩人者，如白居易、劉禹錫、元稹、韓愈，若非凋零，則仕宦在外。因此，長安凡有詩人之會，

〔註10〕《升菴詩話》卷八。

或祖餞歸友，姚、張、賈等人，莫不與焉，故時有同韻之作，如〈送李餘及第歸覲〉,〈送朱慶餘及第歸越〉……等詩。此外，賈島亦有詩－〈宿姚合宅寄張籍司業〉，更可看出三人關係。姚、張、賈三人時常晤聚，又以詩文互相酬答唱和，久而久之，詩風自受影響。故《元和詩人研究》又曰:「以風格而論，姚合的五律介於張籍與賈島之間，是張、賈平易與刻苦的折衷。」而胡震亨更說姚合詩取材籍、建之淺，得趣浪仙之僻，兼有同時數子之巧，蓋能撮其長者耳！

綜上言之，姚合詩之淵源，除恪守詩經六義外，其恬淡閒適之處，除自身胸臆已然，亦或有取法於王維、劉長卿、大曆才子之自然隱逸詩風；而力求創新，務求古人體貌所未到，則與皎然詩評有關。此外，運筆之爽亮，取材之淺近，張籍功不可沒；而刻意苦吟，清奇幽深，則受賈島之影響。

二、創作——苦吟

姚合詩歌之淵源既與皎然賈島有關，其創作自亦不離苦吟一端。皎然論詩主張曰:「或曰:詩不要苦思，苦思則喪於天眞，此甚不然！固須繹慮於險中，採奇於象外，狀飛動之句，寫冥奧之思！夫希世之珠，必出驪龍之頷，況通幽含變之文哉?」又云:「至苦而無迹」，卽謂詩要苦思，乃能匠心獨運，然發文爲詩，則須達於妙化自然，不著苦思之迹爲貴。又《極玄集》選皎然〈賦得啼猿送客〉詩亦有「斷壁分重影，流泉入苦吟」句，知其不管論詩或創作，皆主詩要苦思。

而賈島更以苦吟出名，《唐才子傳》曰:「元和中，元白變尙清淺，島獨按格入僻，以矯浮豔，常冥搜之際，前有王公貴人，皆不覺。……逗留長安，雖行坐寢食苦吟不輟。嘗跨蹇驢，張蓋橫截天衢，時秋風正屬，黃葉可掃，遂吟曰:『落葉滿長安』，方思屬聯，杳不可得，忽以『秋風吹渭水』爲對，喜不自勝，因唐突大京兆劉栖楚，被繫一夕，旦釋之。〔註11〕後復乘閑策蹇訪李餘幽居，得句云:『鳥宿池中樹，

〔註11〕此事早見於五代王定保《唐摭言》卷一一。

僧推月下門。』，又欲作『僧敲』煉之未定，吟哦引手作推敲之勢，傍觀亦訝，時韓退之尹京兆，車騎方出，不覺衝至第三節，左右擁到馬前，島具實對，未定推敲，神遊象外，不知迴避。韓駐久之曰：『敲字佳。』，遂並轡歸，共論詩道，結為布衣交。……」姑不論故事真偽，然賈島苦吟為詩，則是事實，其〈三月晦月贈劉評事〉詩曰：

> 三月正當三十日，風光別我苦吟身。共君今夜不須睡，未
> 到曉鐘猶是春。〔註12〕

亦自言己乃苦吟身。而島〈送無可上人〉詩有「獨行潭底影，數息樹邊身」二句，島吟成後，有題詩後一絕云：「二句三年得，一吟雙淚流。知音如不賞，歸臥故山秋。」〔註13〕由此可見其苦吟之一般。

姚合既推許皎然詩作，〔註14〕又得趣於浪仙之僻，故於詩歌創作過程，刻意苦吟。楊慎《升菴詩話》晚唐兩詩派條曰：「晚唐之詩，分為兩派，一派學賈島，則李洞、姚合……。其詩不過五言律，更無古體，五言律起結皆平平，前聯俗語十字一串帶過，後聯謂之頸聯，極用其工。又忌用事，謂之點鬼簿，惟搜眼前景，而深刻思之，所謂吟成五個字，撚斷數莖鬚也。……」〔註15〕極言其苦吟之狀，而姚合亦於詩文中屢屢明道苦吟之態，其〈寄賈島〉詩曰：

> 狂發吟如哭，愁來坐似禪。新詩有幾首，旋被世人傳。

〈買太湖石〉曰：

> 奇哉賣石翁，不傍豪貴家。負石聽苦吟，雖貧亦來過。

〈吟詩島〉曰：

> 幽島蘚層層，詩人日日登。坐危石是榻，吟冷唾成冰。

〈和厲玄侍御、無可上人會宿見寄〉曰：

> 朝客清貧老，林僧默悟禪。眠遲消漏水，吟苦墮寒涎。

〈聞蟬寄賈島〉曰：

〔註12〕《全唐詩》卷五七四。
〔註13〕同註12。
〔註14〕《極玄集》選皎然詩四首。
〔註15〕同註10。

秋來吟更苦，半咽半隨風。禪客心應亂，愁人耳願聾。

又〈閒居遣興〉曰：

文字非經濟，空虛用破心。

雖吉光片羽，然其吟詩若刻苦如哭，卽口墮寒涎，甚而用破心思，由此可見其創作過程中，苦吟乃必經之路。

此外，更具體提到吟詩之苦者，有〈心懷霜〉一首，曰：

欲識爲詩苦，秋霜若在心。神清方耿耿，氣肅覺沈沈。皓素中方委，嚴凝得更深。依稀輕夕渚，髣髴在寒林。思勁淒孤韻，聲酸激冷吟。還如飲冰士，勵節望知音。

此詩細訴爲詩之苦，有如秋霜壓心頭，方其搦筆之初，心靈清明，詩意耿懷，似有一發不可收之勢，進而屏氣專注，則詩意深隱不見，至若絹紙置案，更得凝神深思，此時詩境猶見之於夕渚，又忽焉於寒林，變動不居，難以捉摸。而却執意於一韻，反覆冥思，因之聲酸，而致冷吟，此情猶如寒天飲冰之人，酸冷自知，姚合以此志節勵己爲詩，還望知音賞識，其苦吟蓋若此。

由上所述，知姚合於詩歌創作歷程中，以苦吟爲主，其用心如是，故《四庫全書總目提要》謂姚合之創作「刻意苦吟，冥搜物象，務求古人體貌所未到」（卷一五一），良有以也。

第六章　詩歌特色

　　《四庫全書總目提要》曰：「《姚少監集》十卷，唐姚合撰。合……
登元和進士第，調武功（縣）主簿，……開成末終秘書少監，然詩家
皆謂之『姚武功』，其詩派亦稱『武功體』，以其早作〈武功縣詩〉三
十首，爲世傳誦，故相習不能改也。」（卷一五一）姚合詩自成一體，
號爲「武功體」，因而在文宗時被尊爲詩宗。其弟子依門館而請益受
教，卒後，雖無眞正謫傳弟子，然至南宋仍能爲四靈派所宗。則其詩
風自有不同於別家者，千餘年來，貶斥甚於稱揚，遂至不顯於世。然
亦有其特色存焉，爰就其模景寫物之深細，清奇閒淡，以及寡於文飾、
而貴白描三者分別論之如下：

第一節　模景深細

　　姚詩以五律爲主，律體中頷聯、頸聯，均可寫意、寫景，或書事
用事。姚詩間亦有之，然其中尤以模景爲多。《文心雕龍》嘗曰：「若
乃山林皋壤，實文思之奧府。」，〔註1〕姚合早年臥居山野，〈及第後〉，
又仕宦荒城僻縣，耳目所濡，盡是自然旖旎風光，因而詩興一起，周
遭景物一一入其描模中。

─────────────
〔註1〕《文心雕龍》卷一○、〈物色篇〉。

　　然則物態萬殊，自其變者而觀之，曾不能以一瞬；自其不變者而觀之，則千古以來，山川依舊。景物既有恆姿，加以騷人墨客流連萬象之際，嘗試圖以一己之才，模山範水，寫氣圖貌，故連篇累牘，不可勝數。後代詩人何以爭鋒？《文心雕龍》曰：「自近代以來，文貴形似，窺情風景之上，鑽貌草木之中。吟咏所發，志惟深遠，體物爲妙，功在密附。……莫不因方借巧，卽勢以會奇，善於適要，則雖舊彌新矣。」〔註2〕姚合處中晚唐，歷來模景佳作已甚多，爲求更臻完善獨到，乃因方借巧，冥搜物象，務求古人體貌所未到，故模景寫物，專於深細。周賀〈贈姚合郎中〉詩謂其曰：

　　　道從會解唯求靜，詩造玄微不趁新。玉帛已知難撓思，雲泉終是得閒身。〔註3〕

所謂「詩造玄微不趁新」，蓋謂其獨自工於模景寫物之作，而不務追趨韓、孟、元、白之詩風也。因此方干〈上杭州姚郎中〉謂其「春遊下馬皆成醮，吏散看山卽有詩。」〔註4〕

　　今觀《姚少監集》中，描模景物達深遠細緻者甚多，如：

　　　木梢穿棧出，雨勢隔江來。（〈送雍陶遊蜀〉）
　　　日晚山花當馬落，天陰水鳥傍船飛。（〈送崔約下第歸揚州〉）
　　　劍閣和銘峭，巴江帶字流。（〈送楊尚書赴東川〉）
　　　山春煙樹眾，江遠晚帆疏。（〈送喻鳧校書歸毘陵〉）
　　　谷靜雲生石，天寒雪覆松。（〈送殷堯藩侍御遊山南〉）
　　　風雨依山急，雲泉入郭微。（〈送李植侍御〉）
　　　芳春山影花連寺，獨夜潮聲月滿船。（〈送無可上人遊越〉）
　　　泉落林梢多碎滴，松生石底足旁枝。（〈送別友人〉）
　　　海山窗外近，鏡水世間清。（〈送朱慶餘越州歸覲〉）
　　　石淨山光遠，雲深海色微。（〈送陟遐上人遊天台〉）
　　　橘村籬落香潛度，竹寺虛空翠自飄。（〈送盛秀才赴舉〉）

〔註2〕同註1。
〔註3〕《全唐詩》卷五○三。
〔註4〕《全唐詩》卷六五○。

煙樹遠山碧，霞皺落照紅。(〈寄安陸友人〉)

隔屋聞泉細，和雲見鶴微。(〈寄馬戴〉)

壘階溪石淨，燒竹竈煙輕。(〈武功縣中作〉之二十八)

簷燕酬鶯語，鄰花雜絮飄。(〈春日閒居〉)

驚風起庭雪，寒雨長簷澌。(〈早春閒居〉)

天遠雲空積，溪深水自微。(〈山中述懷〉)

樹枝風掉軟，菜甲土浮輕。(〈遊春〉之二)

嫩雲輕似絮，新草細如毛。(〈遊春〉之六)

弄日鶯狂語，迎風蝶倒飛。(〈遊春〉之十一)

迎風鶯語澀，帶雨蝶飛難。(〈春晚雨中〉)

月中松露滴，風引鶴同聞。(〈秋中夜坐〉)

跳沫山皆濕，當江日半陰。(〈杭州觀潮〉)

迸筍搘階起，垂藤壓樹偏。(〈題宣義池亭〉)

翠筠和粉長，零露逐荷傾。(〈題長安薛員外水閣〉)

野色吞山盡，江煙襯水流。(〈過杜氏江亭〉)

天外浮煙遠，山根野水交。(〈遊終南山〉)

露垂庭草際，螢照竹間禽。(〈縣中秋宿〉)

古樹苔文匝，遙峰雪色微。(〈和戶部侍郎省中晚歸〉)

塵靜霜華遠，煙生曙色低。(〈答孟侍御早朝見寄〉)

山頂雨餘青到地，濤頭風起白連雲。(〈酬薛奉禮見贈之作〉)

窗豁山侵座，扇搖風下松。(〈謝秦校書與無可上人見訪〉)

以上諸句，率皆造景深遠，運思細緻。《四庫提要》所謂「其自作，則刻意苦吟，冥搜物象，務求古人體貌所未到」蓋此之謂也。

第二節　清奇閒淡

　　姚合詩歌受王維、劉長卿、大曆諸子及皎然等自然隱逸詩風之影響，又因生性喜好大自然生活，故多以山林皋野為創作源泉。此外，在詩風上兼取賈島之清切幽僻，與張籍之平實淡雅，詩因有清奇閒淡之作，故張為編《主客圖》，標李益為清奇雅正主，而以合為入室。另清人翁方綱雖評姚詩清弱、太盡，然亦嘉勉其詩恬淡近人，茲就清

奇與閒淡分別說明之。

　　姚合論詩既宗賈島之清奇僻峭，然于創作上，又因學得張籍平實淡雅一面，僻峭因而不顯，然清奇卻依舊。如張為以「移花兼蝶至，買石得雲饒」（〈武功縣中作〉之四）、「挿劍龍纏臂，開旗火滿身」（〈劍器詞〉之一）、「家中去城遠，日月在船多」（〈送顧非熊下第歸越〉）、「身慚山友棄，膽賴酒盃扶」（〈從軍樂〉之二）等句評姚合乃清奇雅正主李益之入室。〔註5〕此外，姚合詩中以清字入詩之句比比皆是，亦可體會其清奇之特色，如：

　　　　海山窗外近，鏡水世間清。（〈送朱慶餘越州歸覲〉）
　　　　石窗紫蘚牆，此世此清涼。（〈寄元緒上人〉）
　　　　清氣燈微潤，寒聲竹共來。（〈萬年縣中雨夜會宿寄皇甫甸〉）
　　　　月華更漏清，露葉光彩鮮。（〈新居秋夕寄李廓〉）
　　　　清氣潤華屋，東風吹雨勻。（〈和座主相公雨中作〉）
　　　　清虛宜月入，涼冷勝風吹。（〈題鳳翔西郭新亭〉）
　　　　布石滿山庭，磷磷潔還清。（〈石庭〉）
　　　　清冷無波瀾，澈澈魚相逐。（〈石潭〉）
　　　　葉葉新春筠，下復清淺流。（〈渚上竹〉）
　　　　浮萍著岸風吹歇，水面無塵晚更清。（〈題薛十二池亭〉）
　　　　砌莎留宿露，庭竹出清風。（〈寄題尉遲少卿郊居〉）
　　　　鐘聲空下界，池色在清宵。（〈過無可僧院〉）
　　　　天近星辰大，山深世界清。（〈秋夜月中登天壇〉）
　　　　靜宜來禁裏，清是下雲端。（〈西掖寓直春曉聞殘漏〉）
　　　　露盤秋更出，玉漏晝還清。（〈省值書事〉）
　　　　竹屋臨江岸，清宵興自長。（〈夏夜宿江驛〉）
　　　　遠江當秋半，清光勝夜初。（〈酬李廓精舍南台望月見寄〉）
　　　　風清想林壑，雲濕似江淮。（〈奉和門下相公雨中寄裴給事〉）
　　　　清音勝在澗，寒影偏生苔。（〈奉和四松〉）

上舉諸句，皆以清字入詩，亦有清奇絕塵之意境存焉。

_____

〔註5〕《詩人主客圖》卷一。

　　其次，姚合性本疏散閑野，既到京師，與張籍等人遊，更慕其五律之平實淡雅。而其歷官，又居下邑，地僻事簡，閑情較多。即便領郡，姚合亦常以清淨無為，無術理人人自理來自勉，故閑居詩歌特多，如〈閑居遣懷〉、〈武功縣中作〉、〈秋月閑居〉二首，〈閑居晚夏〉、〈閑居〉、〈閑居遣興〉、〈春日閑居〉、〈早春閑居〉等皆是，其〈閑居遣懷〉十首之一云：

> 身外無徭役，開門百事閑。倚松聽唳鶴，策杖望秋山。萍任蓮池綠，苔從匝地斑。料無車馬客，何必掃柴關。

又其五云：

> 永日廚煙絕，何曾暫廢吟。閑時隨思緒，小酒恣情斟。看月嫌松密，垂綸愛水深。世間多少事，無事可關心。

又其八云：

> 野性多疏惰，幽棲更稱情。獨行看影笑，閑坐弄琴聲。懶拜腰肢硬，慵趨禮樂生。業文隨日遣，不是為求名。

又〈武功縣中作〉之四云：

> 簿書多不會，薄俸亦難銷。醉臥慵開眼，閑行懶繫腰。移花兼蝶至，買石得雲饒。且自心中樂，從他笑寂寥。

其二十二又云：

> 門外青山路，因循自不歸。養生宜縣僻，說品喜官微。淨愛山僧飯，閑披野客衣。誰憐幽谷鳥，不解入城飛。

又〈閑居遣興〉云：

> 終年城裏住，門戶似山林。客怪身名晚，妻嫌酒病深。寫方多識藥，失譜廢彈琴。文字非經濟，空虛用破心。

又〈春日閑居〉云：

> 居止日蕭條，庭前唯藥苗。身閑眠自久，眼苦視還遙，簷燕酬鶯語。鄰花雜絮飄。客來無酒飲，搔首擲空瓢。

上舉諸篇，在風格上顯然有閑適恬淡之趣。此外，閑淡之句亦多，間可窺其閑雅恬淡之意境，如：

> 閑坐饒詩景，高眠長道情。（〈送徐員外赴河中從事〉）

愛山閒臥久，在世此心稀。(〈寄鄠縣尉李廓少府〉)

雖有眼前詩酒興，邀遊爭得稱閒心。(〈早春山居寄城中知己〉)

霜月靜幽居，閒吟夢覺初。(〈秋夜寄默然上人〉)

莫覓舊來終日醉，世間盃酒屬閒人。(〈寄王玄佰〉)

官職卑微從客笑，性靈閒野向錢疏。(〈寄崔之仁山人〉)

閒臥銷長日，親朋笑我疏。(〈閒居遣懷〉之二)

漫步憐山近，閒眠厭客頻。(〈閒居遣懷〉之七)

好酒盈杯酌，閒詩任筆酬。(〈閒居遣懷〉之九)

亦知官罷貧還甚，且喜閒來睡得多。(〈罷武功縣將入城〉之二)

落葉帶衣上，閒雲來酒中。(〈秋日閒居〉)

時過無心求富貴，身閒不夢見公卿。(〈莊居卽事〉)

野步出茆齋，閒行坐石台。(〈春日江次〉)

閒齋深夜靜，獨坐又閒行。(〈夏夜〉)

深好求魚養，閒堪與鶴期。(〈題家園新池〉)

閒居晝掩扉，門柳陰蔬畦。(〈過李處士山居〉)

閒吟山際邀僧上，暮入林中看鶴歸。(〈杭州官舍偶書〉)

臨江府署清，閒臥復閒行。(〈杭州官舍卽事〉)

官清書府足閒時，曉起攀花折柳枝。(〈和秘書崔少監春日遊青龍寺僧院〉)

閒臥襟情遠，西風菊漸芳。(〈和李舍人秋日臥疾言懷〉)

閒來杖此向何處，過水緣山只訪僧。(〈謝韜光上人贈百齡藤杖〉)

以上諸句，皆以閒字入詩，無論抒情寫景，皆可見其閒適淡泊之意境與情懷。

第三節　少文飾、貴白描

姚合詩作，以描寫眼前景，心中情為主，重在隨感而發，因而情真意切，故詩作極少粧飾，而貴乎白描，其〈寄舊山隱者〉詩嘗云：

我性本朴直，詞理安得文。縱然自稱心，又不合眾人。以此名字低，不如風中塵。……

所謂「詞理安得文」蓋指文詞朴實，不加文飾，而以白描成詩。

非但姚合自言為詩如此，清人翁方綱〈石洲詩話〉曰：「姚武功詩，恬淡近人而太清弱。抑又太盡，此後所以漸靡不振也。」據王夢鷗解釋，此所謂「清弱」，乃字面上缺少粧飾，與取材之瑣屑，而所謂「太盡」，則指說得過分透明，而無詩之朦朧與低徊趣味。〔註6〕殊不知此正是姚合作詩少文飾、而貴白描之故」

然則姚合如何白描，簡言之，乃以「高、峭、遠、遙、深、幽」及「清、靜、潔、淨」等樸實無華之字入詩，以求意境之清奇與高妙，茲舉數例以明之。如：

爲客久未歸，寒山獨掩扉。曉來山鳥散，雨過杏花稀。天遠雲空積，溪深水自微。此情對春色，盡醉欲忘機。(〈山中述懷〉)

重壘赤城路，終年遊客稀。朝來送師去，自覺有家非。石淨山光遠，雲深海色微。此詩成亦鄙，爲我寫嚴扉。(〈送陟遐上人遊天台〉)

秋氣日騷騷，星星雙鬢毛。涼天吟自遠，清夜夢還高。林下期同去，人間共是勞。頭巾何所直，且漉甕頭糟。(〈秋日書事寄秘書竇少監〉)

朝朝眉不展，多病怕逢迎。引水遠通澗，壘山高過城。秋燈照樹色，寒雨落池聲。好是吟詩夜，披衣坐到明。(〈武功縣中作〉之十六)

茅屋臨江起，登庸復應期。遙知歸去日，自致太平時。幽藥禪僧護，高窗宿鳥窺。行人盡歌詠，唯子獨能詩。(〈和厲玄侍御題戶部李相公廬山西林草堂〉)

幽齋琴思靜，晚下紫宸朝。舊隱同溪遠，周行隔品遙。深槐蟬唧唧，疏竹雨蕭蕭。不是相尋懶，煩君舉酒瓢。(〈酬田卿書齋即事見寄〉)

每日樹邊消一日，遠池行過又須行。異花多是非時有，好竹皆當要處生。斜立小橋看島勢，遠移幽石作泉聲。浮萍著岸風吹歇，水面無塵晚更清。(〈題薛十二池亭〉)

〔註6〕〈唐武功體詩試探〉。

　　一年離九陌，壁上挂朝袍。物外詩情遠，人間酒味高。思
歸知病長，失寢覺神勞。衰老無多思，因君把筆毫。(〈答李
頻秀才〉)

以上所引諸詩，旣無生澀難懂，亦非粉雕玉琢，乃純以苦吟、鍛鍊成
詩。正因其用最平淺之字句，欲著意於最深刻之情景，故嘗自云：「文
字非經濟，空虛用破心」(〈閒居遣興〉) 由此可知，少文飾、貴白描，
乃其詩之特色。

第七章　詩歌內容

　　姚合年三十乃專意為詩，起步雖晚，然卻認為自古風光之事，僅屬作詩一端。故無論其仕宦形閫，或遊宦在外，更無論貧、病、繁、閒，皆以作詩吟詩而自得其樂，可見其志趣在此。因此，隨著年齡之增加，仕途之窮達，生活之變遷，人生之體驗，詩之題材漸廣泛，內容益見豐富。茲以困窘感懷、離情別恨、閒適情懷、以及詠物四者分述於下。

第一節　困窘感懷

　　姚合雖仕終於秘書少監，卒後，又蒙朝廷追封秘書監、贈尚書，諡曰懿等恩寵，然早年姚合亦甚為困窘所苦，其〈寄楊茂卿〉嘗云：

　　……到京就省試，落籍先有名。慚辱鄉薦書，忽欲自受刑。還家豈無路，羞為路人輕。決心住城中，百敗望一成。腐草眾所棄，猶能化為螢。豈我愚暗身，終久不發明。所悲道路長，親愛難合幷。（〈寄楊茂卿校書〉）

又〈寄舊山隱者〉曰：

　　別君須臾間，曆日兩度新。念彼白日長，復值人事幷。未改當時居，心事如野雲。朝朝恣行坐，百事都不聞。奈何道未盡，出山最艱辛。奔走衢路間，四肢不屬身。（〈寄舊山隱者〉）

此二詩乃元和九、十年，姚合舉試不第，困窘一時所作，敘己羞愧於

鄉里之舉薦，自責甚深，致有家歸不得之苦。並羨慕舊山隱者之悠閑，與慨嘆自己奔走名場之艱辛。故又嘗云：

> 路歧何渺茫，在客易蹉跎。未有進身處，忍教拋薜蘿。（〈山中寄友人〉）

又及第後感時詩亦回憶曰：

> 憶昔未出身，索寞無精神。（〈感時〉）

其後雖仕爲武功主簿，愁悶依舊存在，嘗云：

> 微官如馬足，祇是在泥塵。到處貧隨我，終年老趁人。（〈武功縣中作〉之三）

極言仕爲小官之貧賤與痛楚。而任萬年縣尉，則悲苦更甚，嘗有〈寄賈島浪仙〉曰：

> 悄悄掩門扉，窮窘自維縶。世途已昧履，生計復乖緝。……院落夕彌空，蟲聲雁相及。衣巾半僧施，蔬藥常自拾。凜凜寢席單，翳翳竈煙溼。頹籬里人度，敗壁鄰燈入。曉思已暫舒，暮愁還更集。……（〈寄賈島浪仙〉）

此詩述說窮窘，以致衣食住皆難以自勝，其境遇之苦，蓋有如此者。故甚願脫離窮苦之日，其晦日送窮詩曰：

> 年年到此日，瀝酒拜街中。萬戶千門看，無人不送窮。
> 送窮窮不去，相泥欲何爲。今日官家宅，淹留又幾時。
> 古人皆恨別，此別恨消魂。只是空相送，年年不出門。（〈晦日送窮三首〉）

姚合既悲苦於己之困頓，因此常能以己之心慰藉友人，如〈送費驤〉曰：

> 兄寒弟亦飢，力學少閒時。何路免爲客，無門賣得詩。幾人攜酒送，獨我入山遲。少小同居止，今朝始別離。（〈送費驤〉）

此感懷二人皆處貧困之中，且將離別，不能患難相依，其情甚爲悽楚。又〈送張宗原〉曰：

> 東門送客道，春色如死灰。一客失意行，十客顏色低。住者既無家，去者又非歸。窮愁一成疾，百藥不可治。子賢我且愚，命分不合齊。誰開寒躓門，日日同遊棲。子行何

所之，切切食與衣。誰能買仁義，令子無寒飢。野田不生
草，四向生路歧。士人甚商賈，終日須東西。鴻雁春北去，
秋風復南飛。勉君向前路，無失相見期。(〈送張宗原〉)

此詩盛慰張宗原之不遇，故吁歎誰開蹇躓之門，令子困頓不堪，又有
誰能買仁義，令子無寒飢之苦，爲士人之東西奔命而感同情。又有送
王求曰：

士有經世籌，自無活身策。求食道路間，勞困甚徒役。我
身與子同，日被飢寒迫。側望卿相門，難入堅如石。爲農
昧耕耘，作商迷貿易。空把書卷行，投入買罪責。六月南
風多，苦旱土色赤。坐家心尚焦，況乃遠作客。羸馬出郭
門，餒飲曉連夕。願君似醉腸，莫謾生憂感。(〈送王求〉)

此詩亦以王求之有經世籌略，卻仍得求食道路間，爲飢寒所迫，而感
慨卿相之門，如堅石之難入，欲投書求薦，徒爲自取其辱，故慰以願
君似醉腸以消愁，莫爲此而生憂戚之心。又寄王度居士亦云：

顛頷王居士，顛狂不稱時。天公與貧病，時輩復輕欺。茅
屋隨年借，盤餐逐日移。棄嫌官似夢，珍重酒如師。(〈寄王
度居士〉)

此詩亦甚爲王度居士受貧病交迫，時人輕欺，而感同情。

姚合除慰朋友生活之困窘外，其詩亦甚多慰藉困於場屋及不遇於
時者，其慰不遇於時者如贈終南山傅山人詩云：

七十未成事，終南蒼鬢翁。老來詩興苦，貧去酒腸空。蟠蟄
身仍病，鵬摶力未通。已無燒藥本，唯有著書功。白馬時何
晚，青龍歲欲終。生涯枯葉下，家口亂雲中。潭靜魚驚水，
天晴鶴唳風。悲君還姓傅，獨不夢高宗。(〈贈終南山傅山人〉)

此詩悲慰傅山人七十而未爲時用，如今爲時已晚，還不能如殷高宗之
夢傅說，一夜之間蔚爲大用，而甚惋惜。其慰困於場屋者如送杜觀曰：

秋風離九陌，心事豈云安。曾是求名苦，當知此去難。辛
勤程自遠，寂寞夜多寒。詩句無人識，應須把劍看。(〈送杜
觀罷舉東遊〉)

又送馬戴曰：

昨來送君處，亦是九衢中。此日慇懃別，前時寂寞同。……
（〈送馬戴下第客遊〉）

又送崔約曰：

滿座詩人吟送酒，離城此會亦應稀。春風下第時稱屈，秋
卷呈親自束歸。（〈送崔約下第歸揚州〉）

又送顧非熊曰：

失意尋歸路，親知不復過。……秋風別鄉老，還聽鹿鳴歌。
（〈送顧非熊下第歸越〉）

以上諸詩，或以己昔日落寞慰勉，或爲下第者抱屈，或勉其東山再起，
皆可見姚合困窘感懷之仁心。

第二節　離情別恨

　　姚合乃性情中人，兼又交遊廣泛，故隨著仕途之升遷及朋友之往
返去留，時有離別之思，曾云：「中外無親疏，所算在其情」（〈寄陝
府內兄郭同端公〉）及「丈夫不泣別，別人歎無情」（〈寄楊茂卿校書〉）。
因此，姚合離情別恨之作特多，合計約有百首，佔全詩五分之一，此
外散見篇什中之隻字片語亦復不少，可見其依依之情，茲就欲別與送
別惜別述之。

　　首就其自身離別而言，其欲別詩嘗云：

山川重疊遠茫茫，欲別先憂別恨長。紅芍藥花雖共醉。綠
靡舞影又分將。鴛鴦有路高低去，鴻雁南飛一兩行。惆悵
與君煙景迥，不知何日到瀟湘。（〈欲別〉）

此詩敍述其欲別內心之惆悵，與憂慮不知何日再相見。又別賈島云：

懶作住山人，貧家日賃身。書多筆漸重，睡少枕長新。野客
狂無過，詩仙瘦始眞。秋風千里去，誰與我相親。（〈別賈島〉）

方欲別去，姚合早已預知別後之孤寂寥落，無人相親之情況。又有別
李餘云：

病童隨瘦馬，難算往來程。野寺僧相送，河橋酒滯行。足愁
無道性，久客會人情。何計羈窮盡，同居不出城。（〈別李餘〉）

姚合因羈旅在外，長年作客，有飄泊無依之感受，此時欲別離李餘，
更發出其渴望同居城裏，不再別離之歎息。

次就送別、惜別而言，其送別如送家兄云：

> 早得白眉名，之官濠上城。別離浮世事，迢遞長年情。……
> 宴餘和酒拜，魂夢共東行。（〈送家兄赴任昭義〉）

此詩雖與家兄離別，然依依不捨之情，豈尋常手足之情，直欲魂夢共
行，以慰所思。其惜別詩亦嘗云：

> 酒闌歌罷更遲留，攜手思量憑翠樓。桃李容華猶歎月，風
> 流才器亦悲秋。光陰不覺朝昏過，歧路無窮早晚休。似把
> 剪刀裁別恨，兩人分得一般愁。（〈惜別〉）

此極言兩人惜別之愁情，猶如剪刀裁離別恨，柔腸寸斷之難受，實甚
酸楚。姚合如此重視親友之情，故惆悵別情離恨之作甚多，如送裴大
夫曰：

> 杭人遮道路，垂泣浙江前。……（〈送裴大夫赴亳州〉）

又送董正字武曰：

> 路歧知不盡，離別自無窮。行客心方切，主人罇未空。……
> （〈送董正字武歸常州覲親〉）

又寄楊茂卿曰：

> ……安得學白日，遠見君儀形。（〈寄楊茂卿校書〉）

又送薛員外曰：

> 相送難相別，南風入夏初。（〈送右司薛員外赴處州〉）

又送孫山人曰：

> 喧寂一爲別，相逢未有期。（送孫山人）

又送馬戴曰：

> 昨來送君處，亦是九衢中。此日慇懃別，前時寂寞同。……
> 向晚離人起，筵收罇未空。（〈送馬戴下第客遊〉）

又寄錢可復曰：

> 惆悵東門別，相逢知幾年。（〈九日寄錢可復〉）

又〈寄安陸友人〉曰：

別路在春色，故人雲夢中。……想君登此興，迴首念飄蓬。

（〈寄安陸友人〉）

又寄崔員外曰：

舊國歸何滯，新知別又遙。……若未重相見，無門解寂寥。

（〈舟行書事寄杭州崔員外〉）

又〈送無可上人〉曰：

今日送行偏惜別，共師文字有因緣。（〈送無可上人遊越〉）

又送僧貞實曰：

九陌相逢千里別，青山重疊樹蒼蒼。（送僧貞實歸杭州天竺）

又送元緒上人曰：

朝簪抽未得，此別豈忘情。（〈送元緒上人遊商山〉）

又送清敬闍梨曰：

郡齋師去後，寂寞夜吟稀。（〈送清敬闍梨歸浙江〉）

以上諸詩，送友赴任或歸鄉，送僧歸山或遊賞，姚合總是離情依依，不忍見分，可見其對友朋之深情。

此外，姚合情感之眞摯，甚而於春將逝去，亦有別春、送春之作，其別春詩曰：

留春不得被春欺，春若無情遣泥誰。寂寞自疑生冷病，淒涼還似別親知。隨風未辨歸何處，澆酒唯求住少時。一去近當三百日，從朝至夜是想思。（〈別春〉）

又送春詩曰：

昨迎今復送，來晚去逡巡。芳盡空繁樹，愁多獨病身。靜思傾酒懶，閒望上樓頻。爲向春風道，明年早報春。（〈送春〉）

此二詩皆爲惜春之作，先敍別春之寂寞、淒涼，猶如生冷病、別親知，更懇切期求春日能稍作停留，否則一去須朝夕相思，三百日後才得再見。其次則作春日來遲去速之歎，期望明年早些報春，免得思念之苦。

綜上所述，姚合或自身之別離，或送友人，其間惆悵、寂寞，離情別恨無限，甚至春之將去，合亦離情縈思，不忍遽分，其可謂富情感、善流露之性情中人。

第三節 閒適情懷

姚合性情疏散閒野，兼以早年躬耕嵩陽下，受山林生活之薰陶，慣於悠遊閒適之生活，發而為詩，閒適遊賞之作特多，凡百有餘首。茲以其未任官與居官時之閒適分別述之。

首就其未任官之閒適言之，因無繁務纏身，姚合更有餘暇任情悠遊，其閒適情懷見於詩者，如〈閒居遣懷〉曰：

> 身外無徭役，開門百事閒。倚松聽唳鶴，策杖望秋山。萍任蓮池綠，苔從匝地斑。料無車馬客，何必掃柴關。（〈閒居遣懷〉之一）
>
> 白日逍遙過，看山復遶池。展書尋古事，翻卷改新詩。賒酒風前酌，留僧竹裏棋。同人笑相問，羨我足閒時。（〈閒居遣懷〉之三）
>
> 好景時牽目，茅齋興有餘。遠山經雨後，庭樹得秋初。道侶憐栽藥，高人笑養魚。優遊隨本性，甘被棄慵疏。（〈閒居遣懷〉之四）
>
> 野性多疏惰，幽棲更稱情。獨行看影笑，閒坐弄琴聲。懶拜腰肢硬，慵趨禮樂生。業文隨日遣，不是為求名。（〈閒居遣懷〉之八）

上舉數詩，乃姚合方進士得第待任之前所作，心境甚愉悅，故縱情於琴棋詩酒，並與禽魚相娛，其情既閒適又逍遙。又有〈閒居〉及〈閒居晚夏〉詩曰：

> 不自識疏鄙，終年住在城。過門無馬跡，滿宅是蟬聲。帶病吟雖苦，休官夢已清。何當學禪觀，依止古先生。（〈閒居〉）
>
> 閒居無事擾，舊病亦多瘳。選字詩中老，看山屋外眠。片霞侵落日，繁葉咽鳴蟬。對此心還樂，誰知乏酒錢。（〈閒居晚夏〉）

此二詩則因病休官至疾恙漸癒閒居時所作，姚合處於片霞、落日、繁葉、鳴蟬如詩如畫之情境中，其悠閒自適，更令人羨煞。

次就其居官時之閒適而言，姚合善於忙中處閒，故雖吏務煩人，亦能自得其樂，如：

縣去帝城遠，爲官與隱齊。馬隨山鹿放，雞雜野禽棲。遠
舍惟藤架，侵階是藥畦。更師嵇叔夜，不擬作書題。(〈武功
縣中作〉之一)

薄書多不會，薄俸亦難銷。醉臥慵開眼，閒行懶繫腰。移
花兼蝶至，買石得雲饒。且自心中樂，從他笑寂寥。(〈武功
縣中作〉之四)

鄰里皆相愛，開門數見過。秋涼送客遠，夜靜詠詩多。就
架題書目，尋欄記藥窠。到官無別事，種得滿庭莎。(〈武功
縣中作〉之九)

卑官還不惡，行止得逍遙。晴野花侵路，春陂水上橋。塵埃
生暖色，藥草長新苗。看卻煙光散，狂風處處飄。(〈遊春〉之
十)

塵中主印吏，誰遣有高情。趁暖簷前坐，尋芳樹底行。土融
凝墅色，冰敗滿池聲。漸覺春相泥，朝來睡不輕。(〈遊春〉之
四)

閒人祇是愛春光，迎得春來喜欲狂。買酒怕遲教走馬，看
花嫌遠自移牀。嬌鶯語足方離樹，戲蝶飛高始過牆。顛倒
醉眠三數日，人間百事不思量。(〈賞春〉)

以上諸篇，乃任武功縣主簿時所作，顯見其能自適於悠悠小吏之生
活，襟懷澄淡，閒情處處可得。

其後，姚合仕途平順，雖仕至天下名郡之長－杭州刺史，猶能一
本初衷，以清淨無爲治民，因而更能悠然自適於江南山水中，如〈杭
州官舍偶書〉曰：

錢塘刺史謾題詩，貧褊無恩懦少威。春盡酒杯花影在，潮
迴畫檻水聲微。閒吟山際邀僧上，暮入林中看鶴歸。無術
理人人自理，朝朝漸覺簿書稀。(〈杭州官舍偶書〉)

又〈杭州官舍卽事〉曰：

臨江府署清，閒臥復閒行。苔蘚疏塵色，梧桐出雨聲。漸
除身外事，暗作道家名。更喜仙山近，庭前藥苗生。(〈杭州
官舍卽事〉)

以上二詩，乃大和六七年間，姚合牧守杭壇所作，其雖爲一郡之長，職責甚重，猶能如此閒暇自適，洵屬難能。

第四節　詠　物

詠物詩乃借物自況，或託物起興，皆爲詩人性靈之寄託，其源可追溯至楚辭之橘頌、漢班婕妤怨歌行之詠團扇。然先秦兩漢之作，大體皆借詠物而有所寄託；純爲詠物之構，則起於六朝，以窮物之情，盡物之態，務求形神俱似，方稱佳作。姚合詠物之詩以純詠物之作爲多，或詠雲、雪、潮、雨，或詠蓮花、牡丹、竹、菊、楊柳、松、葦，或詠馬、鶯、鶴雛，或詠鏡、碑、硯、石，題材甚廣，而其風格亦因所詠材料之不同，而各見其趣，故《四庫提要》謂姚合「冥搜物象，務求古人體貌所未到」蓋亦指此詠物詩也，茲以詠物飄逸、詠物穠豔及寫物雄渾三者分別述之。

首就其詠物飄逸者言之，如〈詠雲〉曰：

> 靄靄紛紛不可窮，夏笙歌處盡隨龍。來依銀漢一千里，歸傍巫山十二峰。呈瑞每聞開麗色，避風仍見挂喬松。憐君翠染雙蟬鬢，鏡裏朝朝近玉容。

此詩敍述雲無窮無盡紛紛騰湧而出，一片片接連不斷猶如龍作引導，隨著笙歌而前進，迅速佈滿天際之銀河，忽又歸宿於巫山十二峰之上，雲之氣勢萬千。至於現瑞時，色彩鮮麗，避風則飄然若掛於高松之上，雲之美與翩翩風度，如夢如幻，然獨憐己之翠髮朝朝與白雲相近而憂傷。又〈詠雪〉曰：

> 愁雲殘臘下陽臺，混卻乾坤六出開。與月交光呈瑞色，共花爭豔傍寒梅。飛隨郢客歌聲遠，散逐宮娥舞袖迴。其那知音不相見，剡溪乘興爲君來。

此詩敍述歲末寒冬，愁雲漸漸飄下，混却了天地之陰氣，六角形之雪花隨卽開放，於深夜則與月光交相輝映，呈現白皚皚之瑞色，於晝日則附著寒梅之上，與花爭豔，潔亮動人。至若雪花姿態之美，猶如隨

著善歌者飄逸而去，更如隨著善舞者飛揚旋轉，體態萬千，如此之美，知音那有不來欣賞之理，晉王徽之訪戴逵於剡溪，不卽是也。以上二詩詠雲及詠雪氣象萬千，飄逸可喜。

次就詠物穠豔者言之，如〈和李補闕曲江看蓮花〉詩曰：

> 露荷迎曙發，灼灼復田田。乍見神應駭，頻來眼尚顛。光凝珠有蒂，焰起火無煙。粉膩黃絲蕊，心重碧玉錢。日浮秋轉麗，雨灑晚彌鮮。醉豔酣千朵，愁紅思一川。綠莖扶萼正，翠菂滿房圓。淡暈還珠重，繁英得自然。高名猶不厭，上客去爭先。景逸傾芳酒，懷濃習綵牋。海霞寧有態，蜀錦不成妍。客至應消病，僧來欲破禪。曉多臨水立，夜只傍堤眠。金似明沙渚，燈疑宿浦船。風驚叢乍密，魚戲影微偏。穠彩燒晴霧，殷姿纈碧泉。畫工投粉筆，宮女棄花鈿。鳥戀驚難起，蜂偷困不前。遠行香爛熳，折贈意纏綿。誰計江南曲，風流合管弦。

此詩先敍述含露珠之荷花，迎曙光而開，光芒四射，乍見之下，神人皆駭。次以鮮麗色調描繪蓮花各部位之美，其豔麗，就連海霞、蜀錦亦不能媲美；畫工、宮女尤讚歎其顏色之鮮豔，而爲之投棄粉筆與花鈿；蜂鳥兒更受其豔麗所吸引，戀戀不忍離去；且撲鼻之芳香，若能折贈他人，情意當更爲纏綿，引人遐思。極盡模寫形容之能事，蓮之豔麗，栩栩如生，若浮眼前。又有〈和王郎中加看牡丹〉詩曰：

> 葩疊萼相重，燒欄復照空。妍姿朝景裏，醉豔晚煙中。乍怪霞臨砌，還疑燭出籠。遠行驚地赤，移坐覺衣紅。殷麗開繁朵，香濃發幾叢。裁綃樣豈似，染茜色寧同。嫩畏人看損，鮮愁日炙融。嬋娟涵宿露，爛熳抵春風。縱賞襟情合，閒吟景思通。客來歸盡懶，鶯戀語無窮。萬物珍那比，千金買不充。如今難更有，縱有在仙宮。

此詩更傾心於牡丹之鮮豔與嬌嫩之描繪，其鮮豔豈世俗紅綃與染茜所能近似，而嬌嫩更經不起目光之欣賞及日光之薰照。又因其美豔動人，故遊客來賞而懶歸，黃鶯兒亦眷戀而鳥語無窮，甚而歎其豔麗爲

世界上獨一無二，故謂世間萬物再珍貴，亦無法比擬，若有也只有求之仙宮矣！

　　此外，寫物氣勢至爲雄渾者，如〈天竺寺殿前立石〉曰：

　　　　補天殘片女媧拋，撲落禪門壓地坳。霹靂劃深龍舊攫，屈
　　　　槃痕淺虎新抓。苔黏月眼風挑剔，塵結雲頭雨磕敲。秋至
　　　　莫言長矻立，春來自有薜蘿交。

此詩自〈天竺寺殿前立石〉之來源敍起，突發奇思，以爲太古時女媧煉五色石補天所餘之殘片，拋下撲落於禪門而成，下筆突兀，氣勢之雄偉躍然可見。繼而敍述此石之形狀，其紋路深者或雷電所劈劃，或昔日天龍所攫；其痕迹淺者，或虎爪所抓；而其如月眼之小坑，附有苔蘚者，更爲風吹雨打所蝕剝而成，可謂飽受折磨與鍛鍊，方有今日之形態。最後以情感之語歸結，謂其秋日雖獨矻立，然春來自有薜蘿縈繞其間，當不再孤傲不可親近。全詩押險韻而加以剜剔之工，極爲生動。又如〈杭州觀潮〉曰：

　　　　樓有章亭號，濤來自古今。勢連滄海闊，色比白雲深。怒
　　　　雪驅寒氣，狂雷散大音。浪高風更起，波急石難沈。鳥懼
　　　　多遙過，龍驚不敢吟。拗如開玉穴，危似走瓊岑。但褫千
　　　　人魄，那知伍相心。岸摧連古道，洲漲踣叢林。跳沫山皆
　　　　溼，當江日半陰。天然與禹鑿，此理遣誰尋。

此詩敍述潮汐氣魄之雄渾，勢連廣闊之滄海，色比白雲猶深。次更以怒雪、狂雷、浪高、波急致鳥懼龍驚，率皆有不可一世之態，故可褫千人之魄，而潮水之猛勢，摧岸而通古道，淹洲而踣樹林，跳沫而山皆溼，衝江而天半陰，然此江口是自然造成或大禹所開鑿，又有誰可尋知？姚合對杭州潮汐之描繪，可謂傳神之至。

　　綜上所述，姚合詠物之什或飄逸可喜，或穠豔相照，或雄渾突兀，率皆依物之情性而作不同之描繪，可謂善於詠物者也。

第八章　詩歌形式

詩發展至晚唐，各體已備，姚合能獨標一格，號爲武功體，可知其在晚唐詩壇具有重要之地位。合作詩好苦吟，務求古人體貌所未到，然苦吟卻能不著痕跡，而顯出平澹之氣，此蓋其在形式技巧上，頗下工夫，故能如此恬淡近人，本章茲就其格律用韻、用字造語兩方面論述之。

第一節　格律用韻

詩之體裁有古體與近體之分，近體詩又可分爲絕句、律詩與排律，其中又有五七言之別。近體詩之格律與押韻皆甚嚴謹，姚合之詩凡五百三十三首，其古體詩僅有五言古詩四十五首，其餘皆爲近體詩，因此在格律用韻上甚費心力，曾云「詩標八病外，心落百憂中」，可見其用心良苦，茲就其善用五律、平仄、用韻三方面述之。

一、善用五律

詩演變至盛唐以後，以五律爲盛，《漫堂說詩》論之曰：「律詩盛於唐，而五言律爲尤盛，神龍以後，陳、杜、沈、宋開其先，李、杜、高、岑、王、孟諸家繼起，卓然名家。子美變化尤高。牝牡驪黃之外，降而錢、劉、韋、郎清辭妙句，令人一唱三歎，卽晚唐刻劃景物之作，

亦足怡閒情而發幽思，始信四十字為唐人絕調。」〔註1〕此盛言五律詩之美妙令人一唱三歎，及其在唐詩中所佔之地位。而至晚唐亦然，姚合處於其中，更不能例外。

　　姚合詩善用五律，除時代風氣外，亦與張籍、賈島等人交遊有關，因此輩皆以五律為創作中心，故難免受其影響。檢視《姚少監集》與《全唐詩》等書，姚合其詩凡五百三十三首，其中五律有三百零八首，五言排律有五十四首，五言古詩四十五首，五言絕句十四首，七言律詩六十八首，七言排律一首，七言絕句四十三首，可知其五律佔全詩將近五分之三，足見姚合最善用此體。其著名之〈武功縣〉三十首即全用五律寫成，且成為其一生之代表作，故後人稱其體為武功體，迨及宋朝武功縣令張及與王頤嚮慕其詩，將〈武功縣詩〉及〈遊春〉詩凡四十餘首，刻于石置官署中，永為銘識，可見其五律受人崇尚情形。其後姚合為四靈詩派所宗，趙紫芝選取武功縣三十首及其他凡百二十一首以配賈島，是為〈二妙集〉，摹仿甚似，故方虛谷云：「四靈學之五言八句，皆得其趣」，此即謂五律為四靈詩派所宗，並奉為圭臬。

　　再則歷代評姚合詩者，亦以其五律為主，如唐張為《主客圖》列姚合於清奇雅正之入室者，所舉四詩皆是五律，如：

　　　　移花兼蝶至，買石得雲饒。(〈武功縣中作〉之四)

　　　　插劍龍纏臂，開旗火滿身。(〈劍器詞〉之一)〔註2〕

　　　　家中去城遠，日月在船多。(〈送顧非熊下第歸越〉)〔註3〕

　　　　身慚山友棄，膽賴酒杯扶。(〈從軍樂〉)

又元方虛谷《瀛奎律髓》，雖屢評姚合詩氣格卑弱，然亦讚美其五律中之句者如下：

　　　　讚美為好者如：

　　　　馬隨山鹿放，雞雜野禽棲。(〈武功縣中作〉之一)〔註4〕

〔註1〕《漫堂說詩》卷一。

〔註2〕《四部叢刊本姚少監集》：「開劍作掉劍」。

〔註3〕《四部叢刊本姚少監集》：「家中作家山」。

〔註4〕《瀛奎律髓》卷六。

　　　　滿郭是春光，街衢土亦香。……花露膩衣裳。(〈揚州春詞〉)

　　〔註5〕
　　　　眼差欲還遙。(〈春日閑居〉) 〔註6〕
稱其佳者如：
　　　　過門無馬跡，滿宅是蟬聲。帶病吟雖苦，休官夢已清。(〈閑
　　　　居〉) 〔註7〕
　　　　露垂庭草際，螢照竹間禽。(〈縣中秋宿〉) 〔註8〕
稱其最佳者如：
　　　　看月嫌松密。(〈閒居遺懷〉) 〔註9〕
稱其最工者如：
　　　　移花兼蝶至，買石得雲饒。(〈武功縣中作〉之四) 〔註10〕
稱其巧者如：
　　　　蟲移上階近，客起到門迴。(〈萬年縣雨中宿夜會寄皇甫甸〉)

　　〔註11〕
稱其最新者如：
　　　　詩成削樹題。(〈過楊處士幽居〉) 〔註12〕
稱清新者如：
　　　　因客始沽酒，借書方到城。(〈山中寄友生〉) 〔註13〕
稱其清爽者如：
　　　　酒用林花釀，茶將野火煎。(〈和元八郎中秋居〉) 〔註14〕
稱其新美者如：
　　　　迎風蝶倒飛。(〈遊春〉) 〔註15〕

〔註 5〕《瀛奎律髓》卷一〇。
〔註 6〕《瀛奎律髓》卷二三。
〔註 7〕同註6。
〔註 8〕同註4。
〔註 9〕同註6。
〔註10〕同註4。
〔註11〕《瀛奎律髓》卷八。
〔註12〕同註6。
〔註13〕同註6。
〔註14〕同註6。

稱最細潤者如：

　　小市柴薪貴，貧家砧杵閒。(〈武功縣中作〉之五) 〔註16〕

稱其清潤者如：

　　泉眼高千尺，山僧取得歸。架空橫竹引，鑿石透渠飛。洗
藥溪流濁，澆花雨力微。朝昏長遠看，護惜似持衣。(〈題僧
院引泉〉) 〔註17〕

　　數日自穿池，引泉來近陂。尋渠通咽處，遠岸待清時。深
好求魚養，閒堪與鶴期。幽聲聽難盡，入夜睡常遲。(〈題家
園新池〉) 〔註18〕

以上所舉皆爲五律。及清人翁方綱亦以爲武功體詩恬淡近人，而太清弱、太盡，然五律時有佳句。

　　綜上所述，可知姚合善用五律，其武功體亦卽其五律之謂也。

二、平　仄

　　自齊梁聲律之說興起，律詩格律卽不斷演進，至初唐經四傑之努力，再經沈佺期、宋之問之鍛鍊，近體詩之格律，遂成定局。此格律卽詩之平仄，亦爲詩之聲調節奏，姚合善用五言律詩，故此僅以其五律分析之。

　　五律之格式，分爲平起格與仄起格兩種，姚合詩中五律凡三百零八首，其中平起格一百三十九首，仄起格一百六十九首。然五律以首句不押韻爲正格，姚詩首句亦常有押韻現象，計平起格首句押韻者有二十九首，仄起格首句押韻者有三十一首，此其五律所採用格式之大概。

　　五律既有一定之格式，故必遵守其平仄，若不遵守則產生拗句，拗句須救，乃不至出格。平仄之用法，一般或以爲一三字不論，然如「平平仄仄平」之句，仍須以拗救論之爲宜。姚詩五律三百零八首中用「平

〔註15〕同註5。
〔註16〕同註4。
〔註17〕《瀛奎律髓》卷二四。
〔註18〕同註17。

平仄仄平」標準格式之句，凡兩百七十四首，如「春色三千里，愁人意未開。木梢穿棧出，兩勢隔江來。荒館因花宿，深山羨客迴。相如何物在，應只有琴臺。」（〈送雍陶遊蜀〉）其中二、六句卽是「平平仄仄平」之格式，可知姚合對「平平仄仄平」之句，主要是遵守格律。然另外有三十四首，其中二十九首第一字拗爲仄聲，則以第三字用平聲救之，對拗而不救者僅有六首中二句之一而已，舉例如下，拗而救者如：

浙江長有波（〈送顧非熊下第歸越〉）

罷官唯醉眠（〈送李廓侍御西川行營〉）

主人天下賢（〈送殷堯藩侍御赴同州〉）

市連風浪動（〈送丁端公赴河陰〉）

主人罇未空（〈送董正字武歸常州覲親〉）

獻親冬集書（〈送朱慶餘及第後歸越〉）

送君西入京（〈送李秀才赴舉〉）

捕魚乘月歸（〈寄鄠縣尉李廓少府〉）

故人雲夢中（〈寄安陸友人〉）

水南車跡稀（〈友人南遊不回因寄〉）

始聞師一言（〈寄不疑上人〉）

昨秋今復春（〈寄山中友人〉）

蔣亭名不銷（〈寄題蔡州蔣亭兼簡田使君〉）

借書方到城（山居寄友人）

忍教拋薛蘿（〈山中寄友人〉）

此身誰與同。……久貧吟更空（〈寄賈島〉）

此中經幾春（贈少室山麻襦僧）

吏人嫌草書（〈武功縣中作〉之二十六）

廣陵寒食天（〈揚州春詞〉之一）

使君心寂寥（〈寒食〉）

引泉來近陂（〈題家園新池〉）

俸錢唯買松（〈題厲玄侍御所居〉）

客來機自沈（〈過曇花寶上人院〉）

一杯三日眠（〈寄衛拾遺乞酒〉）

扇搖風下松（〈謝秦校書與無可上人見訪〉）

布囊懸寒驢（〈喜賈島至〉）

夜歸蓬蓽眠（〈喜雍陶秋夜訪宿〉）

暗懷師出塵（〈哭硯山孫道士〉）

異鄉無地行（〈得舍弟書〉）

以上二十九首凡三十句，皆爲第一字拗爲仄聲，而第三字以平聲救之者。又拗而不救者如：

六經與一琴（〈送進士田卓入華山〉）

勸君緩上車（〈送朱慶餘及第歸越〉）

尚書待遠公（〈送澄江上人赴興元鄭尚書招〉）

命通侍玉除（〈贈任士曹〉）

豈更覺身勞（〈遊春〉之六）

獨吟落照中（〈霽後登樓〉）

此六句第一字拗爲仄聲，然第三字卻不以平聲救之。

　　由上可知姚合對「平平仄仄平」之句，以標準格爲主，而輔以拗格，但仍有極少數出格，蓋爲不妨礙文意順暢之故也。

　　另外，拗句者如「平平平仄仄」句之第四字拗爲平聲者，應以第三字用仄聲救之。姚合三百零八首五律中，有二百六十三首皆爲標準格律，唯有四十五首第四字有拗，其中拗而有救者凡四十二首，拗而不救者三首。拗而有救者如：

朝昏即千里（〈送李起居赴池州〉）

隋隄傍楊柳（〈送劉詹事赴壽州〉）

山程度函谷（〈送徐州韋僅行軍〉）

家山去城遠，……秋風別鄉老（〈送顧非熊下第歸越〉）

何人獻籌策，……如今巂州路（〈送李廓侍御赴西川行營〉）

如今幷州北，……所從古無比（〈送刑郎中赴太原〉）

涼飆下山寺（〈送徐員外赴河中從事〉）

今朝郭門路（〈送蕭正字往蔡州賀裴相淮西平〉）

誰知隴山鳥，……無同昔年別（〈送李植侍御〉）

壺中駐年藥（〈送王龜處士〉）

送君一壺酒（送友人遊蜀）

登科舊鄉里（《送李秀才赴舉》）

昨來送君處（《送馬戴下第客遊》）

明年取前字（《寄張俟》）

侵人暑稍微（《秋日寄李支使》）

只應訪支遁（《寄嵩嶽程光範》）

終須執瓶鉢（《寄無可上人》）

終期逐師去（《寄暉上人》）

秋深夜迢遞（《秋夜寄默然上人》）

慇懃故山路（寄友人）

蟲移上階近（《萬年縣中雨夜會宿寄皇甫旬》）

開經對天子（《贈供奉僧次融》）

同人笑相問（《閒居遣懷》）

惟尋向山路（《武功縣中作》之二）

何當學禪觀（《閒居》）

驚風起庭雪（《早春閒居》）

此情對春色（《山中述懷》）

貧來許錢聖（《客舍有懷》）

朝朝看春色（《遊春》之九）

春風蕩城郭（《揚州春詞》之三）

臨書愛眞跡（《秋夕遣懷》）

波清見絲影（《垂釣亭》）

杯來轉巴字（《泛觴泉》）

皇宮對嵩頂（《過天津橋晴望》）

詩家會詩客（《春日同會衛尉少卿宅》）

寒蟬近衰柳（《假日書事呈院中司徒》）

老人罷卮酒（《寄衛拾遺乞酒》）

行人盡歌詠（《和厲玄侍御戶部李相公廬山西林草堂》）

驚飆墜鄰果（《酬光祿田卿末伏見寄》）

何時得攜手（《酬萬年張郎中見寄》）

元和太平樂（《劍器詞》之三）

　　　　曾聞有書劍（〈哭賈島〉之一）

以上凡四十二首四十六句，皆爲第四字應仄而拗爲平者，故以第三字
由平變仄救之。

　　然亦有三首拗而不救者，如：

　　　　夜觴歡稍靜，寒屋坐多深（〈洛下夜會寄賈島〉）

　　　　此歡宜稍滯，此去與誰親（〈同裴起居厲侍御放朝遊曲江〉）

　　　　微霜風稍靜，圓月霧初開（〈郡中冬夜聞蛩〉）

此三首第四字拗爲平聲稍，而第三字不以仄聲救者，考之姚合對稍字
似平仄通用。另外如「腥羶皆不食，稍稍覺神清」（〈武功縣中作〉之
十九）及「登樓步稍輕」（〈早夏郡樓宴集〉），皆以稍字作仄聲用，乃
不出格。

　　以上「平平仄仄平」「平平平仄仄」之句皆爲單拗，另有雙拗者
如「仄仄平平仄，平平仄仄平」之句，如上句第三字或第四字，或三、
四兩字皆拗爲仄聲，則下句第三字用平聲救之。詳究其三百零八首五
律中，此類只有四首，如：

　　　　不道弓箭手，罷官唯醉眠（〈送李廓侍御赴西川行營〉）

　　　　霜落橘滿地，潮來帆近山（〈送韋瑤校書赴越〉）

　　　　日出月復沒，悠悠昏與明（〈寄暉上人〉）

　　　　正月一日後，尋春更不眠（〈遊春〉之一）

以上四首乃上句第四字或三四兩字皆拗爲仄，而下句第三字以平聲救
之者。然所有五律詩中亦有兩首拗而不救者如：

　　　　上將得良策，恩威作長城（〈送刑郎中赴太原〉）

此詩上句第三字「得」拗爲仄，而下句第三字不但不以平聲救之，連
第四字本應爲仄聲，此反作平聲。又：

　　　　十日公府靜，巾櫛起清晨。寒蟬近衰柳，古木似高人。……

　　　　（〈假日書事呈院中司徒〉）

此詩後六句皆合於仄起式格律，第三句爲拗句，已見前文「平平平仄
仄」例中。第一、二句其平仄按格律應爲「仄仄平平仄，平平仄仄平」，
故第一句第四句拗爲仄聲，第二句第三字應以平聲救之，此非但不

救，反而連第二字「櫛」第四字「清」之平仄，亦不合格律。

　　綜上可知姚合對平仄之用法，約十分之八合於標準格，唯十分之二有拗救現象，然有極少數例外及拗而不救者，蓋卽其詩中所云：「作吏無能事，爲文舊致功，詩標八病外，心落百憂中」，故有如上所舉極少數出格者，亦其心境之顯現。

三、用　韻

　　姚合詩以近體詩爲多，其詩集凡五百三十三首，近體詩卽有四百八十八首，佔全詩十分之九以上，而近體詩之用韻甚嚴，無論絕句、律詩、排律，皆須一韻到底，尤其不許通韻或轉韻。因此作詩之前，必先審韻。姚合近體詩之用韻以庚、支、先、東、眞、尤、陽等寬韻爲多，其中押庚韻竟達七十首之多。其次則微、文、刪、侵等窄韻亦復不少。其押韻之詳情如下：

上平聲：

　　　一東韻三十四首。

　　　二冬韻十一首。

　　　三鍾韻無。

　　　四支韻三十八首。

　　　五微韻二十六首。

　　　六魚韻二十八首。

　　　七虞韻五首。

　　　八齊韻十二首。

　　　九佳韻二首。

　　　十灰韻十六首。

　　　十一眞韻三十七首。

　　　十二文韻十四首。

　　　十三元韻八首。

　　　十四寒韻九首。

十五刪韻十七首。

下平聲：

一先韻四十六首。

二蕭韻十三首。

三肴韻三首。

四豪韻八首。

五歌韻十一首。

六麻韻三首。

七陽韻二十二首。

八庚韻七十首。

九青韻三首。

十蒸韻五首。

十一尤韻二十五首。

十二侵韻二十首。

十三覃韻無。

十四鹽韻二首。

如此可知姚合近體詩用韻之大略，除鍾、覃二韻無詩外，其他各韻或多或少皆有詩作。然其甚少用險韻，茲舉其用險韻者爲例說明於下：如〈天竺寺殿前立石〉曰：

　　補天殘片女媧拋，撲落禪門壓地坳。

　　霹靂劃深龍舊攫，屈槃痕淺虎新抓。

　　苔黏月眼風挑剔，塵結雲頭雨磕敲。

　　秋至莫言長矻立，春來自有薜蘿交。

此詩爲求造語突兀，故押肴韻（拋、坳、抓、敲、交）等字，以表現天竺寺殿前立石之奇崛險峻。又如〈題李頻新居〉曰：

　　貰居求賤處，深僻任人嫌。

　　蓋地花如繡，當門竹勝簾。

　　勸僧嘗藥酒，教僕辨書籤。

庭際山宜小，休令著石添。

此詩意在描述李頻新居所處之偏僻幽深，因此而選用冷僻之鹽韻「嫌、簾、簽、添」等字爲韻脚。又〈病僧〉詩曰：

三年病不出，苔蘚滿藤鞋。

倚壁看經坐，聞鐘喫藥齋。

茶煙熏殺竹，簷雨滴穿階。

無暇頻相訪，秋風寂寞懷。

此詩亦以病僧三年不出，而選用險窄之佳韻字爲韻脚，以配合病僧之情景，可見其用心所在。

　　姚合近體詩韻，除一韻到底外，亦有極少數借鄰韻之現象，總計其借韻之詩共有二十六首，其中尤以首句借用鄰韻者爲多，有二十三首，另二首則頷聯借韻，以上諸詩，一首至多只借一韻脚而已。此外，有一首較特出，借用二韻，茲舉例以明之：

　　首句借韻者，凡二十三首，〔註 19〕茲舉二例於下，如〈送無可上人〉詩曰：

一鉢與三衣，經行遠近隨。

出家還養母，持律復能詩。

春雪離京厚，晨鐘近寒遲。

亦知蓮府客，夜坐喜同師。

此詩首句韻脚「衣」，乃借自微韻，而「隨、詩、遲、師」爲四支韻，故此詩有借韻現象。又如〈題厲玄侍御所居〉詩曰：

幽棲一畝宮，清峭似山峰。

鄰里不通徑，俸錢唯買松。

野人時寄宿，谷鳥自相逢。

〔註 19〕首句借韻者二十三首如下：〈送無可上人遊邊〉、〈送崔玄亮赴果州冬夜宴韓卿宅〉、〈送王龜處士〉、〈寄紫閣無名頭陀〉、〈書懷寄友人〉、〈秋日閒居〉之一、〈偶然書懷〉、〈春日江次〉、〈秋晚江次〉、〈詠雲〉、〈垂釣亭〉、〈詠盆池〉、〈寄題縱上人院〉、〈題厲玄侍御所居〉、〈題河上亭〉、〈題永城驛〉、〈過李處士山居〉、〈過稠上人院〉、〈會將作崔監東園〉、〈杭州官舍偶書〉、〈酬薛奉禮見贈之作〉、〈楊柳枝詞〉之四、〈敬宗皇帝挽詞〉之二。

朝路牀前是，誰知曉起慵。

此詩首句韻脚「宮」，乃借東韻，而「峰、松、逢、慵」爲二冬韻，故有借韻現象。

頷聯借韻者，如〈閒居遺懷〉詩曰：

閒臥銷長日，親朋笑我疏。
詩篇隨分有，人事度年無。
情性僻難改，愁懷酒爲除。
誰能思此計，空備滿牀書。

此詩韻脚「疏、除、書」屬魚韻，「無」則爲虞韻，故有魚虞借韻通押之現象。又如〈原上新居〉詩曰：

秋來梨果熟，行哭小兒飢。
鄰富雞長往，莊貧客漸稀。
借牛耕地晚，賣樹納錢遲。
牆下當官道，依前夾竹籬。

此詩「飢、遲、籬」爲支韻字，而「稀」乃微韻字，亦爲借韻通押之現象。

此外，又有一首借用二韻者，如：

策杖度溪橋，雲深步數勞。
青猿吟嶺際，白鶴坐松梢。
天外浮烟遠，山根野水交。
自緣名利繫，好比結蓬茆。

此詩字當茅草解時，通茅，故「梢、交、茆」屬肴韻，而「橋」屬蕭韻，「勞」則屬豪韻，故此詩是以肴韻爲主，和「蕭、豪」二韻通押，所以是借韻。

姚合近體詩借韻通押現象，除上舉之「支與微」、「東與冬」、「魚與虞」、「蕭與肴、豪」外，尚有「文與眞」、「眞與元」、「灰與佳」、「齊與微」、「先與元」、「青與庚」、「寒與先」，此蓋古相通之故也。

由上所舉，知姚合近體詩之用韻，除二十六首有借鄰韻一字押韻外，概皆一韻到底，由此可見姚合近體詩用韻之精審。

　　除了近體詩外，姚合亦有四十五首古體詩，古體詩用韻較寬廣自由，可句句押韻，或隔句押韻，亦可一韻到底，或隨意轉韻；且可押平聲韻，亦可押上去入等韻，姚合古體詩除二十五首一韻到底外，其餘二十首皆有轉韻。茲舉一首以明之，如〈送張宗原〉曰：

　　　　東門送客道，春色如死灰。（灰韻）
　　　　一客失意行，十客顏色低。（齊韻）
　　　　住者既無家，去者又非歸。（微韻）
　　　　窮愁一成疾，百藥不可治。（支韻）
　　　　子賢我且愚，命分不合齊。（齊韻）
　　　　誰開塞躓門，日月同遊栖。（齊韻）
　　　　子行何所之，切切食與衣。（微韻）
　　　　誰能買仁義，令子無寒饑。（微韻）
　　　　野田不生草，四向生路歧。（支韻）
　　　　士人甚商賈，終日須東西。（齊韻）
　　　　鴻雁春北去，秋風復南飛。（微韻）
　　　　勉君向前路，無失相見期。（支韻）

此詩兩句一換韻，「支、微、齊、灰」四韻自由轉換，不若近體詩嚴謹，故措辭用韻亦皆隨心而出，雖疏放自在，然卻欠工巧。

第二節　用字造語

　　姚合作詩既好苦吟，冥搜物象，務求古人體貌所未到而又能平淡近人，可知其鍊字遣詞皆有獨到之處，且曾云：「閒居無事擾，選字詩中老」（〈閒居晚夏〉）更可見其作詩用字造語所下之工夫。茲以善用疊字、喜用小巧字、及喜用高遠幽深字三者，說明如下：

一、善用疊字

　　疊字乃同字連用，具有雙聲又疊韻之特性，劉勰《文心雕龍》曰：「是以詩人感物，聯類不窮，流連萬象之際，沉吟視聽之區，寫氣圖貌，既隨物以宛轉，屬采附聲，亦與心而徘徊。故灼灼狀桃花之鮮，

依依盡楊柳之貌，杲杲爲日出之容，瀌瀌擬雨雪之狀，嗜嗜逐黃鳥之
聲，腰腰學草蟲之韻，……並以少總多，情貌無遺失，雖復經千載，
將何易奪？」盛言《詩經》三百篇之所以感人，乃作者善於運用疊字，
使物之形象表露無遺，並具有聲律之美，由此可見疊字之妙用。

　　姚合詩歌創作以苦吟成詩，一字一句皆運思甚久，斟酌再三，故
於疊用之字，亦頗見工夫。總計姚詩所用疊字達一百六十一條之多，
其間雖多反覆使用，然其疊字或狀聲音，或描摹景物，或寫其形態，
皆能收到貫串、聯綿之效果，詩意因而更明顯。故就其狀聲、描摹景
物、寫其形態三者述之：

　　其疊字用於狀聲者如：

　　　哮吼忽雷聲揭石，滿天喞啾鬧轟轟。(〈惡神行雨〉)
　　　燄燄蘭缸明狹室，丁丁玉漏發深宮。(〈同諸公會太府田卿宅〉)
　　　入戶風泉聲瀝瀝，當軒雲岫影沈沈。(〈早春山居寄城中知己〉)
　　　冰銷魚溆溆，林煖鳥嚌嚌。(〈和門下李相餞西蜀相公〉)
　　　微風屢此來，決決復脩脩。(〈渚上竹〉)
　　　淅淅復脩脩，涼風似水流。(〈和膳部李郎中秋夕〉)

以上所舉，轟轟，怒雷之聲。丁丁，玉漏之聲。瀝瀝，風泉夾雜之聲。
嚌嚌，鳥和鳴之聲。脩脩，風吹之聲。

　　其疊字用於描摹景物者，如：

　　　靄靄紛紛不可窮，夔笙歌處盡隨龍。(〈詠雲〉)
　　　山川重疊遠茫茫，欲別先憂別恨長。(〈欲別〉)
　　　濛濛紫花藤，下復清溪水。(〈架水藤〉)
　　　長空埃壒滅，皎皎月華臨。(〈賦月華臨靜夜〉)
　　　秋氣日騷騷，星星雙鬢毛。(〈秋日書事寄秘書竇少監〉)
　　　露荷迎曙發，灼灼復田田。(〈和李補闕曲江看蓮花〉)

以上所舉，靄靄紛紛，雲騰湧貌。茫茫，山川遙遠貌。濛濛，水氣瀰
漫貌。皎皎，月光潔白貌。騷騷，秋氣浮動貌。灼灼，蓮花鮮豔貌。
田田，荷葉相連貌。

　　其疊字寫其形態者，如：

鳳凰樓下醉醺醺，晚出東門蟬漸聞。(〈送河中楊少府宴崔駙馬宅〉)

兀兀復行行，不離皆與墀。(〈街西居〉三首之二)

子行何所之，切切食與衣。(〈送張宗原〉)

況此便便腹，無非是滿卮。(〈乞酒〉)

性疏常愛臥，親故笑悠悠。(〈武功縣中作〉之六)

以上所舉，醺醺，酒醉貌。兀兀，人靜止貌。切切，憂慮貌。便便，酒肚肥滿貌。悠悠，笑容安閒貌。

由上可知姚合用疊字，甚富想像力，用於狀聲者，如聞其聲；用於描摹景物者，似見其景、睹其物；用於寫形態者，如見人之形容，可謂善得疊字之妙用。

二、喜用小巧字

所謂「小巧字」蓋指微、細、小、稀、少等字，姚合喜以此等字入詩，因而造成後代詩評家如方回等之批駁，認為合詩小巧近於弱，又專在小結裏，致氣象小矣，姑不論其言是否客觀，茲以姚合之喜用小巧字入詩說明如下：

首就用「微」字而言，或云微風、微雨、微露、微月、微霜、微颸、微徑、微黃、微微、微官、微臣、微俸、微潤、微恙、微誠，或云霏微、影微、才微、名微、聲微、官微、卑微、海色微、雪色微、雨力微、水聲微、水自微、日色微、月中微、暑稍微、入郭微、見鶴微、一徑微，總計用微之處，達四十四次之多。

次就其用「細」字而言，或云細雨、細草、細聞、細聽、細於塵、細如毛，或云泉細、雷霆細、燈焰細、藥香細，合計有十次之多。

再就其「小」字者而言，或云小縣、小吏、小徑、小橋、小隱、小有、小酒、小字、小綻金，或云大小、少小、徑小、才彌小、嫌杯小、花開小，凡用小字達十八次。

再就其用「稀」字者而言，或云稀聞，或云髮稀、蟬稀、人稀、依稀、天下稀、君者稀、處士稀、遊客稀、往還稀、和人稀、聞見稀、

人語稀、簿書稀、寄書稀、行稍稀、出門稀、夜吟稀、客漸稀、杯酒稀、窮居稀、此心稀、護淨稀、東西稀、石脂稀、果漸稀、杏花稀、比應稀、亦不稀、亦應稀、射來稀，共使用稀達三十二次之多。

此外，就其用少字者而言，或云少在兵馬間，或云少逢人到戶，或云少小、少時、少人同、少於山、少於船、少閒兵、少閒時，或云年少、睡少、看少、病少、多少、長少、關東少、鄰里少、蟲聲少，計用少達十九次之多。

綜上所述，姚合共用微、細、小等同義字達七十二次之多，又用稀、少等字亦有五十餘次。此等字之反復嵌入詩中，可見姚合處於詩學黃金時代之唐朝中晚期，欲獨樹一格，苦心孤詣，專力於此之用心。詎料，至於後代，非但不受重視，卻因此而受後代詩評家甚多責難，此蓋姚合始料所未及者也。

三、喜用高遠幽深字

除喜用小巧字外，胡震亨亦嘗云合詩「挺拔欲高」，因此其用字造語，亦喜用，高、峭、遠、遙、幽、深等字，欲借此等字之白描，裨取境能達高古深遠之妙。其用此等字情形，詳見如下：

首就其用「高」、「峭」字而言，姚合喜用高、峭字形容人、事、物，其用高字者，或高人、高僧、高論、高思、高情、高臥、高眠、高科、高堂、高樓、高台、高處、高窗、高峯、高樹、高枝，或才高、文高、神高、格高、清高、名高、題高、位高、日高、山高、嵩高、崖高、浪高、枝高、飛高、節義高、御香高、傅巖高、夢還高、莎台高、階豈高、水色高、徑亦高、菡萏高、酒更高、米價高，或高莫比、高岩巍、高到日、高似雲、高是連幽樹等，凡七十六次之多。又用峭字者，或峭行、峭冷，或才峭、端峭、清峭、山峭、石峭、和銘峭、詩句峭、嵩岳峭、山影峭、岸亦峭、近北峭，計達十五次之多。總上所說，姚合欲取境高古，使用高、峭同義字達九十一次之多，幾佔全詩五分之一，此蓋非無意爲之者也。

　　次就其用「遠」「遙」等同義字而言，其用遠字者，或遠戎、遠程、遠郊、遠公、遠戍、遠縣、遠岫、遠山、遠望、遠色、遠水、遠溪、遠鐘、遠別、遠見、遠移、遠思、遠籌略、遠相知、遠通澗、遠作客，或家遠、天遠、道遠、江遠、地遠、路遠、溪遠、君量遠、詩情遠、千里遠、去城遠、去國遠、山光遠、程自遠、關山遠、不得遠、吟自遠、風情遠、寒更遠、鄉路遠、歌聲遠、秋更遠、浮煙遠、帝城遠、送客遠、清秋遠、襟情遠、渭濱遠、霜華遠、流水遠、文章遠，共用七十次之多。又用遙字者，或遙林、遙山、遙峯、遙想、遙過、遙隔、遙知、遙聞，或逍遙、天遙、路遙、海門遙、野水遙、別又遙、亦未遙、寺更遙、視還遙、格品遙、覺天遙等，凡二十五次之多，連同前所言之遠字，總計達九十八次之多，此蓋其欲求詩境遠然有緻，刻意為之者。

　　此外，姚合亦意圖以深、幽字，達造景、造境之玄微，其用深字者如深山、深處、深居、深夜、深院、深宮、深坊、深春、深谷、深洞、深槐、深松、深篋、深黃、深旨、深感、深歸、深好、深僻、深閉、深坐、深自鄙、深穩臥，又如秋深、雲深、夜深、山深、溪深、江深、竹深、清深、思深、劃深、住應深、坐多深、路多深、酒病深、愛水深、白雲深、日月深、日日深、向晚深、院復深、景象深、果因深、錯彌深等，合計達六十五次。又與深義近之幽字，其用者，或幽處、幽居、幽棲、幽齋、幽屋、幽寺、幽山、幽徑、幽砌、幽洞、幽島、幽石、幽人、幽聲、幽戚、幽禽、幽鳥、幽樹、幽藥、幽難敵、幽連砌，或夜窗幽、寺獨幽，凡四十次之多。總計姚合所用深、幽字共一百零五次，平均約每四首卽用一次，由此可見其用心矣！〔註20〕

　　綜上所述，姚合所引用之高遠幽深字達四百餘次，佔全詩四分之三以上，其喜用之程度可見，亦由此可探知姚合實欲以此平實無華之字，造就詩境之高遠深幽，達成白描之目的。

〔註20〕以上「微、細、小、稀、少」及「高、峭、遠、遙、深、幽」等字詞，詩中多有同用者，故所統計之數目，乃以《姚少監集》為準。

第九章　評價與影響

第一節　評　價

一、名聞晚唐前期

　　姚合於年屆而立，方專力詩章，[註1] 至不惑之年，始進士擢第，力學雖晚，然能順適一己之情性，擇取王維、皎然等自然閒淡詩風之精華，復取材於張籍五律之淺白平實，又得趣於浪仙之清奇峭古，因能兼數家之長，故方其武功縣詩一出，士人爭相傳送。其〈寄賈島〉詩曰：

　　　　漫向城中住，兒童不識錢。甕頭寒絕酒，竈額曉無煙。狂
　　　　發吟如哭，愁來似坐禪。新詩有幾首，旋被世人傳。

　　寄〈李干〉詩亦曰：

　　　　尋常自怪詩無味，雖被人吟不喜聞。

所謂「新詩有幾首，旋被世人傳」「雖被人吟不喜聞」，顯然可見時人對其詩之鍾愛。非但姚合自云己詩爲人所傳誦，甚而賈島亦對其詩推崇備至，賈島〈酬姚合校書〉曰：

　　　　因貧行遠道，得見舊交遊。美酒亦傾盡，好詩難卒酬。公

〔註1〕姚合〈從軍行〉詩曰：「濫得進士名，才用苦不長。性癖藝亦獨，十
　　　　年作詩章。」案：姚合擢進士第，年已屆四十，由此往前逆數十年，
　　　　則年約三十方專力作詩。

堂朝共到，私第夜相留。不覺入關晚，別來林木秋。〔註2〕

又〈黎陽寄姚合〉曰：

> 魏都城裏曾遊熟，才子齋中止泊多。去日綠楊垂紫陌，歸
> 時白草夾黃河。新詩不覺千迴詠，古鏡曾經幾度磨。惆悵
> 心思滑台北，滿杯濃酒與愁和。〔註3〕

其中「好詩難卒酬」與「新詩不覺千迴詠」，可知賈島對合詩甚為傾服，反復吟詠，不知不覺中，已有千迴之多。

其次，科舉以詩賦取士，士人急於功名，每覓一著名公卿詩人，則投卷請其指授，唐人謂之行卷，如朱慶餘之投卷張籍。姚合詩名早於穆宗長慶初年即為時人肯定，故韓湘致詩請飾，其〈答韓湘〉詩曰：

> 疏散無世用，為文乏天格。把筆日不休，忽忽有所得。所
> 得良自慰，不求他人識。子獨訪我來，致詩過相飾。君子
> 無浮言，此詩應亦直。……詩人多人峭冷，如水在胸臆。
> 豈隨尋常人，五藏為酒食。期來作酬章，危坐吟到夕。難
> 為間其辭，益貴我紙墨。

據此可知，長慶年間，姚合詩為文士所稱賞，詩名因而日益加大，故韓湘致詩求其指引。此外，時人更常有以詩卷相投，以丐品第者，姚合有〈喜覽涇州盧侍御詩卷〉及〈喜覽裴中丞詩卷〉等，若非其詩名重於一時，又何來盧侍御、裴中丞等詩卷，請其過目品覽。故劉得仁〈於上姚諫議〉詩曰：

> 高文與盛德，皆謂古無倫。聖代生才子，明庭有諫臣。……
> 名因詩句大，家似布衣貧。……終計依門館，何疑不化麟。

盛讚姚合詩句之佳，而能名聞於當世。

姚合詩名聞於當世，最足為人道者，莫過於五代時王定保曰：「周賀，少從浮圖，法名清塞，遇姚合而反初。」〔註4〕當文宗大和六、七年間，姚合牧守錢塘時，詩名極盛，人仰為詩宗，清塞僧因而攜書

〔註2〕《長江集》卷二。
〔註3〕《長江集》卷十。
〔註4〕《唐摭言》卷十、〈周賀〉。

投刺，以求品第，姚合從待甚異，並勸其還俗，故乃返耕，遂易名爲賀。周賀有〈贈姚合郎中〉詩曰：

> 望重來爲守土臣，清高還似武功貧。道從會解唯求靜，詩造玄微不趁新。玉帛已知難撓思，雲泉終是得閒身。兩衙向後長無事，門館多逢請益人。

杭州乃江南名郡，山川秀麗，文風熾盛，墨客匯萃，見知大詩人姚合領郡，因而爭相請其指授，故《唐才子傳》鄭巢條亦云：「巢，錢塘人，大中間舉進士。時姚合號詩宗，爲杭州刺史，巢獻所業，日遊門館，累陪登覽燕集，大得獎重，如門生禮。」〔註5〕且鄭巢有〈秋日陪姚郎中登郡中南亭〉、〈和姚郎中題凝公院〉，及〈送姚郎中罷郡遊越〉等詩，可知姚合詩名爲時輩所景仰，進而以師事之。

此外，《全唐詩》作者傳略曰：「方干，字雄飛，新定人。徐凝一見器之，授以詩律。始舉進士，謁錢塘太守姚合，合視其貌陋，甚卑之，坐定覽卷，乃駭目變容。館之數日，登山臨水，無不與焉。」〔註6〕方干有〈上杭州姚郎中〉詩曰：

> 能除疾瘼似良醫，一郡鄉風當日移。身貴久離行藥伴，才高獨作後人師。春遊下馬皆成讌，吏散看山卽有詩。借問公方與文道，而今中夏更傳誰。

又〈哭秘書姚少監〉詩曰：

> 寒空此夜落文星，星落文留萬古名。入室幾人成弟子，爲儒是處哭先生。家無諫草逢明代，國有遺篇續正聲。曉向平原陳葬禮，悲風吹雨涇銘旌。

由此可見當代姚合詩名之盛，甚而其詩被許爲將是留名萬古之作。

又《新唐書》〈文藝傳〉下曰：「李頻，字德新，睦州壽昌人。少秀悟，逮長，廬西山，多所記覽，其屬辭，於詩尤長，與里人方干善。給事中姚合名爲詩，士多歸重，頻走千里丐其品，合大加獎挹，以女妻之。」

〔註5〕《唐才子傳》卷八、〈鄭巢〉。
〔註6〕此事早見於《唐詩紀事》卷六三引〈孫郃元英先生傳〉。

案：李頻行走千里，請益於姚合，乃在姚合官拜諫議時，上云頻謁合於其任給事中似有誤，因李頻有〈陝下投姚諫議〉曰：

> 舊業在東鄙，西遊從楚荊。風雷幾夜坐，山水半年行。夢
> 永秋燈滅，吟孤曉露明。前心若不遂，有恥卻歸耕。〔註7〕

此當爲李頻初謁姚合，投詩求知之作。李頻乃方干弟子，或自其師處，聞得姚合詩名，乃不遠千里而來請謁，益見姚合於當時已名滿天下。

綜上所述，非但姚合自言詩爲世人所傳誦，更爲詩人賈島所推許，益見其詩之妙。此外，無論長安文士或江南舉子之爭相請益，皆足證明其詩於晚唐之地位，及受時人推崇之情形。

二、唐末已降漸受輕忽

姚合詩名顯於晚唐，雖風光一時，文人士子爭依門館，甚而有因受教而還俗，及奔走千里請益者。然唐末以後，姚詩則不甚彰顯，除南宋四靈奉以爲宗，及少數江湖詩人間亦得其一格外，論者但以格卑體小，清弱、太盡、味亦微醨論之。而《四庫全書總目提要》則析論曰：「《姚少監集》十卷，唐姚合撰。……其集在北宋不甚顯，至南宋，永嘉四靈始奉以爲宗。其末流寫景於瑣屑，寄情於偏僻，遂爲論者所排。然由模仿者滯於一家，趨而愈下，要不必追咎作始，遽懲羹而吹虀也。」，〔註8〕《四庫提要》認爲武功體詩爲論者所排之因，乃南宋以後追隨者模仿滯於一家，致寫景流於瑣屑，寄情近於偏僻，非始作之罪，洵爲確論。王夢鷗〈唐武功體詩試探〉亦曰：「除了《四庫提要》對武功派的詩體有所發明外，後代確有許多懲羹吹虀的意見。因爲這種任性寫眞的作品，既寫得十分透明，而所表示的又都是個人生活思想。末流之弊，便落得蛙鳴蟬噪的譏評，使《姚少監集》不特不顯於宋後，連武功體也沒有人提起了。」王說亦贊同姚詩不顯，乃後學不能發皇姚詩所致。然武功體詩，至南宋四靈始奉以爲宗，另江湖詩人

〔註7〕 《全唐詩》卷五八九、〈李頻〉。
〔註8〕 《四庫全書總目提要》卷一五一。

或亦繼之，若云末流之弊，礙於始作，而五代、北宋則更在前，其間武功體詩急劇湮沒，此又何故？歸納其因，可得以下數端：其一，蓋因姚合立性閒散，更慕佛道，吟詩只聊以自遣，非爲逐取聲名，〔註9〕雖爲一時所宗，不乏請益之人，然隨著仕宦之變遷，受教者亦隨之散去，終不成爲入室弟子，故方干〈哭姚秘書少監〉詩曰：

> 寒空此夜落文星，星落文留萬古名。入室幾人成弟子，爲儒是處哭先生。

又〈過姚監故居〉詩曰：

> 不敢要君徵亦起，致君全得似唐虞。……學詩弟子何人在，檢點猶逢諫草無。

據此可知，學詩弟子或有之，然能登堂入室，發揚光大師學者則付之闕如，故姚合一死，無人傳其衣缽。可見其師之不爲人所知，乃必然之勢也。

其次，姚詩得力於張籍之淺白平實處，蓋亦一端。王夢鷗〈唐武功體詩試探〉曰：「青人翁方綱《石洲詩話》云：『姚武功詩，恬淡近人而太清弱，抑又太盡，此後所以漸靡不振也。』這也許卽是可以公認的事實。但所謂「清」「弱」，大約是指字面上缺少粧飾而取材又都是瑣屑的事情，在博學能文，或說慣了大話的人看來便不感興趣。而所謂太盡，則又是說的過份透明而沒有詩的朦朧感或低徊趣味。然而這些印象，實不僅武功體的詩如此，當時的元和體亦莫不然。」此所謂元和體蓋指元稹、白居易、張籍之作，故張戒《歲寒堂詩話》云：「世言白少傳詩格卑，雖誠有之，然亦不可不察也。元、白、張籍詩，皆自陶阮中出，專以道得人心中事爲上，本不應格卑，但其詞傷於太煩，其意傷於太盡，遂成冗長卑陋爾。」白居易、張籍既皆自陶阮中出，詩風平實而自然，姚詩既得力於張籍，自與元、白詩風相近。故〈唐武功體詩試探〉又曰：「姚合卒於秘書少監任上，據《唐會要》卷七九的記錄，他死後追贈秘書監，諡懿；倘以名位來論，秘書少監雖非權

〔註9〕姚合嘗有〈山居寄友人〉詩曰：「詩情聊自遣，不是趁聲名。」

要，但地位並不低於杭州刺史，因之武功體之沒落當不是出於世情利害，而最可能的原因還是由於這種作風爲更有力的詩風所掩蓋。其中顯明的是姚合的詩都說的『太盡』，而同時受到後人同樣批評的却有白居易的詩。白居易不僅年輩高於姚合，而其官品與人際關係也都比姚合佔優勢，尤其是他留下的作品，幾乎比姚合多出五六倍。二人的詩既都是說得太盡，此外，還有一種不愛做官，而偏又不停做官的表現，同樣充塞於二人的作品中。換言之，他們同是半調子的陶淵明，詩材詩風如此相近，到了人亡事去，武功體自然要被白傳詩體所吞沒。」王說甚是，除年輩、官品、人際關係、作品多寡而外，姚合詩作雖兼張、賈之長，然其平淺處反不如張籍，亦更不如元、白，故其詩漸被掩蓋，乃自然之事。

再其次，姚合詩作另一用力處，乃清奇幽深，明代胡震亨謂此乃得力於浪仙之僻，殊不知此清奇幽深之特色，又不如賈島。故王夢鷗〈唐武功體詩試探〉中曰：「武功體另有較爲尖銳的一面，那就是他不走盛唐人氣象雄渾，聲調朗暢之一路，而代以寫物精切，著重個人偶然的感覺，也就是葉適批評四靈詩之「斂情約性，因狹出奇」之一路，恰巧這一路又被他的好友賈島領先。」案：唐末，黃巢亂起，詩人逃避現實，故寫實諷諭詩風漸次式微，又士人浮華，流連青樓樂伎不以爲怪，因而文藝思潮，流露出綺靡之文風。詩則愈益求其工，甚而以字句細意刻縷，有纖巧幽深、險僻冷豔之特色。然一般舉子苦於詩律之束縛，總欲擺脫陳腐限制，故出格之作，更能增添詩句之清奇。且僧人方外之士本尚清眞，時勢所趨，賈島之清奇幽深頗爲時輩所激賞，故於其死後，薛能、李頻、李郢、鄭谷、杜荀鶴、劉滄、張喬、李允恭、崔塗、張蠙、曹松、鄭綺、李洞、徐寅，及歸仁、可止、貫休、齊己等晚唐五代之僧俗皆有悼念之作，李洞甚而爲其鑄像、選詩句圖。可見晚唐五代間，賈詩已有獨領風騷之氣象，而姚合師其一格，雖詩風亦獨樹一幟，然於清奇幽深處，似又不能與浪仙體相提並論。

綜上以觀，姚合詩雖得力於張籍、賈島，並能撮其長者，自成一

格，號爲武功體。然兼同數子之巧固善，一旦，析而論之，總未如一格中深入精到者，則姚詩之不顯，理亦明矣。此外，姚合或有弟子及後學，然其詩才不足以發皇師格，甚而每況愈下，蓋亦姚詩受輕忽之主因耳。

三、文學史上應有其地位

姚合詩名有聞於晚唐，然及其亡後，即漸湮沒，其後雖歷經南宋四靈詩派，及部分江湖詩人之提倡，終未能發皇光大。不僅如此，反而飽受歷代詩評家及文人之冷落與輕忽，終不見知於後世，然文學史上亦應有其地位。茲就事實而論述之。

先就其所處時代而言，姚合身處中晚唐間，尤其自元和數位大詩人如韓愈、孟郊之謝世，白居易、劉禹錫、元稹等人被貶在外，長安詩壇，乃爲姚、賈諸人所把持，尤其賈島因科舉不遇，既無位又無餘資酬酢當時文士。姚合乃以一區區侍御史身分時而集宿開筵，以詩會友，至大和以後，牧守錢塘時，終成一時詩宗，爲人所仰慕敬重，自有其崇高之地位。

其次則就其爲四靈所推崇而言，四靈與部分江湖詩人既宗姚、賈爲詩，〔註10〕尤於武功體詩爲近，雖四靈後世亦沒而不彰，然於南宋詩壇，亦嘗獨領風騷五、六十年，其地位亦不可忽視。至於江湖詩人所造成末流之弊，《四庫全書總目提要》已云：「合，……其自作，則刻意苦吟，冥搜物象，務求古人體貌所未到。……其集在北宋不甚顯，至南宋，永嘉四靈始奉以爲宗。其末流寫景於瑣屑，寄情於偏僻，遂爲論者所排。然由模仿者滯於一家，趨而愈下，要不必追咎作始，遽懲羹而吹齏也。」此亦已肯定武功體創始者－姚合，在詩壇上之地位。

再者，清袁枚論詩因襲明公安派評文章之獨抒性靈不拘格套，而主性靈說。蓋性靈一說，據王夢鷗〈唐武功體詩試探〉謂，中唐時，皎然於文學上，已一味尊崇性靈，故有「偶然寂無喧，吾了心性源」

〔註10〕見後影響一節。

「獨悟歌還笑，誰言老更狂」等句，甚至於《詩式》中歌頌其先祖謝靈運作品爲「但見性情，不睹文字」爲詣道至極之表現，故以爲「詩情緣境發，法性寄筌空」，以性靈居首，文字爲次，此可爲後代性靈派詩說之先聲。姚合品詩既推崇皎然之作，〔註11〕其武功體詩亦以任性寫眞，直抒胸臆爲主，對於瞭解後來所謂性靈詩派之思想傳承，多少可補上其中脫節之處，此亦武功體詩所應受尊重之處。

第二節　影　響

姚合詩於唐末迄於北宋雖不甚顯，然南宋時，四靈詩派及少數江湖詩人，或直接或間接，受其影響，茲分述如下：

一、直接影響四靈

所謂四靈，乃指徐照、徐璣、翁卷、趙師秀四人，四靈皆永嘉人，出於當代名人葉水心門下，其中徐照，字道暉，一字靈暉，號山民，在四靈中居首，有《芳蘭軒集》（又名山民集）。徐璣，字文淵，一字致中，號靈淵，四靈中居次，官武當長泰令，有《泉山集》（已佚）、《二薇亭集》。翁卷，字續古，一字靈舒，四靈中居三，有《西巖集》、《葦碧軒集》（已佚）。趙師秀，字紫芝，號靈秀，四靈中居末，乃宋太祖八世孫，登紹熙元年進士第，有《天樂堂集》（已佚）、《清苑齋集》。四靈由於詩之習尚一致，且同出一門，故緊緊結合在一起。四靈之靈字，實出自翁卷字靈舒，因此徐照以道暉爲靈暉，徐璣以文淵爲靈淵，趙紫芝亦以師秀爲靈秀，所以有四靈之稱。

北宋江西詩派，自元祐年間，黃山谷、陳師道，以迄宋末，主盟宋代詩壇，前後達兩百年之久。其初照映壇坫之光采，行之既久，往往等而下之，甚而後來凡是無病呻吟，故作窮餓酸辛姿態之詩人，無不遁入江西詩派中，因此諸如汙漫、生澀、過於豐縟，空硬生湊，槎

〔註11〕《極玄集》選皎然詩作四首。

訐直俗，音節聱牙，意象迫切等弊端，顯露無遺。故葉適於《徐斯遠文集》序曰：「慶曆嘉祐以來，天下以杜甫爲師，始黜唐人之學，而江西宗派章焉，然而格有高下，技有工拙，趣有淺深，才有大小，以夫汗漫廣莫，徒枵然從之而不足，充其所求，曾不如腔鳴吻決，出豪芒之奇，可以運轉而無極也。」〔註12〕其攻擊江西詩派之末流不遺餘力，故門下之永嘉四靈爲重振詩風，乃起而抗之，葉水心〈題徐璣墓誌〉曰：「初唐詩人久廢，君與其友徐照、翁卷、趙師秀議曰：『昔人以浮聲切響，單字隻句計巧拙，蓋風騷之至精也。近世乃連篇累牘，汗漫而無禁，豈能名家哉。』」〔註13〕由此可見四靈之出，乃針對時弊而發。

又初，山谷以杜甫爲師，嘗自謂「學老杜詩，所謂『刻鵠不成尙類鶩也』；學晚唐諸人詩，所謂『作法於淳，其弊猶貪，作法於貪，弊將若何』」〔註14〕極盡鄙視之能事，是以學江西之詩人，必先反對晚唐體。四靈既不滿江西詩風，而欲改絃易轍，乃多趨向於晚唐詩人，故以「恢復晚唐詩體」爲號召。馬端臨《文獻通考》曰：「徐照、徐璣、翁卷、趙師秀，，四人號永嘉四靈，皆晚唐體也。」，〔註15〕明言四靈所主乃晚唐詩體。而趙東閣汝回云：「唐風不競，派沿江西，永嘉四靈，乃始以開元、元和作者自期，冶擇淬鍊，字字玉響，雜之姚、賈中人，不能辨也。」〔註16〕此更言四靈所習，於元和詩人中，姚合、賈島尤爲相近。此外《木筆雜鈔》更明言：「師秀、道暉、致中、靈舒、工爲唐律，專以賈島、姚合、劉得仁爲法，其徒尊爲四靈。」，〔註17〕而《滄浪詩話》亦曰：「近世趙紫芝，翁靈舒輩體獨喜賈島姚合之詩，稍稍復就清苦之風。……」〔註18〕《瀛奎律髓》更曰：「永

〔註12〕《水心先生文集》卷一二。
〔註13〕《水心先生文集》卷二一。
〔註14〕見〈山谷老人分筆〉卷四與趙伯先。
〔註15〕《文獻通考》卷二四五、〈經籍〉卷七二。
〔註16〕見趙汝回瓜廬集序。
〔註17〕嚴恩紋《宋詩概論》頁一〇五引。
〔註18〕《滄浪詩話》卷一。

嘉四靈……學晚唐詩，宗賈島、姚合，凡島、合同時漸染者，皆陰撮取摘，用驟名於時。」，〔註19〕據上可知四靈之作，深受姚、賈影響。

然而《瀛奎律髓》又曰：「姚少監合，……武功時官況三十首，趙紫芝多選取配賈島，以爲《二妙集》，蓋四靈之所宗也。」，〔註20〕其後又曰：「姚少監合詩入二妙者百二十一首，比浪仙爲多，此四靈之所深嗜者。」，〔註21〕而嚴恩紋《宋詩概論》更析而論之曰：「四靈以『唐音』號召壇坫，但是他們的成就，卻是晚唐時最流行的姚賈體，姚乃姚合，賈乃賈島，清李懷民選《中晚唐詩主客圖》，以賈島爲清奇僻苦主，姚合的詩，與賈島同風，主清切，好鐫刻小景，搜求雕琢的程度較賈島深，姚合嘗遊兩浙，官武功主簿，所以其詩有『武功體』之目，四靈以絕大的工力，作鏤心銃賢的苦吟，宗主姚賈，尤於『武功體』爲近。」又《四庫全書雲泉詩提要》曰：「宋承五代之後，其詩數變，……江西一派，由北宋以逮南宋、其行最久，久而弊生，於是永嘉一派，以晚唐體矯之，而四靈出焉，然四靈名爲晚唐，其所宗實止姚合一家，所謂武功體者是也。」此外，《清苑齋詩集提要》亦曰：「永嘉以詩名者有徐照、徐璣、翁卷與師秀同號四靈，四靈皆學晚唐，然大抵多得力於武功一派，專以鍊句爲工，而句法又以鍊字爲要。」由此可知姚合影響四靈者，尤較賈島爲深，茲分數端述之：

前言姚合於詩歌創作歷程中，刻意苦吟，〔註22〕故有「狂發吟如哭」（〈寄賈島〉）「吟冷唾成冰」（〈吟詩島〉）「吟苦墮寒涎」（〈和屬玄侍御無可上人會宿見寄〉）「欲識爲詩苦，秋霜若在心」（〈心懷霜〉）「聲酸激冷吟」（〈心懷霜〉）……等句，而四靈苦吟之風氣，亦大似姚賈。故靈舒〈呈趙端行〉詩曰：「病多憐骨瘦，吟苦笑身窮。」〈贈孫季藩〉詩曰：「醉酣花落月，吟苦竹遙風。」〈送盧主簿歸吳〉詩曰：「吟苦

〔註19〕《瀛奎律髓》卷二〇。
〔註20〕《瀛奎律髓》卷十。
〔註21〕《瀛奎律髓》卷二四。
〔註22〕見第五章第二節。

曾遊客，因君動遠思」；〈靈淵訪觀公〉詩曰：「昨來曾寄茗，應念苦吟心。」；靈秀〈十日〉詩曰：「苦吟無愛者，寫在戶庭間。」又〈哀徐山民〉詩曰：「寄言苦吟者，勿棄養生訣。」趙師秀非但自言苦吟，更道出徐照（號山民）亦爲苦吟者，據上可知。四靈之宗主姚、賈，苦吟蓋其一端也。

除刻意苦吟外，姚合更冥搜物象，務求古人體貌所未到，而于自然景物，用力尤深，模景之句時見篇章，故有「好異嫌山淺，尋幽喜逕生」（〈送王嗣之點儀城〉）「山晴樓鶴起，天曉落潮初」（〈送朱慶餘及第歸越〉）「風雨依山急，雲泉入郭微」（〈送李植侍御〉）「遠舍惟藤架，侵階是藥畦」（〈武功縣中〉作之一）「木梢穿棧出，雨勢隔江來」（〈送雍陶遊蜀〉）「日晚山花當馬落，天陰水鳥傍船飛」（〈送崔約下第歸揚州〉）「山春煙樹重，江遠晚帆疏」（〈送喻鳧校書歸毘陵〉）「霧濕關城月，花香驛路塵」（〈送崔中丞赴鄭州〉）「泉落林梢多碎滴，松生石底足旁枝」（〈送別友人〉）「煙束遠山碧，霞敧落照紅」（〈寄安陸友人〉）……等鑴刻景物之句。而四靈既爲江西詩派之反動，江西詩派重意，四靈宗主武功體，則別出而重景，如靈暉之「淺塘飢鷺下，晴靄市煙衝」（〈宿永康〉）「風高松有韻，溪滿石無痕」（〈提李商叟半村壁〉）；靈淵之「泉落秋巖潔，花開野徑清」（〈書翁卷詩集後〉）「殿淨燈光小，經殘聲韻空」（〈宿寺〉）；靈舒之「蜂沾朝露出，鶴帶晚雲歸」（〈隱者所居〉）「柱筇黏落葉，拂石動寒雲」（〈寶冠寺〉）；靈秀之「峯高秋月射，巖裂野煙穿」（〈龜峰寺〉）「江滿帆侵樹，山高燒入雲」（〈送鄧漢卿〉）……等皆傾力於景物之模寫，刻劃之工，甚似姚合之作，直見姚詩對四靈之影響。

姚詩既用力于景物之模寫，則千古江山大抵未變，何以出奇創新，乃以鍛鍊字句爲主，故工巧者亦多。因此方回《瀛奎律髓》於武功體詩雖多貶斥，然亦曰：「其細潤而甚工者，亦不可泯沒，又當於他詩下備論而表出之。」，〔註23〕故評其詩句工巧有「買酒恐遲令走

〔註23〕見第五章第二節。

馬，看花嫌遠自移牀。嬌鶯語足方離樹，戲蝶飛高始過牆」（〈賞春〉）「露垂庭草際，螢照竹間禽」（〈縣中秋宿〉）「馬隨山鹿放，雞雜野禽棲」（〈武功縣中作〉三十首之一）「移花兼蝶至，買石得雲饒」（〈武功縣中作〉之四）……。而《古今詩話》曰：「姚合〈道旁亭子〉詩云：『南陌遊人回首去，東林道者杖藜歸』不言亭亦佳。」，〔註24〕四靈所作，既反江西派之重鍊意，乃承武功而重鍊字句，故《宋詩啜醨集》曰：「四靈之作，大都亨鍊工苦，警秀絕倫。」，〔註25〕《瀛奎律髓》亦曰：「四靈詩大抵中四句鍛鍊磨瑩為工。……」〔註26〕又曰：「四靈非極瑩不出，所以難。」，〔註27〕故方回評四靈詩句之工者如：「野蔬僧飯潔，山葛道衣輕。掃葉燒茶鼎，標題記藥瓶」（徐照、〈山中詩〉），「引泉魚走石，掃徑葉平蔬。誰念交情淺，難如識面初」（徐照、〈貧居〉詩），「心信生狂語，清羸改俗形」（徐照、〈贈不食姑詩〉）；「輕煙分郭近，積雪蓋遙山。漁舸汀鴻外，僧廊島樹間」（翁卷、〈冬日登富覽亭〉詩），「石壇遺鶴羽，粉壁剝龍形」（趙師秀、〈桐栢觀詩〉）。此外「千年流不盡，六月地常寒。灑水跳微沫，衝崖作怒湍」（徐照、〈石門瀑布〉詩）「清陰花落後，長日鳥啼中」（徐璣、〈初夏遊謝公岩〉詩）「禽翻竹葉霜初下，人立梅花月正高」（趙師秀、〈呈蔣肖韓薛師石〉詩），亦甚警策，故趙東閣序〈薛師石集〉曰：「永嘉四靈，……冶擇淬鍊，字字玉響，雜之姚賈中，不能辨也。」四靈既承姚賈詩風，其鍛鍊磨瑩，亦其來有自矣。

　　姚合詩歌創作有清淡一格，無論詩文整個意境，或內在之思想，甚而外在之用字，莫不以此為依歸。因此品評他人之作，或自身創作，清切之句特多，諸如：「紫泥盈手發天書，吟詩清美招閒客」（〈和令狐六員外直夜即事寄上相公〉）「詩成誰敢和，清思若懷霜」（〈和李舍人

〔註24〕《瀛奎律髓》卷二四。
〔註25〕嚴恩紋《宋詩概論》頁一〇七引。
〔註26〕《瀛奎律髓》卷四七。
〔註27〕《瀛奎律髓》卷四二。

秋日臥疾言懷〉）「格高思清冷，山低濟渾渾」（〈答實知言〉）「新詩盈道路，清韻似敲金」（〈喜覽裴中丞詩卷〉）「清音勝在澗，寒影偏生苔」（〈奉和四松〉）「靜宜來禁裏，清是下雲端」（〈西掖寓直春曉聞殘漏〉）「天近星辰大，山深世界清」（〈秋夜月中登天壇〉）「清虛宜月入，涼冷勝風吹」（〈題鳳翔西郭新亭〉）「涼天吟自遠，清夜夢還高」（〈秋日書事寄秘書實少監〉）「海山窗外近，鏡水世間清」（〈送朱慶餘越州歸覲〉）「清高疑對竹，閒雅勝聞琴」（〈寄國子楊巨源祭酒〉）「鐘聲空下界，池色在清宵」「露盤秋更出，玉漏晝還清」（〈省直書事〉）等皆是。而四靈既反江西詩派，江西詩派主豐縟，四靈則反豐縟，於此作風下，乃承襲了武功體清淡之面。故靈暉有「心信生狂語，清羸改俗形」（〈贈不食姑〉），「嫩葉因風不自持，淺黃微綠映清池」（〈楊柳〉），「未憑湘水綠，能似長官清」（〈送翁誠之〉）；靈淵有「清陰花落後，長日鳥啼中」（〈初夏遊謝公巖〉），「清得門如水，貧惟帶有金」（〈投楊誠齋〉），「涼夜清如水，明河白似雲」（〈夏夜同靈暉有作奉寄翁趙二友〉）；靈舒有「秋氣日淒清，秋衣殊未成」（〈寄遠〉），「嵐蒸空壁壞，雪映小齋清」（〈石門菴〉）「山公悅崇資，嵇氏陶清音」（〈登飛霞山作〉）；靈秀亦有「清淨非人世，虛無見佛心」（〈尋隱寺〉）「行向石闌立，清寒不可云」（〈雁山寶冠寺〉），「芳筵集賓彥，清宴除豔靚」（〈和陳水雲湖莊韻〉），「中夜清寒入縕袍，一杯山茗當香醪」（〈呈蔣肖韓、薛師石〉），「瀑近春風濕，松多曉日清」（〈桐柏觀〉）……等句。另外，《梅磵詩話》載，杜小山問句法於趙靈秀，靈秀答曰：「但能飽喫梅花數斗，胸次玲瓏，自能作詩」〔註28〕另翁靈舒詩也有「必有新成句，溪流合讓清」之句，而〈宋曹𪷀跋薛瓜廬集〉亦曰：「予讀四靈詩，愛其清而不枯，淡而有味。」故四靈詩之主清淡，無復黃山谷、陳師道之氣象萬千，乃眾人所公認，而此清淡之格，實亦得自武功體詩之真髓。

　　此外，姚合作詩取材於下邑官況，生活周遭景物，及與朋友之交

〔註28〕《梅磵詩話》卷中。

往，重在情眞意切，故少用陳言故事，而貴白描。其寄贈類詩與武功縣三十首具足代表。而四靈旣厭江西之脫胎換骨、點鐵成金，江西詩派之搜抉無秘，好用事且工於用事，則更爲四靈所排斥。《瀛奎律髓》曰：「武功時官況詩三十首，趙紫芝多選取配賈島，以爲《二妙集》，蓋四靈所宗也。」四靈旣宗武功詩，且以歌詠自然景物，與寄情泉石、嘯傲田園之閒逸生活爲主，乃忌用事，而貴白描。因之，無論攬眼前之景、抒胸中之意，皆不肯借重故實，作窮形貌、傾惆悵之依據，完全以運思苦吟，雕鏤工巧，達成其白描之筆。故葉水心稱靈舒爲詩曰：「自吐性情，靡所依傍」，又《題靈暉墓誌》曰：「照有詩數百，斷思尤奇，皆橫絕歘起，冰懸雪跨，使讀者變踔慄慄，肯首吟歎不已，然無異語，皆人所知也，人不能道耳。」〔註29〕所謂「靡所依傍」，所謂「無異語，皆人所知」不就忌用事、貴白描之最好佐證。而姚武功之少用陳言、貴白描，正亦四靈而有得於心者也。

綜上所論，可知四靈爲了一洗當日江西詩派末流之惡習，乃以師秀所選之《二妙集》爲創作指標，其中武功所作，更爲四靈所鍾。故其所作，無論刻意苦吟、重景模景、磨瑩爲工、清淡自持，甚乃白描成詩，無一不承自武功體詩用力之處，故四靈所作，嚴恩紋謂其雖宗主姚賈，尤於武功體爲近，乃肯切之言。

二、間接影響部分江湖詩人

所謂江湖詩人，乃指布衣隱士，以及不得志之末宦。南宋自理宗之後，國勢阽危，乃多難之秋，此些布衣末宦，旣不足以有爲，加以生活不寧，進退失據，乃呼朋引伴，遊謁江湖，自放於山水間，藉吟咏酬酢，以消磨歲月，以互通聲息，時日一久，乃成劃一風格，又與事者漸多，遂自成一派。後經錢塘書商陳起，裒集眾作，刊印《江湖集》等數種，此派詩人，遂被名爲江湖詩人。

江湖詩派之淵源，《四庫提要》嘗云：「宋之末年，江西一派與四

〔註29〕《水心先生文集》卷一七。

靈合併爲江湖派，猥雜細碎，如出一轍，詩以大敝也。」，〔註30〕此
乃因江西詩派與四靈詩派盛行於江湖詩派之前，江湖詩人，有植根於
江西，而不免感染四靈習氣者，亦有初習四靈雕琢，而終歸融合於江
西者，故《四庫提要》認爲江湖詩派其實源於江西與四靈二詩派，卽
此二派之結合。而全祖望《宋詩紀事》序論四靈與江湖之關係更進而
曰：「……永嘉徐照諸公，以清虛便利之調行之，則四靈派也，而宋
詩又一變。嘉定以降，江湖小集盛行，多四靈之徒也。」，前節旣已
詳述四靈詩作專主姚賈，其中於武功體尤近，而全祖望言江湖小集，
多四靈之徒，據此可知，姚合之於若干江湖詩人不可謂不無關係。以
下茲就受四靈影響，間亦與姚合有關之江湖詩人略述之。

　　林尚仁：有《端隱吟稿》。
《南宋群賢小集》陳必復序曰：「林君詩專以姚合、賈島爲法，而精
妥深潤則過之。」此明言尙仁深受姚詩影響。

　　張弋：有《秋江煙草一卷》。
《南宋群賢小集》丁晦夫跋云：「張君彥發，湖海豪士，不喜爲舉子
業，專意於詩，每以賈島、姚合爲法，所著僅成帙，清深閒雅，宛有
唐人風致，至其得意警覺之句，雜之兩人集內，殆未易辨。」據上知
其作與姚、賈相類，故未易辨，作風承襲姚、賈可知。

　　姚鏞：《雪蓬稿》。
劉克莊〈跋姚鏞縣尉文稿〉謂其詩自姚合、賈島，達之李杜。〔註31〕
此姚乃啓其者也，功未可沒。

　　程垓：有《詩》七卷。
劉克莊嘗〈跋其詩〉卷曰：「余得君詩七卷，讀之，竊知君喜姚合所
編《極玄集》，而自方賈島。」〔註32〕姚合創作與選集之主張，諸如
苦吟、清切、創新等論點皆一致，故對程垓不能無影響。

〔註30〕鄭亞薇《南宋江湖詩派之研究》引。
〔註31〕〈後村先生題跋〉卷一。
〔註32〕《後村先生大全集》卷一一○。

劉克莊:《後村集》。

後村〈序瓜圃集〉嘗云:「永嘉詩人極力馳騁,纔望見賈島、姚合之
藩而已,余詩亦然。十年,始自厭之,欲息唐律,專攻古體。⋯⋯」,
〔註33〕而其自勉詩亦謂:「苦吟不脫晚唐詩」。〔註34〕此外,孫克寬
之〈劉後村與四靈、江湖一文〉評後村亦曰:「大體宗尚晚唐,用工
多在律句,很能抒發性靈。⋯⋯」此所謂宗尚晚唐,工律句,抒發
性靈,不亦姚、賈之謂乎。克莊後雖厭棄姚賈、四靈之作,然亦未
嘗不受影響。

薛師石:有《瓜廬集》。

薛師石與四靈酬酢甚多,有〈寄趙紫芝〉、〈寄題趙紫芝墓〉、〈挽徐道暉〉、
〈喜翁卷歸〉、〈喜徐璣至〉等詩。〈東閣趙汝回瓜廬詩序〉曰:「瓜廬翁
薛師石每與(四靈)聚吟,獨主古淡融狹爲廣,夷鑪爲素,神悟意到,
自然清空,如秋天迥潔,風過而成聲,雲出而成文,間謂四靈君爲姚、
賈⋯⋯」〔註35〕《四庫全書瓜廬提要》更進而論之曰:「今觀其詩,語
多本色,不似四靈以尖新字句爲工。所謂夷鑪爲素者,殆於近之;至於
邊幅太窄,興象太近,則與四靈同一門徑,所謂融狹爲廣者,殊未見其
然。」〔註36〕薛師石與四靈交遊,耳濡目染,終未脫四靈,實亦間得之
於姚合者也。

許棐:《梅屋集》。

棐〈梅屋雜著,有跋四靈詩選〉曰:「藍田種種玉,簹林片片香,然
玉不擇則不純,香不簡則不妙,水心所以選四靈詩也。選非不多,文
伯猶以爲略,復有加焉。嗚呼,斯五百篇出自天成,歸於神識,多而
不濫,玉之純,香之妙者歟。芸居不私,寶刊天下,後世學者愛之重
之。」棐於四靈推崇備至,蓋深受其影響者也。

薛嵎:《雲泉詩》一卷。

〔註33〕《後村先生大全集》卷九四。
〔註34〕《後村先生大全集》卷四。
〔註35〕《四庫全書珍本》七節〈江湖小集〉卷七三。
〔註36〕《四庫全書總目提要》卷一六二。

峴甚推崇四靈，故《賦普覺院登上人》詩前之序云：「普覺院登上人房老梅擅名滋久，昔四靈與其先師道公、方公遊，賦詠盈紙，距今三世矣。余百至其所，輒徘徊不忍去，登亦對坐不倦，有前輩之風。……」又《南宋群賢小集》錄其一詩云：「四靈歿後誰知己，惟有清香滿舊枝。頭白山僧猶愛客，爲曾親見老師時。」由推服而漸受濡染，故《四庫全書雲泉詩提要》云：「峴之所作，皆出入四靈之間，不免局於門戶，然尙永嘉之初派，非永嘉之末派。」〔註37〕鄭亞薇《南宋江湖詩派研究》曰：「永嘉之初派取法姚合、賈島之主精切、好苦吟，冥搜物象，而著重乎鍊字鍊句。……」而趙汝回亦曰：「雲泉詩本用唐體，物與理稱，更成一家。」，〔註38〕此用唐體，蓋卽姚合、賈島之作耳。

　　以上所述，江湖詩人有專以姚、賈爲法者；間亦有以姚、賈爲始習投石問路，而後揚棄者；甚而只以四靈爲法，推崇四靈而漸受濡染者。前二者顯然已受姚合影響；後者，則四靈所習，追本溯源，乃不離姚、賈。故江湖詩作中與四靈相關者，蓋亦間接受到姚合詩風之影響。惟江湖末造，寫景流於瑣屑，寄情過於偏僻，非但本身爲人所唾，甚而累及武功體，至乏人問津。故《對牀夜語》曰：「四靈倡唐詩者也，就而求其工者，趙紫芝也，然具眼猶以爲未盡者，蓋惜其立志未高，而止於姚賈也。學者闖其堂奧，闢而廣之，猶懼其失，乃尖纖簡易，相扇成風，萬喙一聲，牢不可破，曰此四靈體也。其植根固，其流波漫，日就衰壞，不復振起！吁，宗之者反所以累之也。」〔註39〕此云「學者」乃指江湖詩人，其既有直承姚、賈者，間亦有以四靈爲指歸者，四靈既宗姚、賈，尤於武功體爲近。則武功體非但間接影響若干江湖詩人，而「宗之者反所以累之」，則更說明武功體詩亦深受此輩作風影響，遂至不顯，此蓋亦爲江湖詩人始料所未及。

〔註37〕《四庫全書總目提要》卷一六五。
〔註38〕語見《南宋群賢小集》雲泉詩。
〔註39〕《對牀夜語》卷二。

第十章　結　論

　　姚合爲官宦世家，以一躬耕之士，崛起於中晚唐間，逾不惑之年，幸蒙拔泥塗而擢進士第，逐步上青雲之路。其後任武功縣主簿，仕宦下邑，官況蕭條，乃潛心於詩，取材淺近，以描寫周遭景物、小吏生活爲主，風格清奇閒淡，獨標一格，號爲武功體，終而名聞於晚唐前期，與賈島齊名，成爲當時之詩宗。

　　本篇之作，首就其人而言：先探究姚合之身世，根據史實著重其祖籍家世之考定，雖舊史隸於陝州硤石，然王夢鷗先生則認爲姚合和僧皎然關係密切而改隸吳興，本作除辯明王說改隸之由外，並舉姚合之言，以證明其祖籍言乎遠則郡望吳興，言乎邇則隸籍陝州；至於里居則隨父祖與己之宦途屢遷，無有定處。再則姚合家世，自唐書以來，卽列於姚崇之系，謬誤已久，故依據金石學家－羅振玉之說，以最眞確墓誌銘之記載，澄清千餘年來姚合系屬之錯誤，而改系於姚崇長兄－姚元景之系。

　　有關姚合事蹟及交遊情況，其事蹟除《唐才子傳》有專篇（二百八十六字）簡介外，其餘散見新、舊《唐書》及其他典籍者，蓋皆一麟半爪，語焉不詳。故謹蒐集有關資料，串聯諸書所載，並遍究姚合詩篇中之人名而年代可考者，加以分析歸納，先作綜述，再據事實予以繫年，以明其出處與詩作之年代。至於交遊，除檢視《姚少監集》

中寄贈酬酢詩近兩百人外，更參酌筆記雜史所提及之人物，考定友人之生平概況，凡得交往密切者二十五人述之，並據以得其交遊之始末。尤與賈島關係最爲密切，彼此事蹟可相佐證，彌足珍貴。

性情與思想爲詩歌內在之生命，姚合性情，《唐才子傳》謂其：「性嗜酒、愛花、頹然自放，人事生理，略不介意，有達人之大觀。」，〔註1〕故本文針對此言，推而衍之，以「性嗜酒、愛花、頹然自放」爲疏散閑野之性情；而「有達人之大觀」乃謙卑自牧與朴直仁厚之性情，一一引詩以證其性靈之高潔。至於思想，姚合以儒者自居，兼又酷嗜佛道，故其出處常徘徊於儒與道佛之間，因此有如白居易爲半調子之陶淵明。〔註2〕本文論其思想，先確立其儒者之地位與風範，再論其出世與神仙思想，及肯定其在佛教上之修爲。

其次，就其詩而論：姚合詩歌號武功體，自有其文學史上之地位，故先述其詩論，擷取其詩歌中論詩之觀點，及其所選《極玄集》之原則，究其詩論之所在，雖吉光片羽亦足補其「詩例」亡佚之憾。並述其詩歌之淵源，遠及詩經，近及王維、大曆才子、皎然，尤以張籍、賈島爲主，故胡震亨曰：「姚秘監合詩洗擢既淨，挺拔欲高，得趣於浪仙之僻，而運以爽亮，取材於籍、建之淺，而媚以蒨芬，殆兼同數子之巧，撮其長者。」。〔註3〕至於詩歌之特色，因其工於小巧，故模景深細，又能撮取張籍、賈島之長者爲詩，故變化爲清奇閒淡。此外，更少文飾，而多以「清、靜、潔、淨」「高、峭、遠、遙、深、幽」等字入詩，欲求「洗擢既淨」「挺拔欲高」，得意境之幽深高妙，以達白描之目的。

關於其詩歌內容與形式，其內容則隨感物述志，聯類無窮、而甚爲廣泛。此僅就其自身感受之深刻者，如困窘感懷、離情別恨與閒適情懷，並兼其冥搜物象，務求古人體貌所未到之詠物論之，足見其仁

〔註1〕《唐才子傳》卷六、〈姚合〉。
〔註2〕〈唐武功體詩試探〉。
〔註3〕《唐音癸籤》卷七。

者之胸懷與閒適之心情及描寫入微之情態。其形式，則就其格律用韻與用字造語論之，其詩擅長五律，故只以五律分析其平仄，將三百零八首五律，審其平仄，若有不合標準格律者全列出，或單拗，或雙拗，或拗而不救者，皆加以說明；以見其遵守格律之情形，乃以標準格爲主，而輔以拗格。其用韻則將四百八十八首近體詩分析之，除少數通押外，大體皆一韻到底，故除統計其於每韻所用之次數一一詳列外，更舉險韻者數例，以見其作詩用韻之精審。至於用字造語，則善用疊字而能得其妙處，狀聲、摹景、述態皆維妙維肖。除疊字外，喜用小巧及高遠幽深等字，約五百餘次，幾乎每首可見，足知姚合處各種詩體已備之時代，欲獨樹一幟之苦心。

　　再者，就其評價與影響而言：其評價則就後人所評而論，姚合於晚唐前期被尊爲詩宗，與賈島齊名，姚詩之地位已定。其後則襃貶不一，晚唐張爲《主客圖》稱其爲清奇雅正，唐末五代至北宋則不甚顯，逮及南宋四靈始尊爲唐宗。然宋末元初方虛谷則貶其爲氣象太小，氣格卑弱；清翁方綱亦以爲武功體詩「恬淡近人而太清弱、抑又太盡，此後所以漸靡而不振也，然五律時有佳句」。〔註4〕而明高棟則列姚合於五律正變之位，並謂「元和以還律體多變，姚合、賈島思致清苦。」，〔註5〕可知姚合正處於五律變通中之關鍵地位。凡此皆隨時代詩風之變化、好惡之異趣，而見仁見智，故舉《四庫全書總目提要》所論：「詩家謂之姚武功，其詩派亦稱武功體。……自南宋永嘉四靈始奉爲宗，其末流寫景於瑣屑，寄情於偏僻，遂爲論者所排。然由摹仿者滯於一家，趨而愈下，要不必追咎作始，遽懲羹而吹虀也。」以肯定其詩在文學史上應有之地位，不因後人摹仿不肖而受累，亦不必因後人之批評，而影響其價值，方爲確論。至於其影響，姚詩爲四靈派所宗，並奉爲圭臬，致摹仿工巧，格調俏似，皆得其趣，當爲最直接之影響。另外，亦間接影響部分江湖詩人，故皆舉事實證之，以觀其流風所及。

〔註4〕《石洲詩話》卷二。
〔註5〕《唐詩品彙》卷五五。

參考及引用書目

（一）

1. 《姚少監集十卷》，姚合，商務印書館（四部叢刊）。
2. 《姚少監集十卷》，姚合，商務印書館（四庫全書）。
3. 《姚少監集十卷》，姚合，清同治間南海孔氏嶽雪樓鈔本（中央圖書館）。
4. 《姚少監集二卷》，清席鑑編，上海掃葉山房（唐詩百名家全集）（中研院史語所）。
5. 《姚合集七卷》，錢謙益等輯，，聯經出版事業公司（全唐詩稿本）。
6. 《姚合集七卷》，清康熙皇帝，敕編，文史哲出版社（全唐詩）。
7. 《姚合集一卷》，商務印書館（四庫全書珍本八集、御定全唐詩錄）。
8. 《姚合集一卷》，明曹學佺編，商務印書館（四庫全書珍本八集、石倉歷代詩選）。

（二）

1. 《周易正義》，藝文印書館。
2. 《詩經正義》，藝文印書館。
3. 《論語》，藝文印書館。
4. 《老子》，王弼注，新興書局。
3. 《史記》，司馬遷，藝文印書館。
6. 《漢書》，班固，藝文印書館。
7. 《三國志》，陳壽，藝文印書館。

8. 《周書》，令狐德棻，藝文印書館。

9. 《隋書》，魏徵等，藝文印書館。

10. 《舊唐書》，劉昫，藝文印書館。

11. 《唐書》，歐陽修、宋祁，藝文印書館。

12. 《資治通鑑》，司馬光，洪氏出版社。

13. 《世本》，清王灝輯，商務印書館（叢書集成）。

14. 《經典釋文》，陸德明，商務印書館（四部叢刊）。

15. 《文獻通考》，馬端臨，新興書局。

16. 《通典》，杜佑，商務印書館。

17. 《大唐六典》，李林甫，文海出版社。

18. 《唐會要》，王溥，世界書局。

19. 《歷代職官表》，黃本驥，洪氏出版社。

（三）

1. 《全唐文》，清仁宗敕撰，中文出版社。

2. 《全唐詩》，清聖祖敕編，文史哲出版社。

3. 《全唐詩外編》，王重民、孫望、童養年輯，木鐸出版社。

4. 《御選唐詩》，商務印書館（四庫全書珍本、八集）。

5. 《唐音》，元楊士弘編、張震注，商務印書館（四庫全書珍本、十二集）。

6. 《唐詩品彙》，高棅編，商務印書館（四庫全書珍本、六集）。

7. 《唐文粹》，姚鉉編，商務印書館（四部叢刊）。

8. 《宋詩鈔》，吳留良等編，世界書局。

9. 《文苑英華》，李昉等，奉敕編，華文書局。

（四）

1. 《文心雕龍》，劉勰，粹文堂書局。

2. 《李太白全集》，李白，九思出版社。

3. 《韓昌黎集》，韓愈，河洛圖書公司。

4. 《白氏長慶集》，白居易，商務印書館（四部叢刊）。

5. 《張司業詩集》，張籍，商務印書館（四部叢刊）。

6. 《劉夢得文集》，劉禹錫，商務印書館（四部叢刊）。

7. 《賈浪仙長江集》，賈島，商務印書館（四部叢刊）。

8. 《沈下賢文集》，沈亞之，商務印書館（四部叢刊）。

9. 《水心先生文集》，葉燮，商務印書館（四部叢刊）。

10. 《後村先生大全集》，劉克莊，商務印書館（四部叢刊）。

11. 《芳蘭軒集》，徐照，商務印書館（四庫全書）。

12. 《二薇亭詩集》，徐璣，商務印書館（四庫全書）。

13. 《西巖集》，翁卷，商務印書館（四庫全書）。

14. 《清苑齋集》，趙師秀，商務印書館（四庫全書）。

15. 《江湖小集》，陳起編，商務印書館（四庫全書珍本、七集）。

（五）

1. 《唐詩紀事》，計有功，鼎文書局。

2. 《唐才子傳》，辛文房，世界書局。

3. 《元和姓纂》，林寶，商務印書館（四庫全書珍本別輯）。

4. 《古今姓氏書辨證》，鄧名世，商務印書館（四庫全書珍本別輯）。

5. 《姚氏百世源流考》，姚振宗，姚氏宗親會印行。

6. 《唐人行第錄》，岑仲勉，九思出版社。

7. 《宋詩紀事》，厲鶚，中華書局。

8. 《南宋群賢小集》，陳起編，藝文印書館。

9. 《四庫全書總目提要》，紀昀等，藝文印書館。

10. 《唐集質疑》，岑仲勉，歷史語言研究所集刊第九本。

11. 《唐代詩人列傳》，馮作民，星光出版社。

12. 《登科記考》，徐松，驚聲文物供應公司。

13. 《賈島年譜》，李嘉言，上海商務印書館。

14. 《韓愈研究》，羅師聯添，學生書局。

15. 《孟郊研究》，尤信雄，文津出版社。

（六）

1. 《國史補》，李肇，世界書局。

2. 《因話錄》，趙璘，世界書局。

3. 《宣室志》，張讀，世界書局。

4. 《雲溪友議》，范攄，世界書局。

5. 《唐摭言》，王定保，世界書局。

6. 《唐語林》，王讜，世界書局。

7. 《太平廣記》，李昉等，新興書局。

8. 《容齋隨筆》，洪邁，商務印書館（四部叢刊）。

9. 《野客叢書》，王楙，新興書局（筆記大觀）。

10. 《唐音癸籤》，胡震亨，世界書局。

11. 《唐史餘瀋》，岑仲勉，弘文館出版社。

（七）

1. 《詩式》，皎然，商務印書館（叢書集成）。

2. 《本事詩》，孟棨，商務印書館（叢書集成）。

3. 《詩品二十四則》，司空圖，商務印書館（叢書集成）。

4. 《唐人選唐詩》，元結等，河洛圖書出版社。

5. 《詩人主客圖》，張為，宏業書局（函海）。

6. 《苕溪漁隱叢話》，胡元任，長安出版社。

7. 《歲寒堂詩話》，張戒，藝文印書館。

8. 《滄浪詩話》，嚴羽，廣文書局。

9. 《對牀夜語》，范晞文，商務印書館（叢書集成）。

10. 《後村詩話》，劉克莊，廣文書局。

11. 《梅磵詩話》，韋居安，商務印書館（叢書集成）。

12. 《瀛奎律髓》，方回，商務印書館（四庫全書珍本、八集）。

13. 《升菴詩話》，楊慎，藝文印書館。

14. 《續唐詩話》，沈炳，鼎文書局。

15. 《說詩晬語》，沈德潛，中華書局（四部備要）。

16. 《石洲詩話》，翁方綱，廣文書局。

17. 《百種詩話類編》，臺靜農，藝文印書館。

18. 《唐詩談叢》，胡震亨，廣文書局。

19. 《唐詩別裁》，沈德潛，廣文書局。

20. 《宋詩別裁》，張景星，商務印書館（人人文庫）。

21. 《詩人玉屑》，魏慶之，九思出版社。

（八）

1. 《元和郡縣志》，李吉甫，商務印書館。

2. 《武功縣志》，康對山，成文出版社。

3. 《河南通志》，孫灝等，華文書局。

4. 《明一統志》，李賢等纂，文海書局。

5. 《唐代の長安與洛陽地圖》，日本京都人文科學研究所。

6. 《唐代の行政地理》，日本京都人文科學研究所。

7. 《中國歷史地圖集》，程光裕等編，中華文化出版事業社。

8. 《歷代輿地沿革圖》，清，楊守敬編，聯經出版事業公司。

9. 《唐代長安研究》，宋肅懿，大立出版社。

（九）

1. 《隋唐五代文學資料彙編》，羅師聯添，成文出版社。

2. 《中國文學批評史》，郭紹虞，粹文堂書局。

3. 《中國文學批評史》，羅根澤，學海出版社。

4. 《中國文學批評新論》，郭紹虞，元山書局。

5. 《中國文學批評史》，劉大杰，文匯堂。

6. 《中國文學發展史》，劉大杰，華正書局。

7. 《新編中國文學史》，文復書店。

8. 《中國文學史》，西諦，（不著明書局）。

9. 《中國文學史》，葉師慶炳，學生書局。

10. 《中國詩學》，黃永武，巨流出版社。

11. 《近體詩發凡》，張師夢機，中華書局。

12. 《詩論》，朱光潛，漢京文化事業有限公司。

13. 《詩學指南》，謝无量，中華書局。

14. 《詩詞例話》，周振甫，南琪出版社。

15. 《古典詩詞藝術探幽》，夏紹碩，漢京文化事業公司。

16. 《愛國詩牆》，黃永武，尚友出版社。

17. 《宋詩概論》，嚴恩紋，華國出版社。

18. 《宋詩概說》，吉川幸次郎著，鄭清茂譯，聯經出版公司。

（十）

1. 《元和詩人研究》，呂正惠，東吳博士論文。

2. 《南宋江湖詩派之研究》，鄭亞薇，政大博士論文。

3. 《方虛谷之詩及其詩學》，許清雲，東吳博士論文。

4. 《唐武功體詩試探》，王夢鷗，東方雜誌十六卷十二期。

5. 《姚合初考》，鄺健行，新亞生活月刊九卷二、三、四期。

6. 《張籍年譜》，羅師聯添，大陸雜誌二十五卷四、五、六期。